Morgen wird Heute wie Gestern

Bibliografische Information der Deutschen Nationalbibliothek:
Die Deutsche Nationalbibliothek verzeichnet diese Publikation in
der Deutschen Nationalbibliografie; detaillierte bibliografische Daten
sind im Internet über dnb.dnb.de abrufbar.

Die automatisierte Analyse des Werkes, um daraus Informationen
insbesondere über Muster, Trends und Korrelationen gemäß §44b
UrhG (»Text und Data Mining«) zu gewinnen, ist untersagt.

© 2024 Andrea Henning

Satz, Umschlaggestaltung und Verlag: BoD · Books on
Demand GmbH, In de Tarpen 42, 22848 Norderstedt,
bod@bod.de
Umschlaggestaltung unter der Verwendung von Motiven von
Freepik.de

Druck: Libri Plureos GmbH, Friedensallee 273, 22763 Hamburg

ISBN: 978-3-7597-7461-3

ANDREA
HENNING

MORGEN
WIRD HEUTE
WIE
GESTERN

DINO
AUF ABWEGEN

Die riesigen Glastüren öffneten sich automatisch. Das leise Sirren, das sie dabei machten, klang einladend und zugleich etwas utopisch, fast wie in einem Raumschiff der Zukunft.

Ehrfürchtig trat Joni durch sie hindurch und stand im großen, überaus noblen Foyer eines Hotels. Staunend blickte sie zur pompös verzierten Decke hoch, die kilometerweit entfernt schien. Mehrere funkelnde Kronleuchter in der Größe von Kleinwagen schwebten erhaben über den Gängen.

Das Foyer war so penibel sauber, dass man beruhigt vom Boden hätte essen können. Die hellen Marmorelemente strahlten majestätische Ruhe und Gemütlichkeit aus.

Mit klopfendem Herzen und schweißnassen Händen bahnte Joni sich den Weg zur Rezeption, während die kleinen Räder des Koffers, den sie hinter sich herzog, fröhlich über den Boden klackerten.

»Hallo, ich bin Joni Winter«, sagte sie zögerlich zur Empfangsdame, »hier ist ein Zimmer für mich reserviert.« Dass dies auch wirklich so war, konnte sie erst glauben, als es ihr das freundliche Nicken der Dame bestätigte.

Nachdem sie einige Formulare ausgefüllt hatte, bekam sie ihren Schlüssel, der endgültige Beweis, dass dies kein Traum war. Sie fuhr mit dem Fahrstuhl in die siebte Etage.

Die Flure waren mit dicken, roten Teppichen ausgelegt, die jedes Geräusch schluckten. Türen aus edlem Holz säumten die Gänge. Goldene Schilder mit verschnörkelten Zahlen zeigten die Zimmernummern an.

Der Schlüssel, der eher wie eine Kreditkarte aussah, gewährte den Eintritt zur Suite mit der Nummer 713.

Der Raum hinter der Tür war riesengroß, lichtdurchflutet und elegant eingerichtet.

Gleich neben dem Eingang stand ein kleines, samtbezogenes Sofa mit einem Tisch und einige flache Schränke. Links davon befand sich eine winzige, aber liebevoll eingerichtete Bar-Ecke mit einem hübschen Tresen, zwei erhöhten Hockern und verschiedenen Gläsern.

Eine eigene kleine Bar! Joni traute ihren Augen kaum. Sie konnte sich ein Grinsen nicht verkneifen, denn sie ahnte sehr wohl, wem sie diesen Komfort zu verdanken hatte.

Ein Bett, in dem eine halbe Fußballmannschaft hätte übernachten können, stand auf einer kleinen Erhöhung gegenüber der Tür und war mit unzähligen Kissen jeglicher Größe bedeckt.

Links daneben befand sich eine weitere Tür. Diese stand leicht offen und gewährte den Blick in ein tadellos gesäubertes und geschmackvoll eingerichtetes Badezimmer.

Joni schaute sich in Ruhe im Zimmer um und fuhr mit ihren Fingern über Kissen, Sofas und Schränke. Der überquellende Luxus war ihr ein Stück unangenehm. Er stellte einen allzu deutlichen Gegensatz zu ihrem alltäglichen Leben dar.

Nachdem sie alles begutachtet hatte, stellte sie den Koffer neben ihr Bett, zog sich ihre Schuhe aus und plumpste müde auf eines der Sofas. Der Anreisetag zollte seinen Tribut.

Ihre Gedanken schweiften ab und fanden sich bei ihrer aufregenden Zeitreise ein – oder besser gesagt, bei den Monaten, die auf dieses Abenteuer gefolgt waren.

Die Rückkehr in ihre Epoche lag jetzt fast ein Jahr zurück. Lächelnd schloss sie die Augen. Erinnerungen huschten an ihrem inneren Auge vorbei.

Nachdem Joni, David und Ecki damals heimgekommen waren und genug Interviews gegeben hatten, war es etwas ruhiger um sie geworden. Niemanden der drei störte das auch nur im Geringsten. Was sie dagegen irritierte und gleichwohl hemmte, war die Tatsache, dass sie nach ihren außergewöhnlichen Erlebnissen alle drei Mühe hatten, sich in der eigenen Zeit wieder zurechtzufinden.

Das Leben mit urzeitlichen Menschen, dem strengen Winter, einer Toilette unter Bäumen und ohne jeglichen Hauch von Annehmlichkeiten, ein Leben, das nur dem *Über*leben galt, stand im harten Kontrast zu dem, was sie erst verlassen hatten und zu dem sie wieder zurückgekehrt waren. Die vielen Menschen, die lauten Straßen, das künstliche Licht selbst in dunkelsten Nächten und vor allem die Hektik des Alltags stellten sie vor Herausforderungen.

Joni, die schon immer nur gejobbt hatte und nie einen festen vertraglichen Anschluss in eine Arbeit finden konnte und wollte, tat sich schwerer denn je, einem finanziell geregelten Leben nachzugehen. Oft arbeitete sie nur gerade so viel, wie sie eben musste, um über die Runden zu kommen. Manchmal gab es ganze Wochen, in denen sie kaum das Haus verließ und nur ihren Gedanken nachhing.

Ihr Herz war in der ereignisreichen Steinzeit hängengeblieben, so mühselig das Leben dort auch war. Sie vermisste die Ehrlichkeit, das Füreinander-da-sein und das bedingungslose Vertrauen, das sie dort mit David und Ecki aufgebaut und genossen hatte.

Die beiden hatten ihre Jobs ebenfalls aufgegeben und hielten sich mit Interviews, Reportagen und Vorträgen erstaunlich gut über Wasser.

Es blieb für sie ein bisweilen bitteres Gefühl, unter Menschen zu sein und gleichzeitig eine gewisse Einsamkeit zu empfinden, zumindest wenn sie nicht gerade gemeinsam unterwegs waren. Nur als Trio fühlten sie sich vollzählig, wie ein Puzzle, das aus nur drei Teilen bestand.

Einmal in der Woche trafen sie sich bei *Costa Marco*, bestellten Nudeln bei ihrem Lieblingskellner Jaques und genossen für ein paar Stunden wohltuende Vollkommenheit.

Kurz vor Weihnachten hatte Joni ihre Wohnung geschmückt. Einen Tannenbaum stellte sie jedoch nicht auf. Aus besonderem Grund.

An den festlichen Essen in ihrer Familie nahm sie zwar teil, freute sich aber insgeheim am meisten auf ihre besondere Verabredung mit David und Ecki.

Als es dann endlich am zweiten Weihnachtsfeiertag an ihrer Tür klingelte, machte ihr Herz Luftsprünge.

Ecki hielt ihr fröhlich den krummsten und schiefgewachsensten Tannenbaum entgegen, den er finden konnte. Aus Freude über diesen augenzwinkernden Hinweis zu ihrem Weihnachtsfest in der Steinzeit verpasste Joni ihm theatralisch einen Kuss auf die Wange, der in einem herzlichen Gelächter endete.

Sie schmückten den Baum gemeinsam mit Schleifen aus Paketschnur. Kein Lametta, keine Kugeln, keine Lichter hätten ihn schöner werden lassen können.

Nach der Dekorierung folgte die Bescherung. Jeder erhielt ein Geschenk, für das sich die anderen beiden zusammengetan hatte.

Joni freute sich über eine gute Flasche Rum und ein Mensch-ärgere-Dich-nicht-Spiel von David und Ecki.

Ecki wiederum erhielt von David und Joni ein Fernglas, das *nicht* als Gabe für Steinzeitjungen gedacht war, die von Herzen gern Dinge in Seen verschwinden ließen. Die Gravur auf dem Tragegurt war dennoch einem gewissen *Nemo* gewidmet.

David packte schließlich ein Walkie-Talkie-Set aus, das er mit Joni und Ecki sofort ausprobierte.

Joni hatte leckeres Fingerfood gezaubert. Die ebenfalls zum Vorschlag gebrachte Pilzsuppe durfte sie auf eindringlichen Wunsch von Ecki nicht kochen. Danach spielten sie bis tief in die Nacht mit dem neuen Brettspiel.

Es war einer dieser Abende, an die sie sich noch lange erinnern würden. Er war nicht geprägt von ausufernden Highlights, sondern vielmehr von diesem wohligen Wir-gehören-zusammen-Gefühl, von ihrem Lachen und ihrer Freundschaft.

Anfang des neuen Jahres war dann das Angebot eines

Filmstudios eingetroffen, die sensationelle Geschichte der drei in einen mindestens ebenso sensationellen Film zu packen.

David nahm das überaus reizvolle Angebot an, doch zunächst überredete er die Produzenten in intensiven Verhandlungen zu einer Erhöhung der Gagen. Gleichzeitig verband er seine Unterschrift unter dem Vertrag mit der Bedingung, dass Ecki und Joni fest in das Projekt eingebunden und entsprechend bezahlt werden sollten. Die beiden sollten das Team beraten und mit dem Teilen ihrer Erinnerungen wertvolle Informationen liefern.

Nun war es so weit. Die Filmproduktion stand unmittelbar bevor und Joni war in dem Hotel angekommen, das sich in der Nähe des Drehortes befand. Ab morgen würde sie die Arbeiten am Set mit ihrem launigen Senf würzen und bekam dafür auch noch Geld.

Sie wackelte nervös mit den Zehen und öffnete ihre Augen wieder. Mit einem Schwung stand sie auf und warf sich im Bad ein paar Hände kaltes Wasser ins Gesicht, bis es ganz rot war. Zufrieden lächelnd verließ sie das Zimmer, um sich im Hotel ein wenig umzusehen.

Neugierig strich sie durch die Gänge, schaute im Wellness-Bereich vorbei, fuhr einige Male begeistert mit dem gläsernen Fahrstuhl hoch und wieder runter und staunte über die zwei großen vornehm ausgestatteten Restaurants. In Letzterem saßen elegant gekleidete Menschen, die sich überwiegend schweigend kleine Bissen auserlesener Köstlichkeiten in die Münder schoben.

Joni hob die Augenbrauen und seufzte leise. Hier gab es sicher keinen kleinen, wuscheligen Hund, der heruntergefallene Nudeln vom Boden schlabberte, wie es bei *Costa Marco* der Fall war.

Ab und zu schaute sie in der Eingangshalle vorbei und hoffte, David oder Ecki zu treffen. Aber es war kein bekanntes Gesicht zu finden. Ein ganz klein wenig enttäuscht machte sie sich schließlich auf den Weg zurück in ihr Zimmer.

Sie stieg die Treppe mit dem weinrotem Teppich nach oben. Dabei zählte sie die Stufen. Irgendwo musste sie ja hin mit ihren Gedanken.

121 ... 122 ... 123 ...

Als sie zwischen der sechsten und siebten Etage war, hörte sie auf einmal sehr vertraute Stimmen, die ihr von oben herab ins Ohr drangen. Das Zählen der Stufen verlor schlagartig seine Bedeutung.

»Lisa, hör mal, ich weiß gar nicht, was das soll«, erklärte David gerade. Er sprach hastig und seine Stimme klang nervös.

»Dann hör mir doch *einmal* richtig zu«, verlangte Lisa energisch. Sie gab sich keine Mühe, ihr Gespräch diskret zu halten.

Joni ging zaghaft etwas weiter nach oben und lugte vorsichtig um die Ecke. David stand in einer Tür, die offensichtlich zu seinem Hotelzimmer gehörte. Er fuhr sich immer wieder durch die Haare und schob die Brille hoch, obwohl sie perfekt auf der Nase saß.

Lisa stand direkt vor ihm.

»Ich war die Frau an deiner Seite und werde es immer sein«, sagte die sehr eindringlich. »Lass uns in Ruhe reden und alles wieder in Ordnung bringen. Ich verstehe einfach nicht, warum du dich so sträubst und uns nicht noch eine Chance gibst. Hast du schon vergessen, was du mir alles zu verdanken hast?«

»Nein, ich habe *nichts* vergessen.« Davids Antwort enthielt einen feinen Hauch Ironie, die sein Ziel jedoch offensichtlich verfehlte. Lisa ging nicht weiter darauf ein, sondern drängte und forderte unbeirrt weiter.

Joni lauschte einen Augenblick.

»Was für ein Miststück«, flüsterte sie sich selbst zu.

Es war gewiss kein Zufall, dass Lisa wieder aufgetaucht war. Der Filmdreh stand an, der Rampenlicht und eine munter sprudelnde Geldquelle versprach. Das waren gleich zwei Dinge, die diese Frau angelockt haben mussten wie Nektar die Bienen.

Joni lehnte sich an die Wand und grübelte, wie sie David helfen könnte. Eine Idee schoss ihr in den Kopf und fast hätte sie laut losgelacht. Sie musste sich zur Sicherheit die Hand auf den Mund legen.

Langsam schlich sie die Treppe eine Etage tiefer. Für ihren kommenden Auftritt brauchte sie Anlauf, um die latente Dramatik zu unterstreichen. Sie holte tief Luft und rannte los.

»Du hast doch nicht etwa eine andere Frau kennengelernt?«, fragte Lisa gerade mit sarkastisch durchtränkten Ton, der mehr als klar machte, dass diese Frage keiner Antwort bedurfte. Wohl um ihre Meinung zu diesem Thema zu unterstreichen, schob sie ein künstliches Lachen hinterher.

Doch ehe David antworten konnte, hallten laute Tritte und Rufe von der Treppe herauf.

»Liiiiiebling!«, rief Joni mit süßlicher Stimme. Sie trampelte geräuschvoll die Stufen hinauf, was angesichts des dicken Teppichs eine kleine Kunst war, und lief mit flotten Schritten den Flur entlang.

David zog die Stirn kraus. Prinzipiell hätte er Joni gern begrüßt und Lisa stehenlassen. Doch die Szene, die sich ihm bot, enthielt für seinen Geschmack ein My zu viele Ungereimtheiten. Warum war Joni so außer Atem? Warum fuchtelte sie so wild mit den Armen? Warum rief sie *Liebling*? Hatte sie etwa schon den Rum in ihrer Bar entdeckt? Fragen, die ihn schlicht überforderten und seine Interaktion hemmten.

»Liebling, es tut mir so leid«, rief Joni atemlos und kam immer näher. »Ich weiß, ich weiß, ich bin schon wieder zu spät dran. Es tut mir leid. Ich kann eben nicht pünktlich sein, du kennst mich ja. Aber siehe da, nun habe ich es geschafft.«

David und auch Lisa starrten die junge, blonde Frau an, die ihnen mit ihrem merkwürdigen Auftritt gleichermaßen die Sprache verschlug.

Joni legte zielstrebig beide Händen an Davids Gesicht, zog ihn eilig zu sich herunter und presste ihre Lippen zu einem Kuss auf seinen Mund. Es musste alles schnell gehen, damit er gar nicht erst über einen Widerstand nachdenken konnte.

Dann schlang sie die Arme um Davids Hüfte und schmiegte sich so eng an ihn, dass ihm schon rein physisch keine andere Möglichkeit blieb, als seinen Arm um ihre Schultern zu legen. Gelassen drehte Joni ihren Kopf zu Lisa, ohne sich aus der Umarmung zu trennen.

»Oh, Verzeihung, ich bin einfach in euer Gespräch geplatzt. Ich wollte euch nicht unterbrechen«, entschuldigte sie sich mit einem engelsgleichen Blick.

»Ich bin Joni«, sagte sie und hielt Lisa ihre Hand entgegen. »Und du bist ...?«

Erwartungsvoll lächelnd sah sie Lisa in die Augen. Natürlich wusste sie genau, wer die Frau war, die vor ihr stand und in deren Kopf offensichtlich gerade ganze Welten einstürzten. Es bereitete ihr das größte Vergnügen, sie so zu sehen.

Lisa gaffte wie versteinert auf Jonis Hand, unfähig, diese zu ergreifen.

»Ich bin ... Ich war ... Ich bin ...«. Sie gab sich die größte Mühe zu antworten, aber einen vernünftigen Satz brachte sie nicht zustande.

David, der selbst krampfhaft versuchte, die Situation zu begreifen, zwang sich zur Beherrschung.

»Das ist Lisa, meine Ex-Freundin«, erklärte er. Es fühlte sich nach wie vor seltsam an, sie als solche zu bezeichnen, obgleich sie bereits seit Monaten getrennt waren. Dennoch betonte er genüsslich die Vorsilbe.

»Aaaah, du bist Lisa«, sagte Joni staunend und nickte, als hätte sie gerade Einsteins Relativitätstheorie begriffen. »Ihr habt sicher ein paar Sachen zu besprechen. Ich wollte auch gar nicht stören.«

Sie löste sich aus der Umarmung von David.

»Den Tisch für heute Abend habe ich bestellt. Um 19 Uhr gehen wir beide ganz schick essen. So, und jetzt muss ich mich kurz ausruhen. War nett, dich kennengelernt zu haben, Lise.«

Innerlich brannte sie ein Feuerwerk ab, weil sie den Namen falsch gesagt hatte, doch rang sie sich eine betont freundliches Lächeln ab.

Sie ging an David vorbei in dessen Zimmer. Beim Laufen zog sie sich die Schuhe von den Füßen, ließ sie an Ort und Stelle liegen und fiel schließlich laut seufzend und mit aller Wucht bäuchlings in dessen Bett.

Die beiden Zurückgebliebenen schauten ihr mit offenen Mündern hinterher.

David hatte Joni gut genug kennengelernt, um nicht mehr jede Eigentümlichkeit von ihr verstehen zu wollen. Diese Szene allerdings setzte allem bisher Geschehenen die Krone auf. Bizarr und brillant zugleich.

Er schob sich räuspernd die Brille hoch und wagte es endlich, Lisa wieder anzusehen.

»Das hättest du mir auch gleich sagen können«, sagte diese mit heiserer Stimme. »Dann hätte ich mir den peinlichen Auftritt hier sparen können.« Mit zusammengepressten Lippen schaute sie erneut auf das Bett und die darauf liegende Frau.

»Ist noch ganz frisch«, brachte David stockend hervor. »Das sollte eigentlich auch noch niemand wissen.«

Sekundenlang starrte Lisa fassungslos in das Zimmer. Sie konnte nicht glauben, dass David eine andere Frau ihr vorzog. Immerhin handelte es sich um *David*, den sozial-sperrigen Typen mit einer kindlichen Schwäche für Dinosaurier.

Niemals wäre ihr in den Sinn gekommen, dass es eine andere

Frau geben könnte, die sich für ihn interessierte, und noch weniger, dass er *ihr*, Lisa, damit endgültig den Laufpass geben würde. Sie hatte noch nie einen Laufpass bekommen. Das war nicht zu ertragen. Mit einem Ruck drehte sie sich um und verschwand von der Bildfläche.

David schaute ihr nach, bis sie nicht mehr zu sehen war. Er blickte in den leeren Flur und befürchtete kurz, Lisa könne zurückkommen. Doch in den Gängen blieb es ruhig.

Langsam schloss er die Tür hinter sich und lehnte sich für einen Moment dagegen. Dann bemerkte er, dass Joni ihren Kopf hob und ihn lachend anschaute.

»Sie ist weg«, murmelte er. Die Worte gluckerten vergnügt durch sein Hirn.

»Sie ist weg. Sie ist wirklich weg. Joni, du hast in wenigen Sekunden das geschafft, was ich in Monaten nicht hingekriegt habe.«

Joni setzte sich auf und konnte gar nicht aufhören zu grinsen. Sie war während ihres Auftritts nicht ganz sicher gewesen, ob David mit ihrem Handeln einverstanden war. Ihre Idee hatte sie ja selbst überrumpelt und sich während des Theaterstücks ein klein wenig verselbständigt. Den Kuss beispielsweise hatte sie ursprünglich gar nicht eingeplant.

»Und wir gehen heute Abend essen, ja?«, fragte David.

»Quatsch«, winkte Joni ab, »das habe ich doch nur so gesagt.«

»Nein, nein«, widersprach David und schüttelte den Kopf. »Das war keine Frage. Das war eine Einladung. Das hast du dir verdient.«

Joni sprang vom Bett herunter, sammelte ihre Schuhe ein und öffnete die Tür.

»Na dann sehr gern. Zu einem guten Essen sag ich nicht *nein*. Bis nachher um 19 Uhr. Sei pünktlich.« Bevor sie ging, drehte sie sich um und fügte zwinkernd hinzu: »Schön, dich zu sehen, David.«

Ein paar Stunden später pochte es auf die Sekunde genau um 19 Uhr an Jonis Tür. So pünktlich schaffte es nur ein pedantischer Wissenschaftler, der sich viel zu früh vor besagter Tür einfand und die Augen nicht von seiner Uhr ließ, bis die Zeiger ihm ein Klopfen gestatteten.

David stand in einem dunkelblauen Anzug mit Hemd und Krawatte vor ihr. Dieser Aufzug war für ihn zwar ungewöhnlich, dennoch fühlte er sich wohl. Er hatte sich die Sachen gekauft, als seine öffentlichen Auftritte und die Verhandlungen mit dem Filmstudio anstanden. Da er nicht einsah, Geld für einen weiteren Anzug auszugeben, wurde das gute Stück schnell zu einem Markenzeichen.

Die Ereignisse, die bevorstanden, würden hingegen dazu führen, dass er um den Kauf eines neuen Anzugs nicht umhinkam. Wenn er gewusst hätte, wie dieser Abend endet, hätte er sich vermutlich für ein anderes Outfit entschieden. Doch wir wollen den Geschehnissen an dieser Stelle nicht vorgreifen.

Joni trug ein kurzes, dunkelrotes Kleid. Ihre Haare waren kunstvoll hochgesteckt. Sie hatte sich dezent geschminkt und ein leichtes Parfüm aufgelegt.

»Wow, du siehst ... du siehst toll aus«, brachte David stammelnd hervor.

Na super! Ihm fiel tatsächlich kein besseres Wort ein als *toll*. Dabei sah sie bezaubernd aus, umwerfend, sensationell. Echt toll eben!

»Danke, du aber auch«, entgegnete Joni fröhlich. »Sag mal, hast du Ecki schon gesehen?«

»Nein, ich glaube, der reist erst morgen an«, sagte David, »bin mir aber nicht ganz sicher.«

Zögernd hielt er Joni seine Armbeuge entgegen. Er war sich nicht sicher, ob die Geste angebracht war, doch sie hakte sich zu seiner Erleichterung sogleich mit einem Lächeln ein.

Sie gingen in eines der großen Restaurants, die Joni am Nachmittag ohne die Hoffnung, jemals an einem der Tische sitzen zu dürfen, bewundert hatte.

Der Restaurantleiter, mit dem David vorab gesprochen hatte, brachte sie an einen ruhigen, etwas abseitig stehenden Tisch.

Sowohl für Joni als auch für David war es zunächst ungewohnt, nur zu zweit zu sein. Normalerweise trafen sie sich stets zu dritt. Doch zwischen ihnen standen weder peinliche Ruhepausen noch eine krampfhafte Suche nach Gesprächsthemen und erst recht keine Verlegenheit.

Sie genossen den Abend in vollen Zügen, lachten und amüsierten sich über Lisas Blick, als Joni sich ihr vorgestellt hatte.

Doch sie hielten sich nicht unnötig lange mit den Gedanken an Davids Ex-Freundin auf, sondern schweiften schon bald in die Gegenwart. Joni teilte ihre Begeisterung für das Hotel mit.

»Das ist echt alles grotesk, also ich meine *schön* grotesk«, sagte sie. »Nach unserem Ausflug in die Steinzeit habe ich als Aushilfskraft im Supermarkt gearbeitet, als Putzkraft, als Babysitterin, als Hundesitterin und ich habe Zeitungen ausgetragen. Zuletzt habe ich für ein paar Stunden in der Woche in einem Büro gejobbt und mich um den Schreibkram gekümmert.«

Sie schüttelte leicht den Kopf, als würde sie ihre eigene Situation missbilligen.

David hätte gern etwas dazu gesagt, aber er wusste nicht was. Es war ihm auch noch nicht klar, worauf Joni hinauswollte. Also schwieg er und sie plapperte weiter auf ihrem Themenpfad.

Ihre Stimme hatte sie gesenkt, denn was sie zu sagen hatte, ging niemanden in diesen noblen Wänden etwas an.

»Beim Bäcker kaufe ich mir Brot vom Vortag, David. Das Einzige, was ich mir zum Winter hin gegönnt habe, war ein neues Paar Schuhe. Einmal in der Woche kratze ich mein Geld zusammen, um mit euch essen zu gehen. Ansonsten verzichte ich auf alles, was das Leben mir bieten könnte. Sogar das Kleid, das ich trage, ist nur geliehen.«

David senkte unangenehm berührt den Kopf. Jonis Situation war ihm vertraut, aber das alles noch einmal so komprimiert zu hören, verursachte ein leichtes Zusammenziehen seines Magens.

»Und jetzt sitze ich hier in einem Fünf-Sterne-Luxus-Hotel.« Joni lächelte. Sie wirkte auf einmal gelöst und unbeschwert, beinahe übermütig. »Mein Bett ist unter den Bergen von Kissen kaum zu sehen. Die Dusche in meinem Bad ist so groß wie mein Wohnzimmer und ich habe eine eigene Bar. *Eine eigene Bar.* Ich wette, die hast du organisiert.«

David grinste nur und trank einen Schluck Wein.

»Jetzt sitze ich in einem piekfeinen Restaurant, esse exquisite Speisen und trinke Wein, der normalerweise meinen monatlichen Ausgaben entspricht. Und zu alledem kommt durch die Arbeit bei dem Filmprojekt endlich wieder etwas Geld in meine Kasse. Das habe ich nur dir zu verdanken.«

David nickte.

»Das ist schön, das freut mich wirklich. Aber eigentlich sind wir doch hier, weil *ich* mich bei *dir* bedanken möchte.«

»Ach, das war doch das Mindeste, was ich für dich tun konnte.«

»Und einen Kuss gabs gratis dazu«, sagte David und lächelte.

»Bilde dir bloß nichts darauf ein«, warnte Joni und schwang vergnüglich ihren Zeigefinger.

»Mach ich nicht.« David schüttelte schnell den Kopf. »Ecki

kann ich das sowieso nicht erzählen, sonst rennt der gleich wieder los und kauft einen Tannenbaum.«

Sie lachten laut los und zogen für einen Moment missbilligende Blicke auf sich.

»Darauf ein Prosit«, sagte David und hielt Joni sein Glas entgegen. »Auf die Zukunft!«

»Auf die Zukunft!«, antwortete Joni.

Sie tranken einen Schluck und für einen Augenblick herrschte Stille.

»Übrigens ist sie hier«, murmelte David. Seine Augen suchten in der Ferne nach einem Halt.

»Wer ist hier?«, fragte Joni irritiert. »Wer ist *sie*?«

David räusperte sich.

»Die Zeitmaschine. Die haben sie hergebracht.«

»Du hast sie herbringen lassen?« Joni stellte ihr Glas auf den Untersetzer.

Seit ihrer Rückkehr aus der Steinzeit hatte sie die Zeitmaschine nicht mehr gesehen. David und Ecki hatten den Hangar damals verschlossen und bewachen lassen. Niemand bekam Zutritt zu dem Haus. Wenn sie zur Zeitmaschine gingen, um an ihr herumzutüfteln, dann stets nur zu zweit.

Joni war das recht und unrecht zugleich. Zum einen fühlte sie sich magisch von diesem besonderen Haus angezogen und vermisste es jeden Tag. Zum anderen würde sie in seiner Nähe dieses unerträgliche Fernweh verspüren und war nicht sicher, ob sie es hätte ertragen können.

Nun war das Haus hier und es würde zu ihrer neuen Aufgabe gehören, ihm gegenüberzustehen, es zu betreten, die Erinnerungen zuzulassen und die aufkommenden Gefühle mit dem Produktionsteam zu teilen.

Sie nahm einen großen Schluck Wein. Ihre Hände waren kalt. Ein Zittern überrollte ihren ganzen Körper. Ihr Puls hatte eine beachtliche Frequenz erreicht.

»Ich würde sie gern sehen«, sagte Joni leise und beinahe geistesabwesend, während ihr Blick eine Handvoll Sekunden lang auf ihrem Glas ruhte.

Dann schaute sie David in die Augen und wiederholte ihren Wunsch mit fester Stimme. »Ich würde sie wirklich gern sehen. Am liebsten sofort. Ich meine, morgen sind so viele Leute dabei und die schauen bestimmt auf jede meiner Bewegungen. Es wäre schön, sie vorab und in Ruhe wiederzusehen ohne diese vielen Gaffer.«

David nickte.

»Verstehe. Warum eigentlich nicht? Klar, machen wir.«

Nach dem ausgiebigen Essen fuhren sie mit Davids Auto, das in der Tiefgarage des Hotels stand, wenige Kilometer durch die Nacht zu einem der Produktionsorte. Es war Hochsommer, somit angenehm warm und nicht besonders dunkel.

Die Zeitmaschine stand in einer riesigen, mehrfach hochkompliziert gesicherten Halle. David hatte alle Zugangscodes und Schlüssel bei sich. Hinter ihnen schloss er stets alles sorgfältig wieder zu. Es war alles um Längen aufwendiger gesichert als in dem Hangar, in den Joni einst so leichtfertig hatte einbrechen können. Er hatte dazugelernt.

In der Halle war es weitgehend dunkel. Nur die Notbeleuchtung warf einen matten Schein auf das Haus, das in der Mitte stand.

David drückte ein paar Tasten. Neonröhren an der Decke der Halle summten auf und es wurde etwas heller. Das Licht fiel sanft auf das unscheinbar wirkendende Gebäude.

Joni erinnerte sich, wie sie das erste Mal vor ihm gestanden und große Wunder erwartet hatte. Diese hatten sich zwar eingestellt, aber erst viel später und ganz anders als gedacht.

Langsam gingen sie dichter heran.

»Weißt du, David«, flüsterte Joni, »ich habe mir immer gewünscht, noch einmal damit zu reisen.«

Wie verzaubert schaute sie nacheinander die Tür, die Fenster, die Wände und das Dach an. Da war diese Anziehungskraft, dieses Fernweh, diese Gefühle, am liebsten hineinzuspringen und alles hinter sich zu lassen. Es war, als würden das Haus und das Versprechen, das mit ihm schwang, förmlich nach ihr rufen.

»Tja, Joni«, sagte David seufzend, »meinen Traum, endlich in die Kreidezeit zu reisen und Dinosaurier zu sehen, habe ich auch noch nicht aufgegeben.«

»Ist die Sache mit den Dinos nicht eher was für neunjährige Jungen?« Joni griente frech. »Wenn du alles aus den letzten fünf Milliarden Jahren Zeitgeschichte unserer Erde sehen kannst, warum dann ausgerechnet Saurier?«

»Genau wegen dieser Frage haben Ecki und ich die Zeitmaschine weggeschlossen. Was meinst du, wie viele Leute die Technologie nutzen möchten, um die Geschichte umzuschreiben. Sie wollen den Menschen vergangener Zeiten schneller auf die Sprünge helfen. Es gab da Gedanken, viel früher zu zeigen, wie Ackerbau und Viehzucht zu verbessern sind, medizinische Erkenntnisse schneller voranzutreiben. Nicht zuletzt gab es auch Ideen, Despoten, Mörder und andere Verbrecher aus der Zeit löschen.

Ecki und mir hat das Sorgen bereitet, auch wenn bisweilen gute Absichten dahinterstanden. Je öfter wir auf die Gesetze der Zeit und das Großvaterparadoxon hingewiesen haben, umso mehr wurden wir bedrängt. Doch wir müssen uns immer vor Augen halten, dass wir nur hier sind, weil alles in der Geschichte haargenau so stattfand wie es eben stattfand. Ich wollte nie irgendwas verändern, sondern immer nur Zuschauer sein. Und das geht nun mal am besten mit einer Zeit, in der es noch keine Menschen gab. Saurier sind dahingehend super! Und faszinierend dazu.«

David schaute Joni an, die während seiner Ausführungen nervös am Stoff ihres Kleides genestelt hatte. Er holte tief Luft.

»Was hältst du von einem kleinen, spontanen Sprung in die Kreide?«

Joni schaute überrascht auf.

»Was?«

»Wir halten uns nicht lange auf. Ein paar Stunden höchstens und nur so lange, bis die Akkus wieder aufgeladen sind. Dann landen wir in wenigen Sekunden wieder hier und niemand wird es je erfahren.«

»Scheiße«, murmelte Joni.

Seit Monaten hatte sie kaum einen anderen Gedanken im Kopf, als wieder durch die Zeit zu reisen, und nun wurde ihr die Möglichkeit auf einem goldenen Teller präsentiert.

Sie schaute an sich herunter. »Ich trage ein rotes Cocktailkleid. Wie soll ich denn damit durch die Zeit reisen?«

»Der Zeitmaschine ist es herzlich egal, ob du ein Cocktailkleid oder eine Jogginghose trägst. Außerdem ist es doch super, dann sehen die Saurier auch mal was Nettes«, sagte David lächelnd und hob seine rechte Augenbraue. »Wir bleiben nicht wieder Monate fort. Die Technik der Konsole ist runderneuert und um Längen stabiler als bei unserer ersten Reise. Das wissen aber nur Ecki und ich … und jetzt auch du. Sieh es wie einen Kinoabend. Es gibt zwar kein Popcorn, aber dafür Saurier in 3D. Wir reisen hin, schauen uns ein wenig um und sind schwuppdiwupp wieder zu Hause.«

»Kannst du denn versprechen, dass es dieses Mal keinerlei Probleme geben wird?« Joni sah David herausfordernd an.

»Nö, kann ich nicht«, antwortete dieser. Das leichte Unbehagen in Anbetracht seines spontanen Vorschlags, der keinerlei Vorbereitungszeit beinhaltete, schob er zugunsten der Aussicht auf einen Ausflug mit Joni und dem Bestaunen leibhaftiger Dinosaurier beiseite.

»Also alles wie immer, nur ohne Klemmbretter«, murmelte Joni.

David schob seine Brille die Nase hoch und wartete geduldig auf ihre Entscheidung.

»Also gut, ja«, sagte Joni schließlich und nickte hektisch. »Ich würde gern einmal reisen, ohne vorgeworfen zu bekommen, dass ich eigentlich nichts in dem Haus zu suchen hatte.«

David reichte ihr den Schlüssel.

»Hier«, sagte er freudestrahlend, »ganz offiziell. Du darfst sogar aufschließen.«

»Es ist mir eine Ehre.«

Fröhlich öffnete Joni die Tür auf.

David zeigte ihr, wie die Konsole zu bedienen sei würde, aber das meiste davon versickerte umgehend im Sumpf des Vergessens. Zwar zeigte Joni sich interessiert und wissbegierig, aber so sehr sie sich auch konzentrierte, die entscheidenden Eingaben verstand sie nicht.

»Siebzig Millionen Jahre in die Vergangenheit. Bist du bereit?«

Joni nickte aufgeregt. Ihr Herz klopfte. Sie hoffte, dass die Forschung richtig lag und der Meteoriteneinschlag, der verantwortlich für die Vernichtung der Saurier sein sollte, nicht mit ihrem Eintreffen zusammenfiel.

David holte tief Luft. Dann legte er einen Hebel um. Ihre Augen erfassten erst einen nebligen Schleier, dann einen goldenen Schimmer und schließlich verschwand alles um sie herum.

Es polterte und krachte. Ohne Lärm ging es wohl nicht. Das Haus schien zunächst in der Luft zu schweben und dann auf einen wenige Zentimeter tiefer gelegenen Boden zu fallen. Die Wände, die sich noch nicht ganz materialisiert hatten, hielten jedoch allem tapfer stand und setzen sich artig wieder zusammen. Der Nebel verschwand.

Joni und David schauten sich an. Ein Blick durchs Fenster

verriet, dass die Reise geglückt schien. Außergewöhnliche Pflanzen waren zu erkennen.

»Mir fehlen immer noch die großen Worte für die Geschichtsbücher«, sagte David. »Du weißt schon, der Armstrong-Augenblick für Zeitreisen. Aber ich habe nun endlich eine Idee, was ich sagen werde, wenn ich vor die Tür trete.«

»Ich bin froh, dass ich nicht kotzen muss und mein Magen das leckere Essen von vorhin drin behalten hat«, meinte Joni ausgelassen und rieb ihren Bauch. »Und diesmal lass ich dir auch den Vortritt. Bitte sehr. Sprich deine denkwürdigen Worte.«

Sie beugte ihren Kopf und zeigte feierlich auf die Tür.

»Vielen Dank«, antwortete David mit einem Nicken und holte tief Luft. Er wollte den historischen Augenblick in Ruhe und mit Würde einläuten.

Da stürmte eine leichtbekleidete Frau durch den Flur zur Tür, riss diese auf und rannte zu einem besonders hübschen Farn, der zu seinem Leidwesen ziemlich viel Mageninhalt aufnehmen musste.

»Was zum Geier ...!« David rutschte die Brille von der Nase. Verunsichert und mit einem langgezogenen »Äh«, das tief aus seiner Kehle drang, trat er ins Freie.

»Scheiße.« Joni schluckte und folgte ihm.

Glücklicherweise war der Farn, über den sich die Frau beugte, nicht nur besonders hübsch, sondern auch besonders riesig.

»Hört das denn nie auf«, sagte David kläglich und meinte nicht unbedingt das Würgen.

»Warum hast du nicht erzählt, dass du eine Freundin hast?«, fragte Joni säuerlich und konnte ihren Unmut über die Anwesenheit der Frau kaum verbergen. Mit zusammengezogenen Augenbrauen musterte sie die Unbekannte.

»Ich habe keine Freundin«, knurrte David.

»Wie bitte? Da springt eine Frau in Spitzenunterwäsche aus

deinem hochgesicherten Haus und du weißt nicht, wer sie ist?«
Verbitterung brodelte in Joni.

»Ob du es glaubst oder nicht, aber genau das ist mir schon einmal passiert«, konterte David und fügte schnell hinzu: »Nur ohne den Teil mit der Unterwäsche.«

Ertappt. Joni rollte mit den Augen.

»Und wer ist die dann?«, fragte sie und verschränkte ihre Arme.

»Keine Ahnung«, brummte David.

Die Frau stellte sich nun aufrecht hin, schaute verdattert umher und wischte sich mit dem Handrücken über den Mund. Dann erblickte sie David.

»Oh, hallo«, sagte sie mit zitternder Stimme und kam mit offensichtlich wackeligen Knien näher. »Tut mir leid, dass du das eben mitansehen musstest. Ich wusste gar nicht, dass du auch schon hier bist.«

»Äh, was?« David atmete schwer und hätte am liebsten den gleichen Fragenkatalog heruntergerasselt, den Joni damals zu hören bekam.

»Die haben ja hier ganz schön was aufgebaut«, sagte die Frau staunend und hielt die Hände über die zusammengekniffenen Augen.

»Entschuldige bitte, ich brauche etwas Kontext. Würdest du mir freundlicherweise erklären, wer du bist?«, fragte David und zwang sich, die Beherrschung nicht zu verlieren. Wie gut musste er denn seine Zeitmaschine noch sichern, damit *niemand* darin einbrechen konnte?

»Ach so, ja«, sagte die Frau und streckte David ihre andere Hand entgegen, »ich habe mich noch gar nicht vorgestellt. Ich bin die Joni. Wir sind zusammen durch die Zeit gereist, du erinnerst dich vielleicht …« Sie versuchte sich an einem Lachen.

»Du bist allenfalls komplett bescheuert«, entfuhr es Joni.

»Joni«, fuhr David dazwischen, obwohl er ihr uneingeschränkt beipflichtete.

Die fremde Frau machte große Augen. »Ach, Joni, du bist auch hier. Entschuldige, ich habe dich nicht gleich erkannt. Dann sind die beiden Jonis ja vereint. Ich freue mich, dich endlich persönlich kennenzulernen.« Ihre Hand, deren Gruß von David bisher nicht angenommen wurde, reckte sich nun ihr entgegen.

»Sag ich doch, komplett bescheuert«, murmelte Joni erneut und verschränkte demonstrativ ihre Arme.

»Was ist denn hier für ein Lärm?« Eine maulige Stimme drang aus dem Haus. Einen Augenblick später erschien Ecki, mit nicht mehr als hübschen, bunten Boxershorts bekleidet, in der Tür. Er hielt sich ebenfalls die Hand über die Augen und schaute ins Grüne.

»Wow, die waren ja echt fleißig«, meinte er. »Sieht total echt aus.«

»Ecki?« David ging ein paar Schritte auf seinen Freund zu. »Was machst du hier?«

»Oh, ich wollte Mona nur mal das Haus zeigen.«

»In Unterwäsche?«

»Äh ... also ... ich ...«

»Ecki, ihr habt doch nicht etwa in meinem Bett ...?«

»Nein, nein!« Ecki hob schnell die Hände. »So weit sind wir gar nicht gekommen.«

»Ich Glückspilz«, knurrte David.

Ecki trat ins Freie.

»Irgendwas war gerade komisch ...«, murmelte er. »Da war dieser Krach. Mona lief plötzlich weg ... Und dann hörte ich eure Stimmen.«

Er schaute sich um.

»Krass, die arbeiten wohl auch mitten in der Nacht. Komisch. Was soll denn der Stress? Ich dachte, es liegt alles im Zeitplan«, sagte er und schaute grübelnd zu seinem Freund.

»Wovon redest du? Wer sind *die*?« David begriff nicht, wovon Ecki sprach.

»Als Mona und ich vorhin in das Haus reingegangen sind, war das alles noch gar nicht da. Ich hatte am Nachmittag mit den Typen von der Kulisse gesprochen. Eigentlich sollte unsere Wiese erst ab morgen Vormittag aufgebaut werden.«

Langsam ging er durch das Gras.

Von niemandem bemerkt, kreiste über ihren Köpfen ein eindrucksvoll großer Flugsaurier, der nach Beute Ausschau hielt. Die vier Gestalten auf dem Boden schienen ihn zu interessieren, aber er befand sie wohl nach reiflicher Überlegung als viel zu unhandlich. Der Hunger war für ein derartiges Experiment offenbar nicht groß genug. Gemächlich zog er von dannen.

»Das ist doch überhaupt nicht authentisch«, meinte Ecki und streifte mit den Händen durch das Gras. »Unsere Wiese sah ganz anders aus. Wozu habe ich denn stundenlang mit denen gesprochen?«

Joni öffnete den Mund und wollte die Sache aufklären. Doch David hielt seine Hand wie ein Stoppschild hoch, um sie zu bremsen.

»Warte, er kommt gleich selbst drauf«, flüsterte er und zwinkerte ihr zu.

»Laurenz, ich finde das alles unheimlich«, jammerte nun Mona. Sie taperte unbeholfen durch das hohe Gras und klammerte sich an Ecki.

Sie nannte ihn tatsächlich *Laurenz*. David und Joni pressten ihre Lippen aufeinander, um nicht loszuprusten.

In Eckis Gehirn ratterte es gewaltig. Er sah den wolkenverhangenen Himmel, er strich über die hohen Farne, er fühlte die feuchtwarme Luft. Mit einem tiefen Atemzug drehte er sich zu seinem Freund um.

»Alter, wo sind wir?«

»Kreide. Siebzig Millionen Jahre in der Vergangenheit«, verkündete David feierlich. »Wir haben soeben bei den Sauriern eingecheckt.«

»Waaas?«, kreischte Mona. »Das ist doch ein schlechter Scherz!«

Ecki dagegen lachte los.

»Alter, du und deine dämlichen Saurier. Jetzt hast du dir endlich deinen Traum erfüllt und Joni einfach mitgenommen.«

Er schaute Joni freudestrahlend an.

»Wie siehst du denn aus? Kommst du gerade vom Joggen oder warum trägst du dieses entzückende Kleid?«

Joni knuffte ihn für seinen Kommentar lachend in die Seite.

»Und du wolltest wohl gerade in die Oper«, sagte sie und zeigte auf seine Boxershorts.

Lachend umarmten sie sich. Auch David kam dazu und begrüßte nun endlich auch gebührend seinen besten Freund mit einem kräftigen Handschlag.

Er war froh, dass sich die Situation mit der fremden Frau so schnell aufgeklärt hatte. Ecki hatte natürlich ebenfalls alle Zugangscodes zur Zeitmaschine erhalten, denn diese gehörte zur Hälfte ja auch ihm. Und offensichtlich schöpfte er seine damit bestehenden Möglichkeiten restlos aus.

Jonis Blick fiel auf Mona.

»Warum hast du gesagt, du seist Joni?«

Mona jedoch, vom Schock geplagt, rührte sich nicht und beäugte das Wiedersehen der drei Freunde mit skeptischen Blicken.

»Das ist gar nicht mal so falsch«, sagte Ecki. »Mona ist Schauspielerin und im Film wird sie die Rolle der Joni übernehmen.«

Joni verstand nun die Worte der jungen Frau, wusste jedoch noch nicht, ob ihr das gefallen würde oder nicht. Kritisch betrachtete sie ihr Gegenüber. Im Moment stand ihr Film-Ich wie ein Häufchen Elend in der Gegend rum.

»Ach, Ecki, wäre es zu viel verlangt, wenn ich euch darum bitte, euch anzuziehen?«, fragte David. »Ich meine, wir werden hier ein paar Stunden bleiben und uns ein bisschen umschauen. Das wäre mit einer Schicht Kleidung sicher besser als halbnackt.«

Er schaute skeptisch auf die Boxershorts, auf denen Palmen vor einer untergehenden Sonne zu sehen waren. »Außerdem denke ich, dass ich im Interesse aller spreche.«

Ecki kratzte sich verlegen am Kopf.

»Äh, tja, also … Das geht nicht. Unsere Klamotten liegen in der Halle verstreut. Wir haben uns schon vor dem Haus …«

»Ja, ja, alles klar«, sagte David und winkte schnell ab. »Geht bitte einfach in mein Schlafzimmer. Den Weg kennt ihr ja. Im Schrank müssten noch ein paar Sachen liegen.«

Kurz darauf standen ein Mann und eine Frau jeweils im weißen Herrenhemd mit hochgekrempelten Ärmeln und Unterhose, eine Frau im roten Cocktailkleid und ein Mann im dunkelblauen Anzug vor einem Haus in der Kreidezeit.

David und Joni hatten ihre Schuhe ausgezogen und ins Haus gestellt. Hochhackige Pumps und auf Hochglanz polierte Lederschuhe würden in der sumpfigen Gegend nicht besonders praktisch sein. Zur Sicherheit und den Umständen entsprechend hatte David außerdem die Hosenbeine seines Anzugs nach oben gekrempelt.

Es war eine überaus schrullig anmutende Gruppe von Abenteurern und weit entfernt von den typischen Safari-Outfits, wie man sie aus Filmen kennt.

»Können wir nicht einfach wieder zurückfliegen?«, fragte Mona vorsichtig. »Bitte Laurenz!«

»Süße, ich habe es dir doch schon erklärt, die Akkus müssen sich erst wieder aufladen. Wenn wir zu voreilig abreisen, könnte es zu Problemen kommen. Wir dürfen nichts riskieren.« Er richtete seinen Blick auf David. »Sag mal, du hast doch die Anzeigen gesehen. Was meinst du, wie lange wird es dauern, bis die Akkus wieder voll einsatzfähig sind?«

David schaute nachdenklich zum Himmel.

»Hm, kann ich nicht genau sagen. Der Sprung von siebzig Millionen Jahren war gewaltig. Der hat fast die komplette Energie aufgezehrt. Würde die Sonne kräftig scheinen, könnten wir schon in zwei, drei Stunden wieder weg. Aber wie ihr seht, ist der Himmel voller Wolken. Möglicherweise dauert unser Aufenthalt doch länger als geplant. Geht mal eher von mindestens sechs Stunden aus.«

Mona schluchzte auf und presste ihr Gesicht an Eckis Schulter. Seine Arme umschlangen sie zärtlich tröstend.

»Es ist ja tatsächlich alles wie immer«, sagte Joni schulterzuckend. »Das Einzige, das sicher ist, ist, dass *nichts* sicher ist. David, du hast wirklich nicht zu viel versprochen.«

David grinste.

»Richtig, alles wie immer, nur mit Mona«, sagte er. »So, ich weiß ja nicht, was ihr macht, aber ich suche mir jetzt einen Saurier. Genau dafür bin ich hier und die Chance lasse ich mir nicht entgehen. Wer kommt mit?«

»Kino ohne Popcorn, dafür Saurier in 3D«, erwiderte Joni. »Das wurde mir zumindest versprochen.« Sie lief David hinterher, der sich schon einen Weg durch die Farne bahnte.

Auch Ecki löste sich aus der Umarmung von Mona, nahm sie bei der Hand und wollte seinen Freunden folgen.

Mona schüttelte den Kopf.

»Bitte Laurenz«, flehte sie. »Lass uns hierbleiben.«

»Wenn du nicht mitkommen möchtest, dann bleib im Haus«, sagte Ecki. »Aber ich *muss* mit ihnen gehen. Ich habe so viel mit den beiden durchgemacht, dass ich es mir ewig vorwerfen würde, wenn ich ausgerechnet bei diesem Abenteuer nicht dabei gewesen wäre. Nicht zuletzt habe ich mit David genau deswegen die Zeitmaschine erfunden. Wegen seiner Saurier. Und wenn ich schon mal hier bin, will ich die auch sehen.«

Mona presste die Lippen zusammen und schaute zwischen dem vermeintlich sicheren Haus und der vermeintlich unsicheren Wildnis der Kreide hin und her.

»Was ist, wenn ihr alle von einem Saurier gefressen werdet?«, fragte sie. »Dann sitze ich allein in dem Haus und komme auch nicht nach Hause.«

»Äh, ehrlich gesagt, bei unserem Glück ist dieser Gedanke nicht ganz abwegig«, sagte Ecki und kniff die Augen zusammen.

Der vermeintliche Witz war ihm nicht sonderlich gelungen. Mona riss ihre Augen auf.

Doch Ecki nahm einfach ihre Hand.

»Ich pass gut auf dich auf. Was soll denn schon passieren?« Er zog sie sacht hinter sich her.

Auf ging es in ein neues Abenteuer. Warum auch nicht? Als Zeitreisepioniere hatten sie sich einen Namen gemacht, und wer erst einmal einen steinzeitlichen Winter überlebt hat, den sollte die Kreidezeit kaum schocken.

Sie balancierten über nassen, glitschigen Boden, der immer wieder mit Pfützen übersät war. Ihre nackten Fußsohlen suchten krampfhaft nach ein wenig Halt, während ihre Arme um Gleichgewicht ringend in der Luft umherschwangen. Besonders schnell kamen sie nicht voran.

Gigantische Bäume mit dicken Borken wuchsen in den Himmel. Ihr Blätterwerk war beeindruckend dicht. Farne, Flechten und zartgrünes Gras überwucherten die komplette Landschaft. Aber auch mächtige Steine und abgebrochene Äste prägten das Bild.

Hunderte von Insekten, vor allem Libellen, zum Teil so groß wie Unterarme, schwirrten durch die Luft. Die Geräusche, die sie machten, erinnerten an kleine Windmühlen aus Plastik in den Händen von Kindern. Merkwürdige Vögel mit langen Hälsen und spitzen Schnäbeln sausten in hohem Tempo zwischen den Bäumen hin und her. Ab und zu verschwand eine Schlange, die auf Beute gelauert hatte, im Gebüsch.

Begeistert sah sich David um und wusste vor lauter Aufregung gar nicht, wohin er zuerst blicken sollte. Sein großer Traum wurde endlich mit Leben gefüllt.

Immer wieder blieb er stehen und schaute sich die Details einer Pflanze oder eines Tieres genauer an. Vorsichtig strich er mit seinen Händen über Gräser, Farne und Baumstämme. In wenigen Momenten vergaß er sogar beinahe seine Begleiter. Es fühlte sich für ihn an, als würde er in einer spannenden Dokumentation die Hauptfigur spielen.

Ein kleines Tier, das eine wilde Mischung aus einem Waschbären, einem Eichhörnchen und einer Ratte darstellte, huschte an ihnen vorbei und nahm auf einem umgefallenen Baum Platz. Seine dunklen Augen betrachteten neugierig die vier Menschen.

»Was für ein niedliches Ding. Was ist das?«, fragte Joni leise.

»Wenn ich nicht komplett falsch liege, ist das ein Säbelzahn-Eichhörnchen«, antwortete David begeistert und schob seine Brille nach oben. Er wagte kaum zu atmen.

»Säbelzahn-Eichhörnchen? Wie Säbelzahn-Tiger nur als Eichhörnchen?« Joni hob die Augenbrauen. »Du veralberst mich doch.«

David schüttelte den Kopf und schlich sich vorsichtig näher an das kecke Tier heran.

»Ein Königreich für einen Fotoapparat«, murmelte er und ärgerte sich, dass er nicht mal sein Telefon dabeihatte.

Langsam näherten sich auch Ecki und Joni dem kleinen Wesen, das eher nach Eichhörnchen als nach Säbelzahn aussah und absolut keinen angsteinflößenden Eindruck machte.

Die Einzige, die an dem Forschungsausflug sichtlich keinen Spaß hatte, war Mona. Krampfhaft hielt sie sich an Eckis Hand fest und musste ihm daher wohl oder übel folgen. Wie ein Storch stakte sie über den aufgeweichten Erdboden.

Dem possierlichen Tierchen wurden die vielen Augen, die sich auf es richteten, offenbar unheimlich. Ruckartig drehte es sich um und verschwand im Dickicht.

»Süß, oder?«, fragte Ecki seine Freundin.

»Weiß nicht«, antwortete diese. »Hoffentlich begegnen wir nicht auch noch einem Säbelzahntiger.«

»Diese Sorge kann ich dir nehmen«, sagte Ecki. »Die Tiere gibt es in dieser Epoche noch gar nicht. Wir dürfen uns ganz entspannt über die Eichhörnchen-Version freuen.« Er grinste.

Die vier gingen weiter. Der Boden wurde immer nasser und matschiger, die Pfützen größer. Schließlich endete ihr Weg auf einer Anhöhe, die den Blick auf ein gigantisch großes Plateau ermöglichte. Die Ebene schien weniger sumpfig zu sein und eher aus festem Untergrund zu bestehen. Nur vereinzelt standen dort ein paar knorrige Bäume. Links und rechts ragten moosbewachsene Felsen in die Höhe.

David hielt den Atem an. In weiter Ferne sah er eine Herde friedlich grasender Saurier.

Saurier. Echte, lebende Saurier.

Sie bewegten sich nur langsam vorwärts und schienen um jeden Grashalm bemüht. Ihr Anblick erinnerte an eine Schafherde, nur dass die Schafe in diesem Fall deutlich größer und ohne die typische Wollhülle unterwegs waren.

Auch Joni und Ecki schauten begeistert über die Ebene. Wenngleich sie Davids tiefe Faszination für diese majestätischen Geschöpfe nicht teilten, war es auch für sie ein einzigartiges Erlebnis.

Wie oft hatten sie Animationen gesehen oder Zeichnungen

oder Spielfiguren, die den Menschen die Geschichte der Saurier näherbringen sollten. Sie konnten die Filme kaum zählen, in denen diese eine Hauptrolle spielten.

Jedes, wirklich *jedes* Kind wusste um die Existenz der Giganten, und nicht wenige träumten davon, einmal eines der kleineren Exemplare berühren zu können.

Joni und Ecki sahen sich mit breitem Grinsen an. Sie freuten sich unendlich mit ihrem Freund. Er hatte nie die Begeisterung für Saurier verloren, wie es bei den meisten früher oder später geschah. Sein ganzes Leben lang hatte er auf diesen Moment hingefiebert.

»Ich kann es nicht fassen«, flüsterte David mehr zu sich als zu den anderen. »Das ist einfach unglaublich.« Sein Herz machte Luftsprünge. Er war so sehr in den Anblick versunken, dass er für einen Moment alles um sich herum vergaß.

Mona holte ihn unsanft zurück.

»Jetzt hast du deine Saurier gesehen«, durchbrach sie diesen denkwürdigen Augenblick. »Dann können wir doch ins Haus zurück und warten, bis die Akkus aufgeladen sind.«

Keiner der drei anderen reagierte auf die Worte.

»Alter, ich bin so stolz auf dich«, sagte Ecki stattdessen und klopfte seinem Freund anerkennend auf die Schulter.

»Auf *uns*, Ecki, auf *uns*«, erwiderte David, ohne seinen Blick von der Herde zu lösen.

»Also gut, wir sehen hier Saurier«, sagte Joni, »aber was sind das nun genau für welche? Und sag bloß nicht Säbelzahn-Saurier, das glaube ich dir diesmal nämlich nicht.« Sie stellte sich auf die Zehenspitzen, konnte dadurch aber auch nicht viel mehr sehen.

»Nein, Säbelzahn-Saurier kenne ich nicht«, entgegnete David kopfschüttelnd. »Die Herde ist ziemlich weit weg. Für eine genaue Bestimmung müssten wir …«

»Ich gehe keinen Schritt näher.« Mona ließ Eckis Hand los und verschränkte protestierend die Arme.

Joni konnte in diesem Moment kaum glauben, dass Mona eine überzeugende Darstellung der *Joni* geben würde. Die Neugier fehlte ihr schon mal komplett. Mut sowieso. Wer hatte die nur gecastet?

Eine Libelle von der Größe einer Suppenkelle flog ratternd an Monas Gesicht vorbei. Diese presste ihre Lippen aufeinander, schloss angewidert die Augen.

»Lasst uns zum Haus zurückgehen«, schlug Ecki vor. Mona sah erfreut auf und wollte ihm offenbar gerade dankbar um den Hals fallen, doch er sprach weiter.

»Im Haus liegt das Fernglas, das ich von euch zu Weihnachten bekommen habe. Das hatte ich da mal liegen lassen. Damit könnte David die Saurier anschauen, ohne sich in Gefahr zu begeben. Wer weiß, ob diese Viecher nicht doch plötzlich Lust auf knackig frisches Menschenfleisch bekommen, wenn sie uns Hübsche erst mal bemerken.«

Das sagte der, der in einem fremden Hemd und mit bunten Boxershorts dastand.

»Schön, dass dir das jetzt schon einfällt«, sagte David mit einem ironischen Unterton. Mit Blick auf Mona ergänzte er grinsend: »Wo hast du nur deine Gedanken?«

Ecki sah daraufhin Joni aus dem Augenwinkel an und meinte: »Nun, wir haben zwar ein Fernglas, aber weder Fotoapparat noch sonstige nützliche Dinge dabei. Ich gebe deshalb die Frage, wo die Gedanken geblieben sind, direkt an dich zurück.«

Er schaute David nun in die Augen und grinste.

Joni versuchte, so zu tun, als hätte sie diese spitze Bemerkung nicht verstanden.

Und David hatte die Andeutung anscheinend wirklich nicht verstanden, denn er stutzte zwar kurz, lenkte seinen Blick jedoch umgehend wieder auf die Saurierherde. Das war unmissverständlich gerade seine Nummer eins im Kopf.

»Also wollen wir jetzt das Fernglas holen oder nicht?«, fragte Ecki und hob ungeduldig die Hände.

»Ja, natürlich«, entgegnete David. »Ich würde die Herde zu gern mal genauer betrachten.« Er stupste sich mit einem Finger an die Nase.

Joni nickte begeistert.

Sie begaben sich auf den Rückweg. Vielleicht hatten sie Glück und die Saurier warteten freundlicherweise darauf, mit dem Fernglas beobachtet und bestimmt zu werden.

Mona bestimmte auf ihrer Rückkehr das Tempo. Sie trainierte offensichtlich für einen Marathon und lief an der Spitze der Gruppe. Das Bild hatte sich gewandelt: Nun zog sie Ecki mit sich, statt umgekehrt.

Sie erreichten schon bald ihr Ziel.

Ecki suchte das Fernglas, während Joni mit Erlaubnis von David und unter Einsatz des Notstromaggregats für alle einen Kaffee kochte. Die Kaffeemaschine, die auf der ersten Reise als Ersatzteillager ihr Leben lassen musste, war eines der ersten Dinge, die neu angeschafft und installiert worden waren. Nun gab sie ihr Debüt siebzig Millionen Jahre vor der Erfindung des Stroms.

So viel Zeit musste nun doch sein. Stühle und Tische gab es keine, aber einen Sitzplatz fand jeder, entweder auf Steinen oder direkt auf dem Boden, der um das Haus herum recht fest und trocken war.

Ein paar Minuten später saßen die vier zusammen und pusteten in ihre Tassen. David hatte seine geliebte Sternentasse bekommen, die bei seiner ersten Zeitreise für etwas Ärger gesorgt hatte. Aus dem Haus schallte Bob Marley mit *Sun is Shining*.

»Na wenigstens habt ihr ein Radio«, sagte Mona und seufzte. »Zumindest ein Hauch von Heimat.«

»Radio?«, fragte Joni. »Nein, ein Radio würde nicht funktionieren, weil es noch keine Funkmasten gibt.«

»Bravo, du hast ja sogar aufgepasst, wenn ich dir was erklärt habe«, meinte David und hob seine rechte Augenbraue. »Joni hat vollkommen recht. Radios funktionieren nicht durch die Jahrmillionen hindurch. Wir hören gerade Musik aus der Konserve, also vom Speichermedium. Es ist eine Playlist, die ich nach der letzten Reise zusammengestellt habe.«

Die Idee, Musik auf Reisen dabei zu haben, hatte einst Joni in der Steinzeit ins Spiel gebracht und war direkt nach der neuen Kaffeemaschine eine weitere Investition gewesen.

»Trotzdem ein Hauch von Heimat, ist doch nun egal, wo es herkommt«, meinte Mona sichtlich genervt.

»Ey, Joni, schau dir die fetten Pilze an«, rief Ecki lachend und zeigte auf ein wirklich großes Exemplar, das ihm fast bis zu den Knien reichte. »Da reicht einer locker für zwei Suppen.«

»Immer noch besser, als wenn du wieder auf Hasenjagd gehst«, konterte Joni, »oder besser gesagt auf Säbelzahn-Eichhörnchen-Jagd.«

»Bei diesen Pilzen solltet ihr nicht einen Gedanken an Suppe verschwenden«, erklärte David. »Die haben mit den Dingern, die in unseren Wäldern stehen, nicht sonderlich viel gemeinsam.«

»Gut, dass du uns das sagst.« Joni schüttelte den Kopf. »Ich war schon fast auf dem Weg in die Küche, um Salzwasser aufzusetzen.«

Schneller als gedacht verlor sich das ohnehin wenige Tageslicht. Niemand wollte durch die Dunkelheit zurück zu der Ebene laufen. Selbst mit Fernglas wäre dann kein Saurier auszumachen.

Außerdem waren die vier zu einer Tageszeit aufgebrochen, als die Nacht bevorstand. Eine bleierne Müdigkeit hatte sich auf sie gelegt, die trotz der aufregenden Ereignisse schwer zu ignorieren war.

Das sah auch David schweren Herzens ein und sie einigten

sich darauf, die Nacht in den sicheren Wänden des Hauses zu verbringen und gleich am frühen Morgen des kommenden Tages zu Ebene aufzubrechen.

Mona und Ecki durften im Schlafzimmer nächtigen, denn sie hatten das Bett ja quasi schon vorgewärmt. Joni freute sich, die Nacht auf *ihrem* Sofa zu verbringen.

David dagegen wollte sich ein Plätzchen im Labor zurechtmachen. Er schob den schmalen Tisch mit den Reagenzgläsern und dem Bunsenbrenner an die Wand. Schlafsäcke, Matratzen und Decken gab es nicht. Da keine Reise geplant war, hatte er auch nichts vorbereitet.

Er legte sich auf den blanken Fußboden und schaute zur Decke. Kurz darauf drehte er sich zunächst auf die eine, dann auf die andere Seite. Schließlich lag er auf dem Bauch. Keine der Positionen brachte jedoch auch nur ansatzweise Gemütlichkeit mit sich, und an Schlaf war nicht zu denken.

»Wenn ich gewusst hätte, dass meine Zeitmaschine einem Hotel gleicht, hätte ich auch gleich eins drumherum bauen können«, knurrte er. »Wäre jedenfalls besser gewesen als ein kleines Haus für nur eine Person.«

Seufzend quetschte er sich schließlich sitzend in eine Ecke des Zimmers und lehnte seinen Kopf nach hinten. Die ganze Nacht verbrachte er im Halbschlaf. Manchmal fielen ihm die Augen zu, meistens allerdings schaute er müde auf die Reagenzgläser. Erst gegen Morgen, als es bereits dämmerte, sank er in einen kurzen Tiefschlaf.

Diese Phase hielt nicht lange an. Die drei anderen kamen wie abgesprochen frühzeitig in Bewegung und suchten nach ein paar Essensresten, aus denen sich ein karges Frühstück zaubern ließ. Sie fanden immerhin ein paar ältere, aber gerade noch genießbare Kekse, Schokoriegel, die es seinerzeit nicht bis zu den Urmenschen geschafft hatten, und natürlich wohltuenden Kaffee.

Joni fragte sich, wo David blieb, und öffnete die Tür zum Labor, um ihn zu wecken. Da sah sie ihn in der unbequemen Haltung in die Zimmerecke geklemmt. Die Arme hielt er verschränkt vor der Brust. Sein Kopf war nach vorn gefallen und die Brille hielt sich nur noch an einem unsichtbaren, seidenen Faden auf seiner Nase.

Der gebotene Anblick versetzte Jonis Fröhlichkeit einen heftigen Dämpfer. Da saß einer der genialsten Erfinder seiner Zeit wie ein alter Besen abgestellt in seinem eigenen Haus, während den anderen recht annehmliche Schlafmöglichkeiten zur Verfügung gestanden hatten.

Sie schluckte kurz und ließ sich nichts anmerken.

Laut klopfte sie an den Türrahmen.

»Hey, David«, rief sie ins Labor. »Los, aufstehen, du Langschläfer! Wir wollen frühstücken.«

David hob den Kopf und die Brille fiel in seinen Schoß.

»Komme schon«, sagte er heiser und quälte seinen Körper aus der Ecke heraus.

Einige Minuten später saßen sie wieder zu viert vor dem Haus. Die Sonne strahlte zur Freude von allen an diesem wundervollen Morgen aus Leibeskräften. Das würde dem Ladestand der Akkus guttun.

»Ich gehe nicht noch einmal durch diesen Sumpf«, verkündete Mona. »Laurenz und ich haben heute Nacht lange darüber diskutiert, aber mein Entschluss steht fest. Wir bleiben hier, was mir sicherer scheint als irgendwelchen Dinos nachzujagen.«

»Ich finde, wir sollten zusammenbleiben.« Davids Stimme blieb heiser. »Das erschien mir schon in der Steinzeit das Vernünftigste zu sein. Außerdem ... sind Dinosaurier atemberaubend und wundervoll und ...«

»Das ist es ja«, sagte Mona mit theatralisch klagendem Unterton. »Dinos zu sehen, ist *dein* großer Traum, nicht *meiner*. Mich lässt der Anblick dieser Viecher vollkommen kalt. Ich will einfach wieder nach Hause. Und falls du nachher von einem T-Rex gefressen wirst, kann zumindest Laurenz mich wieder zurückbringen.«

Zu gern hätte David gewusst, wie einen der Anblick von echten Dinosauriern kalt lassen könnte, aber er sah ein, dass eine Diskussion darüber im Nirgendwo geendet hätte.

»Ich bleibe natürlich hier bei Mona«, sagte Ecki dumpf. Er lächelte zwar tapfer, aber auch der empathieloseste Beobachter hätte erkannt, dass er viel lieber seinen Freund begleitet hätte. Kaum war er mit einer Frau zusammen, stand er schon unter deren Fuchtel.

Selbst schuld, dachte David noch, als Joni laut verkündete, dass sie ihn selbstverständlich begleiten wolle.

David lächelte und freute sich über ihre Entscheidung.

Nach dem Frühstück liefen sie los.

Die Luft war schwülwarm, geradezu stickig und feucht. Jonis und Davids Kleidung klebte vom Schweiß an ihren Körpern. Ihre Haare hingen schwer herab wie nach dem Waschen.

Die beiden wateten durch die sumpfige Wiese, die bereits am Vortag ihr Wanderweg gewesen war.

David erklärte währenddessen begeistert, dass die Erdoberfläche mit ihren Kontinenten gerade vollkommen anders aussah, es noch nicht mal Polkappen gab und der Meeresspiegel deutlich höher war als in ihrer Zeit. In dieser Zeit, der Kreide, kannte er sich aus und teilte ungefragt und mit maximalem Enthusiasmus sein Wissen. Ob sein Gegenüber, in diesem Fall Joni, dies interessierte oder verstand, war zweitrangig.

Joni hörte in der Tat nur mit halbem Ohr zu. Die Kreide mit allen Sinnen zu entdecken, sie zu riechen, zu fühlen, zu sehen, war ihr um Längen lieber, als eine verbale Gratis-Geschichtsstunde mit einer Aneinanderreihung von Fakten zu bekommen.

Begeistert bestaunte sie abermals die riesigen Libellen und hielt nach dem Säbelzahn-Eichhörnchen Ausschau.

Trotzdem unterbrach sie den Wasserfall-Vortrag von David nicht, denn sie mochte seine faszinierten Blicke und seine strahlenden Augen. Seine ungebrochene Begeisterung schwappte förmlich auf sie über. Hin und wieder sagte sie »Aha« oder »Wow«, um zu demonstrieren, was für eine aufmerksame Zuhörerin sie doch war.

Bald erreichten sie wieder den Rand des offenen Plateaus. Weit und breit war kein Saurier zu sehen.

Die beiden setzten sich auf ein paar Steine in den Schatten und schauten in die Ebene herunter. David, der das Fernglas einsatzbereit um seinen Hals getragen hatte, hielt sich selbiges nun aufgeregt vor die Augen.

Hätte Joni nicht so laut mit ihrer Kekstüte hantiert, wäre dies der perfekte Moment gewesen, um die Zeit für einen Augenblick vergessen zu können. Es gäbe nur ihn, das Fernglas, die Ebene und ... Es knisterte.

»Joni, du verjagst mit den blöden Keksen noch die Tiere«, sagte David. Er wollte vorwurfsvoll klingen, aber es gelang ihm nicht.

»Vielleicht locke ich sie auch an.« Joni lachte.

Daran hatte David gar nicht gedacht. Bei genauerer Betrachtung wusste er nicht, welches der beiden Szenarien besser sein würde. Vermutlich käme es auf die Tierart an.

Er schaute langsam über die Ebene und betrachtete beinahe jeden Grashalm. Als ob sich ein Saurier hinter einem Grashalm verstecken könnte.

Wieder knisterte es.

»Sie graben übrigens an unserer Höhle«, sagte Joni schmatzend zwischen Kekskrümeln.

»Du siehst ja ohne Fernglas mehr als ich«, murrte David und kniff die Augen zusammen, um noch besser sehen zu können.

»Hä? Ach, Blödsinn! Ich meine doch keine Saurier. Ich meine die Typen, die sich an unserer Höhle zu schaffen machen.«

»Wer gräbt? Wo?«, fragte David irritiert. Er befand sich gerade in einem der aufregendsten Zeitpunkte der Geschichte und seines eigenen Lebens. Etwas Ruhe und Besinnung darauf wären äußerst angenehm gewesen. Doch offenbar unterwanderte Joni diesen glorreichen Augenblick mit einem Themenwechsel.

»Na, die Typen, die immer rumbuddeln und irgendwelche Scherben in Vitrinen ausstellen. Wie heißen die noch?« Joni schnippte unruhig mit den Fingern.

»Archäologen!«, rief sie endlich erleichtert. »Die haben wohl herausgefunden, wo unsere Höhle gewesen sein muss. Da wir damals aufgrund unserer etwas überstürzten Abreise alles zurückgelassen haben, graben die jetzt, in der Hoffnung, etwas Verwertbares zu finden.«

Eine kleine Falte erschien auf Davids Stirn direkt zwischen den Augenbrauen. Er ließ langsam das Fernglas sinken und schaute in die Ebene.

»Ich bin mir nicht sicher, ob ich das gut finde«, murmelte er.

»Wieso? Hast du Angst, die könnten unseren Papierkorb in ein Museum schleppen?«

»Um den mache ich mir in der Tat am wenigsten Sorgen. Aber unsere Kamera zum Beispiel ist damals auch in der Höhle geblieben.«

Joni hob die Augenbrauen.

»Dann machst du dir Sorgen, jemand könnte unsere Fratzenfotos entdecken? Du glaubst doch nicht im Ernst, dass die Speicherkarte nach Tausenden von Jahren in Kälte, Hitze und Feuchtigkeit noch jemand auslesen kann. Eher gehe ich davon aus, dass die ein römischer Soldat gefunden und für viele Sesterzen verkauft hat, ohne auch nur annähernd zu wissen, was das für ein Teil war. Wer weiß, in welchem Palast das Ding gelandet ist.«

David strich hastig durch sein Haar.

»Nein, ich denke auch nicht, dass die Fotos entschlüsselt werden können. Obwohl ... Ausschließen kann man es wohl nicht komplett. Heutzutage ist so vieles möglich. Es ist nur ... Es fühlt sich falsch an. Es ist, als würde jemand in mein Wohnzimmer einbrechen und darin herumwühlen.«

»Die Höhlenmenschen oder andere Völker hat auch keiner je gefragt, ob ihre Wohnungen ausgegraben werden dürfen«, meinte Joni.

»Hm.« David überlegte. »Kann sein. Es gibt aber einen eklatanten Unterschied zwischen Höhlenmenschen und uns. An allen anderen Orten, an denen Archäologen graben, sind die Menschen und Tiere nämlich schon lange nicht mehr am Leben. Wir aber sind taufrisch und haben noch fast unser ganzes Leben vor uns, auch wenn unser Abenteuer in der Steinzeit stattfand.«

»Genau betrachtet, sitzen wir gerade in der Kreide, und Höhlenmenschen sind noch nicht mal ansatzweise auf dem Bauplan der Welt eingezeichnet«, entgegnete Joni. »Die haben von hier aus betrachtet ihre Lebenszeit auch noch vor sich.«

David wollte ihr einen missbilligenden Blick zuwerfen und ein Gegenargument liefern. Doch es fiel ihm nicht so leicht, wie er dachte. Zeitreisen machten Knoten im Kopf.

»Ich weiß ja schon, wie du das meinst«, sagte Joni, als hätte sie seine Gedanken erraten. »Und jetzt fühlt es sich für mich auch merkwürdig an, dass sie in unserem Zuhause rumwühlen.« Sie stopfte mit starrem Blick noch einen Keks in ihren Mund.

»Es ist nun mal so, dass ich aus der Erfindung der Zeitmaschine nie Geld schlagen wollte, nie damit an die Öffentlichkeit gehen wollte, nie die Geschichte ändern wollte und auch nicht, dass jemand anderes etwas ändert. Und nun wühlen irgendwelche Leute in meiner Vergangenheit rum. Das ist mehr Aufmerksamkeit, als ich ertragen kann.« David strich sich erneut durch die Haare. Alles in ihm brodelte.

»Ja, das hast du bereits mehr als einmal erzählt«, sagte Joni, »aber warum hast du eigentlich diesen Schritt in die Öffentlichkeit gemacht? Am Tag deiner, oder besser gesagt *unserer*, Abreise wimmelte es nur so von Journalisten um das Haus herum. Und die Wochen davor hat man dich dauernd in einer Zeitschrift und im Fernsehen bestaunen dürfen ... Das passt doch nicht ...«

»Das hat alles Lisa in die Wege geleitet«, sagte David mit einem tiefen Seufzer, »sie hatte Spaß, mit den Journalisten zu sprechen und für die Kameras zu posieren. Ich habe sie einfach machen lassen und nicht intensiv genug darüber nachgedacht, was das alles mit sich bringen würde.«

Joni schaute David andächtig von der Seite an. Er musste diese Frau mit der brünetten Lockenpracht und den unendlich vielen weißen Zähnen wirklich geliebt haben. Anscheinend brauchte sie damals nur mit den Fingern schnippen und bekam ihre Wünsche erfüllt. Diese hatte offensichtlich ihre Chancen gewittert und nicht lang gezögert, diese auch zu nutzen.

Auf der Ebene erschien in diesem Moment eine Herde Saurier. Gemächlich stampften sie über den Boden.

David sprang auf.

»Das ist die gleiche Herde wie gestern«, sagte er laut und schaute durch das Fernglas.

»Ja, klar, Mutter, Vater, Kind und etliche Großeltern«, erwiderte Joni. Für sie hatte die Szene einen ähnlichen Reiz wie die Saurierfilme in den Kinos, zu denen Millionen Kinder gelaufen waren. Dass auch Millionen Erwachsene ihren Gefallen darin gefunden hatten, blendete sie aus.

Eine ganze Weile starrte David durch das Fernglas und verfolgte mit den Augen die Tiere, die bedächtig grasten. Joni genoss die Ruhe von seinem Redeschwall und den durch die Gegend geworfenen Fakten zur Kreide. Ein kleines bisschen unterhaltsam fand sie die Sache ja schon. Vielleicht auch ein wenig mehr als das.

»So, nun sag mal an, Herr Professor«, sagte sie nach einer Weile, »was sind das nun für Viecher? T-Rex sind das nicht und auch nicht diese Langhals-Saurier oder wie auch immer die heißen. Für so viel reicht mein mageres Wissen. Die sehen nicht besonders groß aus.«

David fuhr sich durch die Haare.

»Ich bin wirklich kein bisschen damit einverstanden«, murrte er, ohne seinen Blick von der Herde zu lösen.

Joni starrte auf die Saurier.

»Hä? Sind wir schon wieder falsch gelandet?«, fragte sie irritiert.

»Was? Nein. Ich meine nur, ich bin kein bisschen damit einverstanden, dass die in unserer Höhle graben. Wer gibt denen denn das Recht dazu und warum hat man uns vorab nicht gefragt?«

»Ich wollte eigentlich nur wissen, was das für Tiere …«

»Ich meine, ich fühle mich gerade schon fast selbst wie ein Fossil. Was finden die dann heraus? Wie viele Dosengerichte wir in der Steinzeit gefuttert haben? Oder wie viel Rum wir weggekippt haben?«

»Die Saurier sind echt toll …«

»Vielleicht lachen sie auch noch darüber, wie dämlich wir den Höhleneingang verkleidet haben, oder halten Vorträge darüber, was wir alles hätten besser machen können.«

»Schau mal, jetzt ziehen sie weiter …«

»Stell dir nur mal vor, die finden unseren windschiefen Tannenbaum.«

»David …«

»Oder unseren besonderen Spaten.«

»David!«

»Oder das von Nemo versenkte Fernglas.«

»David!!«

David schaute auf.

»Warum schreist du denn so?«, fragte er und hob seine Augenbraue.

»Erstens will ich wissen, was das für Saurier sind.«

»Und zweitens?«

»Sag es doch einfach, oder weißt du es nicht?«

»Also die Saurier sehen doch etwas anders aus, als wir sie uns immer vorgestellt haben. Doch ich bin mir sehr sicher, dass wir hier eine Herde aus der Gattung des Telmatosaurus vor uns haben. Willst du mehr über sie erfahren?«

»Äh nein, danke, das reicht vorerst.«

»Zwar schade, aber das dachte ich mir«, erwiderte David grinsend. »Deswegen wollte ich deine erste Frage überspringen und gleich zum wichtigen Punkt kommen. Was ist nun *Zweitens*?«

»Was gedenkst du zu tun?«

»Das liegt doch auf der Hand, oder?« Mit einem winzigen, unmissverständlichen Lächeln in den Mundwinkeln schaute er Joni an. Er war sich sicher, dass sie ihn auch ohne unnötig viele Worte verstand und hatte damit vollkommen recht.

»Zurück in die Höhle«, flüsterte sie und ihr Herz begann aufgeregt zu schlagen. Allein bei der Vorstellung dorthin zurückzukehren, leuchteten ihre Augen, ihr Blut kam in Wallung und das breite Grinsen, dass sich auf ihrem Gesicht ausbreitete, versuchte sie gar nicht erst zu stoppen.

»Wir müssen es nur den anderen beiden beibringen«, sagte David.

»Na dann nichts wie los!«, rief Joni und sprang auf.

Wie der Wind rannten sie durch die sumpfige Landschaft in die Richtung des einzigen Hauses in dieser Gegend. Der Matsch spritzte hoch und klebte sich fröhlich auf die vornehme

Kleidung. Ein Säbelzahn-Eichhörnchen sah den beiden rennenden und quietschvergnügt juchzenden Menschen mit schwarzen Knopfaugen hinterher.

Völlig außer Atem kamen sie am Ziel an. Dort war die Stimmung weit weniger euphorisch.

Ecki stand ein paar Meter vor dem Haus und trank Kaffee.

»Da seid ihr ja wieder«, begrüßte er die beiden sichtlich erleichtert.

Mona saß mit verzerrtem Gesicht und fest aufeinandergepressten Lippen auf der kleinen Stufe vor der Eingangstür und wagte kaum, aufzublicken.

Davids Euphorie kam ins Stocken, denn selbst er erkannte umgehend, dass etwas passiert sein musste

»Was ist los?«, fragte er.

Ecki kratzte sich verlegen den Kopf.

»Es gab ... es gibt ein klitzekleines Problem«, antwortete er.

»Ist was mit der Zeitmaschine?« Davids Blick klammerte sich an das Haus.

»Nein«, sagte Ecki. »Mit der Zeitmaschine ist alles in Ordnung.«

»Die Sonne scheint ja auch so schön heute«, meinte Joni, »da werden die Akkus ruckizucki aufgeladen sein.«

Schon entbrannte ein angeregter Wortwechsel der drei, wie gut die Verbesserungen in der Elektronik der Konsole waren, wie schnell sich die Akkus bei dem herrlichen Sonnenschein aufladen würden, wie gut der Kaffee aus der neuen Kaffeemaschine schmeckte und wie ergreifend es war, dass es David endlich in die Kreide geschafft hatte.

Mona sah dem Gespräch eine Weile mit stetig krauser werdender Stirn zu. Schnaufend verschränkte sie ihre Arme und stellte sich schließlich mit einem ordentlichen Flunsch geschmückt neben die drei.

»Begann eure hübsche, kleine Konversation nicht einst mit dem Wort *Problem*?«, fragte sie und unterbrach abrupt den Redefluss. Sie deutete mit ihrem Zeigefinger nach unten. Sie erntete überrascht dreinblickende Gesichter.

Ecki hatte sie gewarnt. David würde ihr Missgeschick nicht gefallen. Aber so wie sie jetzt förmlich um Aufmerksamkeit bettelte, hatte er das wohl nicht deutlich genug gemacht.

Ecki schluckte. Vielleicht hätte er in einen Nebensatz einfließen lassen sollen, dass ein Super-GAU harmloser sei als ihre Beichte.

»Ach ja«, erinnerte sich David den Kopf kratzend. Er schaute Monas Finger folgend an ihrem Körper herunter und blieb an ihren Unterschenkeln hängen.

»Bist du auf einer Schnecke geritten?«, fragte er endlich und grübelte über den Inhalt ihres vermeintlichen Problems.

Ecki sah ein, dass er seiner Freundin beistehen musste, denn David verstand absolut keinen Spaß, wenn es um die Gesetze der Zeit ging. Und wenn Mona den Ball schon mal ins Rollen brachte, gab es kein Zurück mehr. Der Ausweg, David eine astreine Lüge aufzutischen, kam für ihn nicht infrage.

»Alter, bleib ganz ruhig«, sagte er. »Mona und ich wollten uns ein wenig die Beine vertreten und sind eine Runde um das Haus gelaufen. Sollte ja nicht weit sein. Wir wollten in sicherer Entfernung bleiben. Überall wuchs hohes Gras und schränkte die Sicht auf die Füße ein.«

Ecki legte eine künstlerische Pause ein. Dies war praktisch, um einerseits den Spannungsbogen in die Länge zu ziehen, und andererseits etwas Zeit für die Suche nach den richtigen Worten zu schinden.

»Jaaa?!« David hob ausnahmsweise beide Augenbrauen.

»Äh, jedenfalls sind wir durch das hohe Gras gelaufen und konnten nicht viel sehen.«

»Das hattest du schon.«

Ecki schluckte. Einfach raus mit der Wahrheit schien der einfachste und vor allem kürzeste Weg zu sein.

»Mona ist in ein Ei getreten.«

»Mona ist in ein Ei getreten?«, wiederholte David. Seine Augen weiteten sich.

»Scheiße«, flüsterte Joni.

»Was zum Geier ... Das ist nicht gut. Das ist nicht gut. Das ist nicht nur *nicht gut*, das ist ein riesiger Haufen Schlamassel. Ein fetter, riesiger, mistiger Haufen Schlamassel. Verdammt, jetzt haben wir schon wieder die Vergangenheit geändert.« David fuhr sich durch die Haare und lief unruhig umher.

»Es lag einfach auf dem Boden«, sagte Ecki. »Es war wohl frisch gelegt, vielleicht nicht mal befruchtet. Innen war nur schleimiges Zeug, kein Anzeichen von einem Tier. Wahrscheinlich haben wir gar nichts geändert.«

»Mona ist also in ein Dinoei getreten?«, wiederholte David erneut und konnte es noch immer nicht fassen.

»Also eigentlich bin ich in *zwei* Eier getreten«, meinte Mona. »Ich hatte mich so sehr über das riesige Ei und meinen Fuß darin erschrocken, dass ich schrie und hüpfte. Naja, und dabei bin ich prompt in das nächste Ei getreten.«

Ecki versuchte, ihr mit den Händen zu signalisieren, dass die lückenlose Aufklärung der gesamten Lage nicht zu einer Verbesserung der Stimmung führen würde, sondern eher das Gegenteil erwirken konnte. Verzweifelt machte er Pausenzeichen, schnitt mit der flachen Hand durch die Luft oder hob beide Hände zum Stopp. Doch Mona ließ sich von seiner grobmotorischen Gestik nicht beirren.

»Die Eier waren so groß, dass ich bis zu den Waden darin versank. Was meint ihr, wie hoch das Zeug, das in den Eiern ist, gespritzt hat. Hier schaut nur, sogar an meinen Oberschenkeln klebt der Schleim.«

»Warum hast du das gemacht?« David schien seine Frage ernst zu meinen.

»Glaubst du, es hat mir Spaß gemacht, in Dinoeier zu treten? Sowas wie ein Hobby, oder was?« Monas schüttelte irritiert den Kopf. »Die lagen nicht mal in einem Nest, sondern einfach auf dem Boden verstreut, im hohen Gras. Zur Krönung des Ganzen wollte Ecki dann nicht, dass ich die Dusche benutze, weil die zu viel Energie verbraucht hätte. Kaffee ist möglich, duschen nicht, das soll einer verstehen. Und nun habe ich diesen ekligen Eierschleim an den Beinen und will den einfach nur loswerden.« Sie rümpfte die Nase.

David setzte sich auf einen Stein. Seine Schultern sanken herunter.

»Was sagt denn der Füllstand der Akkus?«, fragte er matt.

»Fast voll. Wenn wir morgen früh noch eine Stunde Sonne bekommen, können wir starten«, antwortete Ecki. Er wunderte sich über die recht milde Reaktion seines Freundes.

Und tatsächlich war David mit seinen Gedanken nicht ganz bei den zertretenen Eiern. In seinem Kopf fügten sich Teile langsam zu einem kompletten Bild, einem Bild, das fernab der Kreide lag.

»Dann reisen wir morgen früh ab«, sagte er nach einigen Augenblicken, »aber unser Ziel ist nicht das Hotel, sondern unsere Höhle in der Steinzeit.«

»Waaas?!«, kreischte Mona los.

Ecki hyperventilierte zwar nicht wie seine Freundin, die einer Ohnmacht nahe war. Doch auch er zog die Stirn kraus und kramte sein bestes zur Verfügung stehendes Fragezeichen-Gesicht hervor.

In Kurzform erzählten David und Joni nun von den Grabungen an ihrer Höhle und ihren damit verbundenen Gefühlen. Ecki hörte zu und nickte immer wieder.

Währenddessen umkreiste Mona die drei und versuchte

erneut, Aufmerksamkeit zu erlangen. Das war in ihrem Job als Schauspielerin vermutlich eine Art Zwangshandlung.

»Wir reisen mitnichten in die Steinzeit«, schimpfte sie wie ein Rohrspatz.

»Es geht sofort und umgehend nach Hause«, befahl sie.

»Bitte, lasst uns in unsere Zeit zurückkehren«, bettelte sie und legte die Handflächen aneinander.

»Ich möchte darauf hinweisen, dass, wenn ihr mich ungefragt mitnehmt, der Tatbestand einer Entführung vorliegt.« Sie hatte einen vermeintlichen Trumpf gespielt und niemanden interessierte es.

»Ich bin Schauspielerin und keine Abenteurerin«, jammerte sie schließlich verzweifelt, ohne, dass die Worte eine einzige Reaktion bei den anderen dreien hervorriefen.

Mit wehleidigen Blicken um sich werfend, setzte sie sich ihrem Schicksal ergebend auf die Stufe und lehnte ihren Kopf erschöpft an den Türrahmen.

David, Ecki und Joni dagegen waren sich schließlich einig. Sie würden noch eine Nacht in der Kreide verbringen und dann zur Höhle reisen, um alle dort zurückgebliebenen Sachen abzuholen.

Fröhlich trällernd ging Joni zur Küche, um noch einmal eine Kanne Kaffee für alle aufzusetzen. Dabei fiel ihr Blick auf die leicht geöffnete Tür des Labors. Eine Idee schoss ihr durch den Kopf. Sie zog die Tür zu. Im Zimmer dahinter fiel etwas herunter.

Blöde Klemmbretter, dachte sie.

Aber hey, sie konnte die Tür so heftig zuschlagen, dass da drinnen Dinge umherfielen.

Sie verfügte über eine immense Energie, einen überdurchschnittlichen Tatendrang und tausend Vorfreuden auf ihre Höhle. Zum ersten Mal seit vielen Monaten fühlte sie sich endlich wieder lebendig.

Die Monate, die sie mit David und Ecki in der Höhle verbracht hatte, gehörten trotz der damit verbunden Unannehmlichkeiten zu der schönsten Zeit ihres Lebens. Die innige Freundschaft, die währenddessen gewachsen war, zählte zu den kostbarsten Dingen, die sie hatte.

Ja, natürlich war es ein mühsames und gefährliches Abenteuer gewesen. Zudem hatten sie zu keiner Zeit die Garantie, jemals wieder nach Hause zu kommen. Und doch übte dieser Ort in der Steinzeit eine geradezu magische Anziehungskraft auf sie aus.

Die Sonne sank schnell herab und die kurze Dämmerphase wich alsbald der Dunkelheit.

Mona und Ecki verabschiedeten sich ins Schlafzimmer.

Als David Richtung Labor ging, um erneut in einer kahlen Ecke des Zimmers ein wenig Schlaf zu finden, stellte sich Joni vor die Tür.

»Du schläfst mir nicht noch mal auf dem Boden«, sagte sie mit fester Stimme.

»Ach, du meinst, dein Rücken hält das besser aus?« fragte David und hob seine Augenbraue.

»Blödsinn, wir teilen uns das Sofa.«

»Ich kann doch nicht mit dir in einem Zimmer schlafen.«

»Das haben wir doch in der Höhle über Monate gemacht. Die ist auch wie ein Zimmer gewesen.«

»Das war eine Ausnahmesituation«, versuchte sich David zu rechtfertigen und schob seine Brille nach oben.

Joni lachte. »Ach ja? Die Steinzeit war eine Ausnahmesituation? Also ist das, was wir hier gerade erleben, der Normalfall?«

In Davids Kopf rumorte es gewaltig. Er wusste, dass es kein auch nur halbwegs einleuchtendes Argument gab, Jonis Angebot auszuschlagen.

»Nun stell dich nicht so an. Du schläfst auf der einen Hälfte des Sofas und ich auf der anderen.« Joni zog David augenrollend in *ihr* Zimmer.

Dieser gab sich endgültig geschlagen und war durchaus froh, dass er sich nicht wieder in eine harte Ecke quetschen musste, um ein paar Minuten Tiefschlaf zu erhaschen.

Das Sofa ließ sich ausklappen. Es war nicht besonders groß, aber für eine Nacht sollte der Platz reichen. Glücklicherweise fanden sich auch zwei Decken an, denn seit die Sonne untergegangen war, hatte sich eine leichte Kühle ausgebreitet.

Joni drehte sich auf die Seite, deckte sich bis zu den Ohren zu und sank bald in einen tiefen Schlaf. Ihre Atemzüge nahmen allmählich einen ruhigen, gleichmäßigen Rhythmus an.

David lag neben ihr. Sein Arm berührte leicht ihren Rücken und er spürte ihre Wärme. Aufmerksamer als er wollte, lauschte er ihrem Atem. Er fragte sich ehrlich, wie er zur Ruhe kommen sollte, wenn doch alles in ihm in Aufruhr war.

Und dabei spielten der geplante Abstecher zur Höhle oder die Tatsache, dass er vor zwei Stunden echte Saurier gesehen hatte, definitiv nicht die größten Rollen.

Im kargen Mondlicht, das durch das Fenster fiel, betrachtete er einige Sekunden Jonis Silhouette.

Seufzend schloss er die Augen. An Schlaf war trotzdem kaum zu denken.

Am nächsten Morgen lief alles wie geplant. Die Sonne schien kräftig und füllte die Akkus bis zum Anschlag mit Energie.

Nach einem letzten Frühstück in der feuchtschwülen Kreide startete David die Maschine. Er saß auf einem Stuhl, während die anderen drei um ihn herumstanden.

Mona klammerte sich fest an Ecki und kniff die Augen zu.

Joni betrachtete neugierig die blinkenden Lichter und die Zeitanzeige.

»Lande dieses Mal bitte im Sommer«, sagte sie noch, bevor sich der goldene Schimmer um das Haus legte und alles, was sich darin befand, in einzelne Atome zerlegte.

Das Haus materialisierte dieses Mal direkt auf der kleinen Wiese vor der Höhle. David hatte also nicht nur einen Zeitsprung, sondern auch eine örtliche Veränderung geschafft. Dies war der endgültige Beweis, dass die Anpassungen während ihrer ersten Reise korrekt erfolgten und das Ergebnis kein Zufall gewesen war.

»Einfach perfekt«, murmelte er.

Mit klopfendem Herzen stand Joni vor der noch geschlossenen Tür. Seit Monaten hatte sie sich nichts anderes als diesen Moment gewünscht. Die Freude und die Aufregung darüber raubten ihr fast die Besinnung.

Mit zittrigen Händen öffnete sie die Tür und trat hinaus.

Zu ihrem Erstaunen schien die Sonne. Es hätte sie vermutlich weniger gewundert, wenn sie von Minusgraden und munter wirbelnden Schneeflocken empfangen worden wäre.

Doch David hatte es geschafft und war ihrem Wunsch nach sommerlichen Temperaturen nachgekommen. Sein Geschick, Ort und Zeit exakt zu treffen, hatte sich auf jeden Fall deutlich verbessert.

Der Wald trug ein prächtiges grünes Blätterkleid und der tiefergelegene See, von dem immerhin ein schmaler Streifen zu sehen war, glitzerte blau. In solch frohen, saftigen Farben hatten sie die Höhle dereinst nicht gesehen.

Nach und nach kamen auch David, Ecki und Mona vor die Tür und staunten über die Idylle, die vor ihnen lag.

Mit pochenden Herzen gingen sie zur Höhle und überlegten, wie viele Jahre seit ihrer überstürzten Abreise wohl vergangen waren. Doch lange konnten sie ihre Gedanken nicht der hübschen Ansicht oder den Berechnungen widmen.

Das, was sie erblickten, raubte ihnen für einen Wimpernschlag lang den Verstand. Überrascht - um nicht zu sagen schockiert - blieben sie stehen und betrachteten die Szene, die sich ihnen darbot.

Eine junge Frau lief beschäftigt in der Höhle herum, sammelte herumliegende Gegenstände und steckte diese in große Taschen. Sie hatte die Neuankömmlinge noch nicht bemerkt und schien ganz vertieft in ihre Arbeit zu sein. Ihr Rücken war den eben Angekommenen zugewandt. Gerade hockte sie sich hin, um eine uralte Dose zu begutachten.

Sie hatte kurze, dunkle Haare, trug olivfarbene Baumwoll-Kleidung und stammte eindeutig nicht aus dieser Epoche.

»Was zum Geier ...?!«

»Sag mal, David, wie viele Frauen hast du denn noch in der Zeitmaschine versteckt?«, fragte Joni. »Wo kommen die denn alle her?«

»Ich weiß nicht, vielleicht vermehren die sich per Zellteilung«, antwortete David matt.

»Alter, sind wir etwa zu spät gelandet? Ich meine, sind wir schon wieder zu Hause, in unserer Zeitebene?«, fragte Ecki. »Hast du die Anzeigen gecheckt?«

»Ja, die waren alle in Ordnung. Wir sind nur ein paar Jahre nach unserer damaligen Abreise gelandet«, murmelte David.

Schritt für Schritt gingen die vier weiter auf die Höhle zu. Mona hielt sich so fest an Eckis Hand, dass dessen Finger ganz blass wurden.

»Guten Tag«, sagte David nun laut und deutlich.

Die junge Frau, die gerade die Dose in eine Tasche steckte, drehte sich ruckartig herum. In ihrer Hand befand sich ein Pfefferspray, das sie umgehend weit nach vorn gestreckt hochhielt. Mit weit aufgerissenen Augen betrachtete sie die vier in ihren seltsamen Outfits.

Die Farbe wich augenblicklich aus ihrem Gesicht. Hinter ihrer Stirn musste es gewaltig brodeln. Ihr Oberkörper bebte und ihr Atem war laut und schwer. Irgendwas in ihrem Kopf stürzte wie ein Kartenhaus zusammen.

»Wir tun dir nichts«, sagte David, und jedes Wort kroch in Zeitlupe aus seinem Mund. Er hob beschwichtigend die Hände.

»Wer bist du und was machst du hier?«

Seine Frage sorgte für noch weiter geöffnete Augen.

»Who are you? What are you doing here?«

Der Unterkiefer der Frau hielt sich nur mit Mühe und Not an Ort und Stelle. Das Pfefferspray dagegen sank nach unten.

»Qui es-tu? Qu'est-ce que tu fais ici?«

Sprachlosigkeit blieb in der Luft.

»David, ich bitte dich, fang nicht wieder an, dein ganzes Fremdsprachenwissen auszubreiten«, sagte Joni und schüttelte genervt ihren Kopf. »Bis du endlich zum Japanischen kommst, sind wir zu Staub zerfallen.«

»Na hör mal, das ist unsere Höhle und das sind unsere Sachen«, rechtfertigte sich David. »Ich werde doch wohl erfahren dürfen, wer sich daran zu schaffen macht.«

Die Frau, deren Po während der letzten Minute auf den Boden gesunken war, stand mühselig auf. Sie rieb die Hände an ihrer Hose ab, schluckte kurz und sah dann die vier nacheinander an.

»Japanisch ist nicht notwendig, ich verstehe euch schon«, sagte sie mit belegter Stimme.

»So?«, fragte David. »Dann verrate uns doch mal, wer du bist.«

»Ähm ...«

Stille.

»Nur keine Eile, wir haben Zeit.« David hob eine Augenbraue und sah die Frau erwartungsvoll an.

Die blieb stumm, aber in ihrem Oberstübchen ratterten

sichtlich die Motoren. Es fehlte nicht viel und aus ihren Ohren heraus würde jede Sekunde Rauch aufsteigen.

Während David die Unbekannte mit den Augen fixierte, schweiften die Gedanken der anderen drei bereits ab.

»Schaut mal, unser Spaten!«, rief Ecki erfreut und ließ Monas Hand los. Lachend schaute er sich um. Die drei Schlafsäcke lagen noch in der Höhle, waren jedoch in einem sehr bedauernswerten Zustand. Dies traf auch auf alle anderen Dinge zu.

Die Verkleidung des Höhleneingangs, die sie einst aus kleinen Baumstämmen gezimmert hatten, war größtenteils noch vorhanden und hatte pflichtbewusst die ärgsten Wetterkapriolen abgehalten.

Allerdings hatte sie vor kurzem jemand brachial zur Seite geschoben. Dies war gut an den frisch gebrochenen Stämmen und den deutlichen Schleifspuren auf dem Boden zu erkennen. Diesem Umstand war zu verdanken, dass der Eingang zu ihrem ehemaligen Heim nun weitgehend offen lag.

Ecki und Joni liefen verzückt umher und fanden fast alle Gegenstände ihrer aufregenden Vergangenheit wieder. Vieles davon trug die Zeichen der Zeit, war verblasst, brüchig, zerfallen. Die Feuerstelle und die Töpfe waren noch an Ort und Stelle, jedoch mit einer ordentlichen Schicht Sand und kleinen Zweigen übersät.

Während Joni und Ecki begeistert ihr altes Zuhause begutachteten und Mona sich nicht rührte, schaute David unentwegt die unbekannte Frau an. Er wartete ungeduldig darauf, zu erfahren, wer sie war.

Es war offenbar sein neues Schicksal, immer wieder auf Frauen zu treffen, die in sein Leben stolperten und dieses auf den Kopf stellten. Dieser Umstand grenzte an Ironie, denn er war als vieles bekannt nur ganz bestimmt nicht als Frauenheld.

Er verschränkte die Arme.

»Du verstehst uns«, sagte er, »dann beantworte doch endlich meine Fragen. Wer bist du? Woher kommst du? Was machst du hier?«

»Nur, weil ich euch verstehe, muss ich nicht gleich alle Fragen beantworten, oder?«, fragte sie trotzig. Sie schien sich schnell wieder gefangen zu haben.

»Du bist in unserer Höhle, also habe ich das Recht, Fragen zu stellen«, beharrte David.

»So, so, eure Höhle? Wo ist denn euer Namensschild?« Die junge Frau verschränkte ebenfalls ihre Arme.

»Gleich unter dem Klingelschild«, antwortete David knurrig.

»Wir sind in der Steinzeit, es gibt nicht mal Strom. Wie soll denn die Klingel funktionieren?«

David kniff die Augen zusammen.

»Es handelt sich um eine mechanische Klingel, quasi eine Glocke.«

»Und wo genau soll die sein?«

»Hat wohl schon jemand entwendet. So wie auch andere Sachen entwendet werden oder bereits wurden.« David deutete mit seinem Kopf auf die halbgefüllte Tasche.

Ecki und Joni unterbrachen ihre Erkundung und richteten ihre Blicke auf die beiden. Es war eben interessanter einem handfesten, verbalen Schlagabtausch zu folgen als Davids halbherzigem Gestammel zu Beginn des Gesprächs.

»Ein bisschen Popcorn und eine Cola und der Kinoabend ist perfekt«, flüsterte Ecki.

»Für mich bitte eine große Portion Spaghetti und eine Flasche Rum«, erwiderte Joni.

»War klar«, meinte Ecki und erntete einen herzhaften Knuff in den Oberarm.

»Ich habe weder eine Klingel an mich genommen noch ein Namensschild«, sagte die Frau. »Niemand hat das Recht, eine Höhle in der Steinzeit einfach sein Eigentum zu nennen.«

»Die Höhle vielleicht nicht, aber alles, was sich darin befindet«, widersprach David.

»Ich nehme dir schon nichts weg.«

»Du bist doch gerade dabei. Oder wolltest du die Sachen nur verpacken, um ein neues Versteckspiel auszuprobieren?«

Unruhig trat Mona von einem Bein auf das andere.

»Leute, könnt ihr mal zum Punkt kommen?«, fragte sie mürrisch. »Wir stehen uns hier die Beine in den Bauch und ihr schmeißt sinnlose Worte wie Bälle hin und her. Wenn ihr so weiter macht, naht das Ende der Steinzeit schneller, als ihr Antworten habt. Einigt euch endlich, damit ich ... ähm, damit *wir* alle wieder nach Hause kommen.«

Erstaunt sah Ecki auf seine neue Freundin. Dieses direkte und beherzte Eingreifen war neu.

»Mona hat recht«, meinte David. »Fangen wir ganz von vorn und ganz einfach an. Wie heißt du?«

Die Frau zögerte sichtlich.

»Lu ... lu«, brachte sie schließlich hervor.

»Das glaubt sie doch selbst nicht«, meinte Joni.

»Mir ist egal, ob sie Lulu oder anders heißt«, sagte David zu seinen Begleitern. »Sie hat nun erst einmal einen Namen, den wir nutzen können.«

Er drehte sich zu Lulu um.

»Ich bin David und das sind Ecki, Joni und Mona.« Er zeigte zunächst auf sich und dann nacheinander auf die anderen drei.

Verstohlen folgte Lulu der Mitteilung der Namen. David fiel auf, dass sie es kaum schaffte, ihnen ins Gesicht zu schauen. Wie ein kleines Kind, das man beim Stehlen von Süßigkeiten erwischt hatte, war sie in sich zusammengesunken. Ihre zaghaft aufgekeimte Angriffslust schien erst einmal verflogen zu sein.

David wandte sich wieder den anderen zu und klatschte in die Hände.

»So, nun machen wir es uns gemütlich. Alles Weitere werden wir schon herausfinden.«

Ecki und Joni nickten, Mona nicht.

Sie einigten sich darauf, Lulu nicht aus den Augen zu lassen. Sie umgab ein Geheimnis, bis zum Rand gefüllt mit massenhaft Fragen. Und auch wenn sie im Augenblick partout nichts preisgeben wollte, hieß das nicht, dass die Hoffnung auf Antworten aufgegeben wurde.

Irgendwie musste sie hergekommen sein.

Irgendwas musste ihr Antrieb für dieses spezielle Ziel gewesen sein.

Irgendwann würde sie über ihre Gründe reden müssen.

»Alter, mir hängt der Magen in den Knien«, sagte Ecki und verzog sein Gesicht zum Ebenbild des Jammers. »Seit zwei Tagen haben wir nur Kekse gegessen. Ob wir eine der Konservendosen aufmachen können? Die werden doch nicht schlecht, oder?«

Er hielt eine Dose in der Hand und suchte vergeblich das Mindesthaltbarkeitsdatum.

»Theoretisch sollten die noch genießbar sein«, sagte David.

Mona rümpfte die Nase.

»Wie lange liegen die jetzt hier rum? Fünf Jahre? Zehn?«, fragte sie schnippisch. Ihr Blick missbilligte den Vorschlag, eine Dose zu öffnen, doch ihr Magen war offenbar anderer Meinung. Er knurrte gut hörbar.

»Könnt ihr alles essen«, sagte Lulu, die sich nach der Ansage von David schmollend auf den Boden gesetzt hatte und sich an eine Wand lehnte.

Die drei schauten sie erstaunt an.

»Ganz sicher?«, fragte Joni.

Lulu nickte. »Sicherer geht's nicht.«

Die Blicke der drei wanderten von einem zum anderen und wieder zurück. Nachdem alle wortlos genickt hatten, war die

Entscheidung gefallen. Wenn diese Lulu es sagte, musste es doch stimmen. Oder etwa nicht? Warum sollte sie mehr Wissen zu den Dosen haben als die Eigentümer? Konnten sie ihr überhaupt trauen?

Diese Fragen wurden durch die beißende Qual in ihren Mägen an das Ende ihrer Problem-Liste gesetzt. Mit Hunger ließ es sich eben nicht gut denken. Basta!

Mit großem Eifer machten sich Ecki, Joni und David daran, die Feuerstelle zu renovieren, trockenes Holz zu sammeln und ein Feuer zu entfachen.

Joni ging mit dem alten Topf, in dem einst leckere Pilzsuppe gekocht wurde, runter zum See, um ihn dort auszuwaschen. Besonders ansehnlich war er nicht mehr. Aber wenn erst mal der Doseninhalt hineingeklatscht war, würde das Drama, das er bot, schlicht nicht mehr zu sehen sein.

Mona hatte die überaus wichtige Aufgabe erhalten, Lulu zu bewachen. Zunächst hatte sie vor ihr gesessen und sie angeschaut. Aber als dies beiden zu unangenehm wurde, hatte sie sich neben sie gesetzt und beobachtete nun das rege Treiben der anderen.

Die Banderole, die auf den Inhalt der Dose hingewiesen hatte, war über die Jahre verblasst und hielt sich nur mühsam an ihrem Bestimmungsort. Es würde also eine große Überraschung geben, was das Abendessen für sie bedeutete.

Inmitten des regen Treibens jubelte Joni plötzlich laut los. Alle erhoben ihre Köpfe und schauten neugierig in ihre Richtung.

»Je älter, je besser«, sagte sie und hielt eine halbe Flasche Rum in die Höhe.

David und Ecki lachten los.

Nebenbei versuchten sie, ein Holzscheit mit dem alten Feuerzeug anzuzünden.

»Mona, meine Süße«, säuselte Ecki, »würdest du bitte mal in

die Küche gehen und fünf Teller plus Löffel holen? Ich passe so lange auf unseren Gast auf.«

Mona stand auf und stakte wie ein Storch ins Haus. Ihre Schuhe lagen dummerweise gefühlte Trilliarden Jahre in der Zukunft nutzlos in einer Halle herum. Hier piekten nun jeder kleine Stein und jedes winzige Stöckchen in die zarten Füße.

Kurz nachdem sie hinter der Tür verschwunden war, schrie sie plötzlich wie am Spieß los und rannte ohne Rücksicht auf herumliegende Stöcker oder Steine hinaus auf die Wiese.

David und Ecki, die das Feuer endlich in Gang gebracht hatten, sprangen sofort auf und rannten dem Gekreische entgegen, während Joni einen Blick auf Lulu warf, um anzudeuten, dass sie sich nun um sie kümmern würde.

»Was ist los?«, schrie Ecki aufgebracht.

»Da ... da ...«, Mona konnte kaum Luft holen, geschweige denn sinnvolle Worte formulieren. Der Schreck stand ihr ins Gesicht geschrieben und sie schaffte nur, mit dem Finger aufs Haus zu zeigen.

Der Grund ihres Schreis erschien kurz darauf in der Tür.

Ein Saurier, kaum größer als ein kleines Känguru, stand im Türrahmen und schüttelte seinen Kopf. Mit seinen winzigen Vorderpfoten rieb er sich den Kopf und die Nase.

»Ich ... ich ...« Mona unternahm einen weiteren Versuch, die Situation zu erklären, kam aber nicht bedeutend weiter als beim ersten Mal. Langsam ging sie rückwärts, ohne das Tier aus den Augen zu lassen.

»Was für ein hübscher Kerl«, flüsterte David mit glänzenden Augen.

»Ja, das ist er«, meinte Ecki, »trotzdem sollten wir ihn einfangen. Stell dir nur mal vor, der rennt durch die Steinzeit und macht einen Haufen. Wenn Archäologen den ausbuddeln und mit der C-14-Methode datieren ist der Ärger vorprogrammiert.

Denn was glaubst du, wer als Erster für diesen Umstand ins Visier gerät? Die Liste der Verdächtigen ist erschreckend kurz.«

David nickte. Das Ausmaß, das diese Situation annehmen konnte, wollte er sich nicht mal im Scherz ausmalen.

Der Saurier stand weiter in der Tür und roch nun angestrengt an dem Gras, das sich vor seinen Füßen befand. Vorsichtig trat er darauf und fand eine kleine, gelbe Blume. Jede Wette, dass der so eine Schönheit noch nie in seinem ganzen Leben gesehen hatte. Unruhig schnüffelte er an ihr herum und leckte schließlich an ihr.

Ecki hatte sich im Schneckentempo in die Höhle zurückgezogen.

»Ich brauche dein Pfefferspray«, flüsterte er Lulu zu, die es ihm umgehend gab. In einer Ecke lagen noch haufenweise Paketschnüre herum, von denen er sich einige längere in die Tasche steckte.

»Alter, jetzt wird es spannend«, raunte er, und es war nicht so klar zu erkennen, ob er dies nur zu sich sagte oder jemanden ansprechen wollte.

Der Saurier knabberte genüsslich an der gelben Blume, die ihm zu schmecken schien.

Stumm gaben sich David und Ecki ein paar Zeichen, die niemand außer ihnen verstehen konnte. Nachdem sie in ihrem Leben bereits Speere werfende Urmenschen ausgetrickst hatten und einem Höhlenbären entkommen waren, sollte ein kleiner Saurier nun nicht mehr das Problem sein.

Die folgenden Minuten jedoch würden die beiden Abenteurer rückblickend wohl gern aus ihrem Leben streichen wollen.

Zu ihrem Unglück sahen bei ihrem Versuch, ein wildes Tier zu fangen, drei hübsche Damen zu.

Zu ihrem Glück machte niemand ein Foto.

Vorsichtig schlich sich David von hinten an den Saurier heran. Sein einzigartiger Plan sah vor, sich auf dessen Rücken zu stürzen, ein Seil um seinen Hals zu legen und ... tja, weiter war er bislang nicht gekommen. Im Kopf eines Menschen tummelten sich stets viele Möglichkeiten, aus gefährlichen, dümmlichen oder langweiligen Szenarien zu entkommen. Doch Saurier einzufangen war nichts, was man täglich machte, und stand daher in den Schubladen der Erinnerungen nur unter der Kategorie *Sonstiges*.

David pirschte Zentimeter um Zentimeter vorwärts. Dabei drehte er unaufhörlich das Seil in seiner Hand. Er wollte den perfekten Moment abpassen, um den Sprung auf das Tier zu wagen.

Ecki stand schräg vor dem Saurier und tat so, als wäre es das Normalste der Welt, dass das Urtier dort stand. Es sollte sich vollkommen sicher fühlen. In Gedanken pfiff Ecki ein Lied und es hätte nicht viel dazu gefehlt, dass es für alle hörbar gewesen wäre.

David sprang.

Der Saurier hüpfte in diesem Augenblick entspannt einen Schritt nach vorn. Er hatte die schwelende Gefahr durch den Menschen offenbar erkannt, ohne es sich anmerken zu lassen, und vor allem, ohne ihn Panik zu geraten.

David landete bäuchlings im Gras. Ein Geräusch, das einem Lachen nicht unähnlich war, drang aus der Kehle des Tieres. Kurz darauf widmeten sich seine Nüstern schon wieder einer Blume.

In Gedanken fluchend stand David auf und rieb seine Hände sauber. Es war eine ungeheure Frechheit von dem Saurier, dass er so wenig Energie für seine Flucht aufwendete, während der Jäger alle Kraft aufwenden musste, die in ihm steckte.

Nun war Ecki an der Reihe, der keinen besseren Plan als sein Freund vorzuweisen hatte. Er wähnte sein Opfer in tiefster Verzückung zu einem Grashalm und warf sich voller Überzeugung in dessen Richtung. Wäre er nur einen Meter später abgesprungen, hätte seine Idee möglicherweise funktioniert. Doch anscheinend hatte er seine eigene Sprungkraft viel höher eingeschätzt.

Der Saurier schrie nur einmal zeternd auf und hüpfte abermals kaum merklich vorwärts. Es schien für ihn unfassbar unanständig zu sein, dass er nicht mal in Ruhe an einer Pflanze schnuppern konnte, ohne dass sich eines von diesen merkwürdigen rosa Kreaturen in seine Richtung schmiss.

David und Ecki ließen nicht locker. Sie veränderten ihre Positionen, ihre Sprungkraft, ihre Fallhöhe, den Winkel, von dem aus sie sich hinwarfen. Die Ideen, ihre Fangmethoden zu verbessern, gingen ihnen nicht aus.

Immer wieder schlichen sie sich vorsichtig, manchmal allein, manchmal zu zweit, an den Saurier heran. Sie liefen gebückt, sie krochen, sie robbten. Wenn sie meinten, nah genug an dem Tier zu sein, warfen sie sich ihm voller Inbrunst entgegen. Ihrer Fantasie waren keine Grenzen gesetzt. Der Absurdität dieser Situation ebenfalls nicht.

Einige Male drückte Ecki auf der Taste des Pfeffersprays herum. Doch die Ladung Pfeffer verteilte sich meist auf der Wiese. Nur ein einziges Mal traf sie mit voller Wucht auf Nasenlöcher. Dummerweise waren es die Nasenlöcher von David, der daraufhin erst einmal für einige Minuten pausieren und sich sammeln musste.

Der Saurier hatte anscheinend großen Spaß an der Jagd. Er sprang nie weit weg, sondern hüpfte stets nur keck ein paar Meter weiter, gerade so viel, um den Angreifern zu entkommen und diese auf dem Boden landen zu sehen. Jedes Mal ertönte sein freches, gebrülltes Lachgeräusch und jedes Mal wandte er sich im Anschluss seelenruhig und ungeniert einer Blume zu. Der Gejagte war sich seiner Sache deutlich sicherer als seine zwei Jäger.

Die drei Frauen beobachteten das Spektakel aus der Höhle heraus. Mona hatte sich hinter das Feuer gestellt, in der Hoffnung, dass dies den Saurier abhalten würde.

Joni und Lulu dagegen überlegten, wie sie helfen konnten.

Lulu holte eine weitere Dose Pfefferspray aus der Tasche.

»Hab immer Ersatz dabei«, flüsterte sie.

Joni zeigte auf ein paar Blumen und nickte ihr zu.

Als David und Ecki gerade wieder zum x-ten Mal auf dem Bauch gelandet waren und das Lachen des Sauriers durch den Wald schallte, ergriffen die beiden Frauen ihre Chance.

Hastig rupfte Joni einen Blumenstrauß zusammen und ging langsam auf die Wiese hinaus. Mit klopfendem Herzen ging sie in die Hocke und sah dem Saurier in die Augen. Sie streckte ihm behutsam das Grünzeug entgegen. Er legte seinen Kopf zur Seite und leckte mit der Zunge über sein Maul, aus dem bereits Sabber tropfte. Interessiert starrte er auf das angebotene Essen.

»Lecker, lecker«, murmelte Joni mit einer samtweichen Stimme.

Der Saurier war sichtlich unsicher, ob er einen Schritt nach vorn wagen oder lieber die Flucht ergreifen sollte. Zum einen war da dieses köstlich angerichtete Abendessen, zum anderen bewegte sich eine blonde Frau im roten Cocktailkleid auf ihn zu. Da er bislang wohl weder Frauen noch blonde Haare noch Cocktailkleider kennengelernt hatte, blieb ein Hauch von Skepsis in der Luft.

Was er in Anbetracht des bunten Blumenstraußes nicht wahrnahm, war die Tatsache, dass sich eine weitere Frau auf dem Weg zu ihm befand.

Die beiden Männer, deren sämtliche Ambitionen unter ihren auf dem Boden liegenden Bäuchen ruhte, hoben ihre Köpfe und verfolgten das Vorhaben der beiden Frauen. Nach den peinlichen Hechtsprüngen ins Nichts, wurden sie nun Zeugen eines vollkommen außergewöhnlichen Geschehens.

Joni kniete sich ein paar Meter vor dem Saurier auf den Boden und bewegte sich nicht mehr. Nur ihre Hand mit dem Blumenstrauß wedelte verführerisch den süßen Duft in die Richtung des Gejagten.

Zunächst kaum wahrnehmbar, dann zögerlich und schließlich gut sichtbar setzte der Saurier einen Fuß vor den nächsten. Der Sabber tropfte nicht mehr aus seinem Maul, sondern er floss in dünnen Fäden herab. In seiner Welt, in seinem Blick, in seinen Gedanken gab es offenbar nur noch die hübschen Blumen.

Mit süffisantem Blick schnappte sich Lulu aus der Hand von David, der weiter auf dem Boden lag, eines der Seile und steckte das Pfefferspray ein.

Mit weit geöffneten Nüstern schnüffelte der Saurier an den süß duftenden Blumen.

Lulu näherte sich ihm vollkommen geräuschlos und außerhalb seines Wahrnehmungsfeldes, das einzig auf das Futter ausgerichtet war.

Blitzartig legte sie ein Seil um seinen Hals.

Auf diesen Augenblick hatten David und Ecki gewartet. Sofort sprangen sie auf und kamen Lulu zu Hilfe, denn der Gefangene, der seine Lage umgehend begriff, wollte sich seinem Schicksal nicht so schnell ergeben.

Ecki und David hielten den Saurier am Rücken fest. Lulu zog das Seil so eng, dass es nicht mehr über den Kopf des Tieres rutschen konnte, und Joni versuchte, ihn mit dem feinen Fressen abzulenken.

Mit der Kraft von vier Menschen konnte der wilde, nun sehr wütend brüllende Kreidebewohner endlich an einen Baum gebunden werden. Er warf seinen Kopf hin und her, biss jedoch niemanden. Vielleicht war ihm nicht bewusst, dass er damit jemandem Schaden zufügen konnte. Seine scharfen Krallen hinterließen dagegen einige tiefe Kratzer in den Armen und Beinen seiner Fänger. Jonis Kleid bekam Risse.

Endlich saßen die vier schnaufend auf dem Boden, während der Gefangene seine Wut in den Wald brüllte.

Mona lugte zur Höhle hinaus, hielt jedoch gebührend Abstand zu dem Baum, an dem der Saurier gebunden war.

»Scheiße«, keuchte Joni und fiel rücklings ins Gras.

»Wie zum Geier ist der eigentlich ins Haus gelangt?«, fragte David später, als sie ihre Teller in den Händen hielten und eine undefinierbare, aber zumindest warme Suppe aßen.

Da Lulu sich als äußerst hilfsbereit erwiesen und selbstlos beim Einfangen eines Urtieres geholfen hatte, wurde sie mit etwas milderen Umständen belohnt. Sie durfte zusammen mit den anderen essen. Auch die sehr strenge Bewachung würde ab sofort gelockert werden. Komplett allein bleiben sollte sie jedoch weiterhin nicht.

»Ich denke, das Vieh ist ins Haus gestiefelt, als Mona und ich eine Runde gelaufen sind«, antwortete Ecki schmatzend.

Anscheinend war das Tier unbemerkt ins Haus und schließlich ins Labor gelangt und dort vermutlich eingeschlafen. Als Joni die Tür zu diesem Raum geschlossen hatte, war der Saurier eingesperrt gewesen und musste zwangsläufig ein paar Millionen Jahre durch die Zeit reisen.

Schließlich war Mona ins Haus gegangen, wie sie noch immer bleich berichtete, um Teller für ein leckeres Dosenessen zu holen. Sie hatte merkwürdige Geräusche wahrgenommen, die aus dem Labor kamen. Niemals im Leben hätte sie damit gerechnet, dass das Poltern von einem Saurier stammen könnte und öffnete arglos die Tür. Der Rest der Geschichte war bekannt.

»Was ist das für ein Saurier?«, fragte Joni. »Der sieht anders aus als die, die wir gestern gesehen haben.«

Gestern. Sehr witzig. Dieses *Gestern* war knapp siebzig Millionen Jahre her.

»Hm ...« David überlegte und richtete seine Brille. »Er sieht aus wie die Mini-Version eines Velociraptors. Aber die waren

Fleischfresser und hätten sich über ein paar Blumen wohl weniger gefreut. Ich bin unsicher und gehe eher davon aus, dass das eine für uns unbekannte Art ist.«

Der Saurier war mittlerweile von seinem Gebrüll erschöpft und zur Ruhe gekommen. Er hatte sich auf den Boden gelegt und roch betrübt an einem blühenden Grashalm.

»Alter, das ist echt krass, wie der die Blumen anhimmelt. Der hätte echt gut nach Woodstock gepasst«, sagte Ecki und lachte über seine eigenen Gedanken. »Wenn der so weiter macht, wundere ich mich nicht, wenn der morgen einen Blumenkranz auf dem Kopf trägt und das Peace-Zeichen macht.«

Joni grinste.

»Wenn das eine bislang unentdeckte Art ist, dann dürfen wir ihm doch einen Namen geben. Ich schlage vor, dass wir ihn Woodysaurus nennen oder abgekürzt Woody«, verkündete sie und trank einen Schluck aus der Flasche, die sie beim Aufräumen gefunden hatte.

»Na immer noch besser, als wenn er den Namen eines Rums verpasst bekommen hätte«, sagte David, hob seine rechte Augenbraue und erntete einen empörten Blick von Joni.

»Pfff«, machte sie und näherte sich ganz vorsichtig und in geduckter Haltung dem Saurier.

»Na du Kleiner? Das ist bestimmt ganz schön aufregend für dich. Aber keine Sorge, wir passen gut auf dich auf. Du bist jetzt nämlich sowas wie unser Maskottchen oder besser gesagt unser Haustier. Haustier Woody. Sag doch mal *Miau*.«

Sie saß keine zwei Meter von dem Tier entfernt im Gras.

Woody hatte ihr Näherkommen bemerkt und interessiert den Kopf gehoben. Er schaute auf Jonis Lippen, aus denen das Katzengeräusch drang.

»Prrrr«, drang es tief aus ihrem Hals.

»Na wunderbar, jetzt schnurrst du auch noch.« David

schüttelte fassungslos den Kopf. »Das ist ein Saurier, Joni, also eine Echse. Sie miauen nicht und sie schnurren auch nicht. Ach ja, und sie sind selbstverständlich auch keine Papageien, die deine Laute nachahmen können.«

Wie auf Knopfdruck entfuhr Woody ein Geräusch, das der geneigte Zuhörer gut und gern als Schnurren bezeichnen konnte.

Joni lachte schallend los und schaute sich triumphierend zu David um.

»Na, Herr Wissenschaftler, was sagst du jetzt? Ist Woody ein Saurier, eine Katze oder vielleicht doch ein Papagei?«

»Das ...«, stotterte der, »das widerspricht allen wissenschaftlichen Erkenntnissen.«

»Wie immer, aber gut, dass wir dich als Experten dabeihaben.« Joni setzte sich ins Gras und blickte umher.

Die aufregenden Geschehnisse um Woody hatten die Fragen, die um Lulu kreisten, kurzzeitig in den Hintergrund gerückt. Doch langsam ging die Sonne unter und David, Ecki, Mona und Joni fragten sich, wie sie die Nacht verbringen sollten, und vor allem, wo Lulu bleiben würde.

Die Diskussion darüber fand zwar vor den Ohren von Lulu statt, aber sich einmischen oder gar ihre Meinung mitzuteilen, war für sie nicht vorgesehen. Solange das Geheimnis um sie nicht gelüftet war, würde sie unter Beobachtung bleiben.

»Dann geht's mir ja wie Woody, nur ohne Seil«, maulte sie und warf David einen bitteren Blick zu.

»Na, na, immerhin darfst du ganz zivilisiert mit uns essen und musst dich nicht mit ein paar Grashalmen zufriedengeben«, erwiderte dieser.

Für Mona kam nichts anderes infrage, als die Nacht im Haus mit fest verschlossener Tür und an der Seite von Laurenz zu verbringen, wie sie mitteilte. Joni und David einigten sich darauf, die Nacht in ihrer Höhle zu bleiben. Das fanden sie wunderbar nostalgisch und passend.

Lulu sollte bei ihnen bleiben und abwechselnd bewacht werden.

»Ich renne schon nicht weg«, sagte sie, um die Lage zu entschärfen.

»Kann sein«, meinte David, »aber vielleicht *schleichst* du ja fort.«

»Du bist echt wahnsinnig witzig.« Lulu schüttelte genervt den Kopf.

»Und du bist ein bisschen zu frech für eine Diebin und Lügnerin«, entgegnete Joni.

»So ein Blödsinn«, sagte Lulu. »Ich bin weder eine Lügnerin noch eine Diebin. Das grenzt ja an … an …«

Sie suchte nach dem richtigen Wort. Doch als sie es gefunden zu haben schien, verschluckte sie es offenbar, denn sie presste die Lippen zusammen, bis sie weiß wurden.

»Mir egal, woran das grenzt«, sagte David. »Entweder du sagst uns, wer du bist, wie du hergekommen bist und was du hier überhaupt machst, oder wir lassen dich nicht aus den Augen.«

»Ach? Und was, glaubst du, gibt dir das Recht dazu?«, fragte Lulu mit aufflammendem Selbstbewusstsein.

»Allein diese Frage ist eine Frechheit!«, entgegnete David. »Ecki und ich sind die Erfinder der Zeitmaschine, der ersten und bislang einzigen Zeitmaschine. Deine Anwesenheit hier in dieser Epoche stellt gewissermaßen unsere gesamte Arbeit auf den Kopf. Wir haben nicht vor, unser Patent zu verkaufen. Niemals! Stattdessen hüten wir das Wissen über die exakten Mechanismen wie unsere Augäpfel. Alles, was wir bislang öffentlich preisgegeben haben, reicht nicht im Mindesten, um die Konstruktion nachzubauen. Verstehst du jetzt, wie misstrauisch wir deine Gegenwart hier sehen?«

Lulu schwieg. Sie schaute an David vorbei auf die Wiese. Er hatte sie erfolgreich in die Schranken gewiesen. Zumindest widersprach sie nicht.

»Ich übernehme die erste Wache,« sagte Joni, die dem Gespräch aufmerksam gefolgt war. Sie konnte ihre Augen kaum von Lulu lösen. Aber warum?

Lulu pustete bei ihren Worten geräuschvoll Luft durch ihren gespitzten Mund. Dennoch gab sie sich geschlagen und benahm sich die Nacht über unauffällig.

David und Joni schliefen und bewachten Lulu abwechselnd. Doch irgendwann tief in der Nacht übermannte sie gleichzeitig der Schlaf und sie fanden sich in zuckersüßen Träumen wieder.

In fast demselben Moment erwachten sie am nächsten Morgen. Sie brauchten ein paar Sekunden, um zu realisieren, wo sie sich befanden. Auf einem Berg von altem Stroh und Schlafsäcken liegend schauten sie einander in die Augen. Blitzartig begriffen sie, was dies bedeutete, und setzten sich erschrocken auf.

Das Feuer war erloschen, Lulu lag nicht in der Höhle.

Hastig rieben sie sich die Augen und wollten sich auf die Suche nach Lulu begeben. Wer von ihnen zuletzt mit der Bewachung an der Reihe gewesen war, konnte keiner mit Gewissheit sagen. Deswegen ersparten sie sich gegenseitige Vorwürfe.

Der Schreck war noch nicht überwunden, da sahen sie Lulu ein paar Meter weiter im Gras. Sie hockte vor dem Saurier, fütterte ihn mit Blumen und Gräsern und streichelte ihm über den Kopf. Woody schnurrte genüsslich wie eine Katze.

»Ach, zum Geier ...« David unterbrach fassungslos seinen eigenen Satz. Ihm fehlten schlicht die Worte. Die Töne, die das Tier gestern von sich gegeben hatte, waren allem Anschein nach keine Ausnahme und kein Versehen gewesen.

Lulu merkte offenbar, dass sie beobachtet wurde. Vollkommen

gelassen stand sie auf, nahm eine Einkaufstasche, die auf dem Boden lag, und ging auf die beiden zu.

»Vor euch muss man wirklich Angst haben«, sagte sie grinsend und hielt ihnen die Tasche entgegen.

»Brötchen für alle, Butter, Marmelade, und ein bisschen Käse«, erklärte sie. »Die Bäcker hier machen schon früh die Läden auf. Kaffee könnt ihr selber kochen, wenn ich das richtig verstanden habe.«

David und Joni schauten in die Tasche und fanden alles wie beschrieben. Die kleinen Fragezeichen über ihren Köpfen blähten sich zur Größe eines Zeppelins auf.

Lulu verzog spöttisch ihren Mund, als die beiden die Stirn krauszogen und verwirrte Blicke austauschten. Es machte ihr ganz offensichtlich Spaß, für Überraschungen zu sorgen.

»Wir packen sie einfach ein und nehmen sie mit«, meinte Ecki später zu David. »Du wirst sehen, in unserer Epoche werden wir schneller herausfinden, wer sie ist. Sie wird ja wohl ein Zuhause haben, Freunde, Familie. Vor denen wird sie sich nicht ewig fernhalten wollen. Eines Tages macht sie einen Fehler und – zack - haben wir sie.«

Sie waren in der Höhle und durchsuchten mehr lustlos als fleißig ihre einst zurückgelassenen Sachen. Lulus Anwesenheit hatte die Notwendigkeit, ihre Habseligkeiten einzusammeln, fast ins Abseits gestellt.

»Das geht nicht«, erwiderte David, »irgendwie muss sie ja hergekommen sein. Aber *wie*? Das interessiert mich ehrlich gesagt mehr als die Frage, wer sie ist. Außerdem würden wir sie aus ihrer Zeitlinie herausreißen, wenn wir sie einfach mitnehmen. Sie kommt aus ihrer eigenen Epoche, die eine vollkommen andere als unsere sein könnte. Nein, ich will erst das Rätsel um sie lösen, bevor wir abreisen.«

»Wenn sie nicht vor uns abreist ...«

»Das werde ich verhindern.«

Ecki lachte.

»Alter, du und Joni habt nicht mal eine Nacht durchgehalten, um sie vernünftig im Blick zu behalten. Die hält euch doch zum Narren, kommt und geht, wie es ihr gefällt und bringt als I-Tüpfelchen auch noch Brötchen mit. Spiel dich ruhig weiter als Alphatier auf und lass dich verarschen. Wer weiß, wie lange du diese Fassade aufrechterhalten kannst.«

»Immerhin ist sie ja nicht weggelaufen. Sie hätte einfach verschwinden können, oder? Hat sie aber nicht gemacht. Stattdessen kommt sie mit einem Frühstück zurück und füttert auch noch den Saurier ...«

»Woody ...«

»Von mir aus eben Woody.« David schob sich die Brille hoch.

Er setzte sich auf einen Schlafsack und schaute auf den Saurier, der in der Sonne lag und gelangweilt auf irgendetwas herumknabberte.

»Je stärker ich Veränderungen in fremden Epochen verhindern will, umso mehr rufen wir welche hervor«, murmelte David.

»Nun lass mal nicht den Kopf hängen.« Ecki knuffte seinem Freund in den Arm. »Wir werden schon herausfinden, welches mystische Geheimnis«, er zeichnete mit den Händen unsichtbare Symbole in die Luft, »sie umgibt.«

Die drei Frauen waren unterdessen zum See hinuntergegangen, um sich zu erfrischen. Nach ein paar Handvoll Wasser im Gesicht, im Mund und auf den Oberarmen, saßen sie in der Sonne und genossen die Wärme auf ihren Körpern.

»Du und Ecki seid also ein Paar, ja?«, fragte Lulu mit Blick auf ihre Nachbarin.

»Ja, ist noch ganz frisch, aber ich denke, wir können den

Begriff *Paar* schon verwenden«, antwortete Mona mit glänzenden Augen.

Lulu räusperte sich umständlich und legte eine künstliche Pause ein, bevor sie sich an Joni wandte.

»Und du und David seid auch ein Paar, ja?«, fragte sie piepsig. Die übertriebene Belanglosigkeit, die sie ihren Worten beigemischt hatte, wirkte wenig überzeugend.

»David und ich?« Joni hob die Augenbrauen. Sie verschluckte sich beinahe an ihrer eigenen Spucke. »Nein, wir sind nur Freunde, gute Freunde zwar, aber mehr auch nicht.«

»Ach, ihr seid kein Paar? Also ich finde, ihr würdet gut zusammenpassen.« Lulu schürzte ihre Lippen.

»Blödsinn, wir passen überhaupt nicht zusammen«, entgegnete Joni ärgerlich. »Was soll die ganze Fragerei? Und überhaupt, das geht dich doch gar nichts an.«

Brüskiert verschränkte sie die Arme und verzog ihren Mund.

»Entschuldige, ich wollte nicht anmaßend sein. Es hat mich nur interessiert, weiter nichts.« Lulu hob beschwichtigend die Hände und hielt ihr Gesicht wieder der Sonne entgegen.

Einen Moment lang herrschte Schweigen.

»Oh, wartet mal!« Monas Augen bekamen einen sonderbaren Schimmer. »Lulu, kann es sein, dass du dich ein klein wenig in David verguckt hast und du gerade deine Chancen auslotest?«

»Nein!« Es hätte nicht viel gefehlt und Lulus Unterkiefer hätte sich ausgehakt. »Nein, nein, nein! Ganz falsch! Ich will überhaupt nichts ausloten. Niemand lotet hier irgendwas aus!«

»Ach komm schon«, widersprach Mona, »Ich habe dich durchschaut. Denkst du, ich kriege nicht mit, wie du ihn dauernd ansiehst und wie ihr euch allerliebst zofft? Wie sagt man so schön? Was sich neckt, das liebt sich.«

»Hör auf damit!« Lulu sprang auf. »Ernsthaft! Hör auf damit! Ich will nicht, dass du das noch einmal sagst.«

Sie drehte sich um und lief ohne ein weiteres Wort wütend den Hügel hinauf zu den Männern.

»Je mehr sie sich wehrt, desto mehr glaube ich, dass ich recht habe«, meinte Mona lächelnd und zuckte mit den Schultern.

»Hm«, sagte Joni, die sich aus der Diskussion herausgehalten hatte, »ich bin mir da nicht so sicher wie du. Die ständigen Blicke habe ich auch gemerkt, aber sonst ...?! Außerdem kommt sie mir bekannt vor. Ich habe das Gefühl, sie schon mal gesehen zu haben. Mir fällt nur nicht ein, wo.«

Sie legte sich ins Gras und schloss ihre Augen.

»Interessant«, sagte Mona gedehnt. »Ich gehe jede Wette ein, dass sie die zukünftige Frau von David ist und es nur nicht sagen darf. Naja, du weißt schon, wegen dieser Zeitgesetze. Ecki hat mir erklärt, was da so schiefgehen kann. Bestimmt ist Lulu euch schon mal über den Weg gelaufen, vielleicht als Reporterin oder so, und natürlich unter einem anderen Namen. Ihrem *richtigen* Namen. Sie hat David schöne Augen gemacht. Dein tiefstes Unterbewusstsein hat die Erinnerung daran gespeichert und muss diese nur freigeben. In einer ruhigen Minute erinnerst du dich sicher.«

»Ein bisschen viel Fantasie, findest du nicht?« Joni zog die Stirn kraus und biss sich grübelnd auf die Lippen.

»Na hör mal. So abwegig ist das nicht« sagte Mona. »Sie hätte heute Nacht einfach verschwinden können, als ihr beide eingeschlafen seid. Ist sie aber nicht. Das muss doch einen Grund haben. Sie wartet bestimmt ab, bis sie David mal allein antrifft, um ihm die Wahrheit ins Ohr zu flüstern. Immerhin ist sie hier *zufällig* an dem Ort, an dem ihr die wichtigsten Monate eures Lebens verbracht habt. Und das nur *zufällig* wenige Jahre nach eurem Aufenthalt. Nebenbei seid ihr ganz *zufällig* auch wieder hier und trefft sie. Ein bisschen zu viele Zufälle, findest du nicht?«

Joni zuckte mit den Schultern.

»Ich gebe zu, das hört sich komisch an«, meinte sie. »Aber wir müssen der Wahrheit den Raum geben, den sie verlangt, und sollten unser Urteil nicht vorschnell fällen.«

»Naja, vielleicht singt das seltsame Vögelchen ja bald«, entgegnete Mona und schaute zum Himmel hoch. »Mir fällt gerade auf, dass die Sonne so schön scheint.«

Sie hob ihre Hand über die Augen. »Dann müssten doch die Akkus schnell geladen sein, oder? Bestimmt können wir bald wieder nach Hause. Ich hoffe *wirklich*, dass das Vögelchen bald singt. Ich will einfach so schnell wie möglich wieder von hier weg.«

»Ich denke, David wird Woody erst wieder zurückbringen wollen«, erwiderte Joni, während in ihrem Oberstübchen die Turbinen glühten. Zwischen ihren Augenbrauen hatte sich ein kleines Fältchen gebildet und sie kaute auf ihrer Unterlippe herum.

Mona dagegen verlor zum unzähligen Mal in den letzten Tagen die Farbe aus ihrem Gesicht.

Lulu war bei den Männern angekommen und hatte sich schmollend in die Höhle gesetzt. Die Männer hatten ihr wortlos hinterhergeschaut, als sie an ihnen vorbeigestampft war.

Sie waren damit beschäftigt, große Teile ihrer alten Ausrüstung zusammenzupacken, um sie später ins Zeitreisehaus zu schleppen. Es kamen erstaunlicherweise stattliche Berge von Dingen zusammen.

David lief zum See hinunter, um sich etwas Wasser über den Kopf zu schütten. Ecki übernahm damit stillschweigend die Aufgabe, Lulu im Blick zu behalten.

»Endlich sind wir mal allein«, sagte sie, als David nicht mehr zu sehen war. Sie seufzte erleichtert und kroch in Eckis Richtung.

»Kannst Du vergessen«, brummte er.

»Hä? Was soll ich vergessen?«, fragte sie.

»Du machst mir jetzt schöne Augen und versuchst mich zu verführen. Hat bei David nicht geklappt. Jetzt bin ich dran und soll der Dumme sein, der dich hier wegschafft.«

Ecki schaute sie, während er sprach, nicht einmal an, sondern räumte gerade stoisch ein paar zerschlissene Pullover ihres ersten Ausflugs ein.

»Ihr habt doch alle einen Knall.« Lulu verdrehte die Augen. »Keine Sorge, ich will nicht das von dir, was du denkst. Ehrlich nicht! Ganz großes Ehrenwort. Aber deine Hilfe brauche ich trotzdem.«

»Ach ja? Um was geht's?«

»Um meine Zeitmaschine.«

Ecki ließ die Tasche fallen, die er gerade in der Hand hielt. Er schaute Lulu mit großen Augen an.

»Bitte versprich mir, dass du den anderen nichts erzählst«, bat sie.

Ecki zögerte kurz. Doch das Geheimnis um eine andere Zeitmaschine neckte ihn süß wie die honiggelbe Blüte einen Woodysaurus.

Kurzerhand warf er seine Prinzipien über Bord, die vorsahen, sich von dieser jungen Dame auf keinen Fall in ein Gespräch verwickeln zu lassen, welches sie letztlich nutzen könnte, um die Flucht anzutreten.

Egal, was sie vorhatte, egal, was gleich passieren würde, er nahm sich vor, aufmerksam wie ein Wachhund zu sein und immer ein paar Armlängen Abstand zu wahren.

»Warum, glaubst du, sollte ich meinen Freunden nichts erzählen?«, fragte er.

»Eines Tages wirst du es verstehen, das verspreche ich dir.« Lulus Augen glichen denen eines Dackels, der so gern das Leckerli haben wollte, das direkt vor seiner Nase hing und doch unerreichbar schien.

Ein Versprechen gab Ecki nicht ab, aber die Neugier siegte über alle Bedenken. Kaum eine Minute später folgte er Lulu bereits in den Wald. Insgeheim verfluchte er sich, dass er David nicht den kleinsten Hinweis hatte zurücklassen können.

Wer weiß, wohin sie ihn führte und ob er lebend zurückkehren würde. Vielleicht versteckte sie hinter dem nächsten Hügel eine Gruppe kaltblütiger Banditen, ihre Komplizen, die nur darauf warteten, ihn ins Jenseits zu befördern. Und dann kämen, wie in einem dieser blutdurchtränkten Splatterfilme, die anderen dran, einer nach dem anderen.

Brrr! Ein kalter Schauer zog über Eckis Rücken.

Sie liefen eine ganze Weile über moosigen Boden. Ecki hatte sich aus Blättern, Stroh und Paketschnur einen Schutz für seine Füße gebaut und nannte dies großspurig *Schuhe*. Auch wenn die anderen darüber gelacht hatten, konnte er Lulu, die Halbschuhe mit robusten Sohlen trug, gut folgen.

Doch weder Komplizen noch Mordwerkzeuge tauchten auf, die einem das Bewusstsein oder das ganze Leben rauben konnten. Stattdessen blitzte in einer ihm unbekannten Ecke des Waldes die Fassade eines Hauses zwischen den Bäumen auf. Je dichter sie ihm kamen, desto deutlicher wurde seine Gestalt.

Und dann stand Ecki schließlich vor einem Haus, das ihm nur allzu bekannt vorkam.

»Alter …«, rutschte es aus ihm heraus, und er trat näher.

Er strich mit den Händen behutsam über die Wände und die Tür, bestaunte das Dach und lief einmal herum.

»Soll ich euch zwei einen Moment allein lassen?«, fragte Lulu, die ungeduldig von einem Bein auf das andere trat.

»Das ist *unser* Haus«, sagte Ecki und konnte seinen Blick nicht davon lösen. »Ich meine, das Haus gehört David und mir. Oder … oder ist das ein originalgetreuer Nachbau?«

»Nein, du hast das richtig erkannt, das *ist* euer Haus. Können wir bitte schnell reingehen? Ich denke, wir haben nicht unendlich viel Zeit.«

»Ziehst du mir da drinnen eins über die Rübe?« Ecki kniff prüfend die Augen zusammen.

»Quatsch!« Lulu schüttelte energisch den Kopf. »Ich brauche deine Rübe. Deswegen habe ich dich doch hergebracht.«

Sie schloss die Tür auf.

Gleich darauf standen sie vor der Konsole.

Lulu räusperte sich kurz und begann dann zu erzählen.

»Ich bin ein bisschen blöd gelandet. Hier standen Bäume, die ich bei der Materialisierung wohl zerstört habe. Schau dir mal die Platinen an, die bei Stufe drei ins Spiel kommen. Da ist ein bisschen was durchgeschmort, ich denke, bedingt durch den hohen Energieaufwand wegen des Wegsprengens der Bäume. Ich habe die Verbindungen zwar schon wieder hergestellt und die Drähte verlötet, aber ich kann die Zielzeit nicht mehr eingeben. Jedenfalls nicht genau genug. Die Anzeige springt zwischen mehreren Zeitangaben hin und her. Ich habe schon alles mehrfach geprüft, kann aber den Fehler nicht finden. Sieht aus wie ein Wackelkontakt, ist aber keiner. Eine Abreise kann ich mir damit sparen. Wer weiß, wo ich landen würde.«

»Sie haben ihr Ziel erreicht«, schnarrte es aus den kleinen Lautsprechern der Konsole.

»Oh, das ist neu«, meinte Ecki und kratzte sich am Kopf.

»Nee, das ist der Nostalgie-Modus«, sagte Lulu. »Ihr fandet es superwitzig, dass eure Zeitmaschine wie eins dieser uralten Navis klingt. Mich nervt es, aber ich kann es leider nicht abstellen. Weder den Modus noch die Durchsage. Ich meine, dass ich angekommen bin, sehe ich auch selbst.«

Ecki sah sie einen Augenblick lang nachdenklich an.

»Lulu ... oder wie auch immer du wirklich heißt«, begann er und konnte seine Augen nicht von ihr lösen, »wie kommst du an unsere Zeitmaschine? Und was machst du hier?«

»Mensch Ecki, können wir das nicht überspringen?« Es hätte nicht viel gefehlt und Lulu hätte wie eine Dreijährige mit den Füßen getrampelt.

»Na hör mal, du willst, dass ich dir helfe, aber meine Fragen willst du nicht beantworten? Ich finde, das ist eine ziemlich einseitige Kooperation. Wenn du meine Hilfe und noch dazu mein Stillschweigen verlangst, dann habe ich doch wohl auch das Recht, eine Gegenleistung zu fordern.«

Es herrschte einen Moment Ruhe in den Räumen. Nur die Konsole blinkte schwach, als forderte sie ein My Aufmerksamkeit ein.

Lulus Blick blieb an ihr kleben. In ihrem Oberstübchen ratterte es gewaltig. Nur die Rauchschwaden fehlten für das vollständige Bild, das sie abgab.

»Ich komme aus der Zukunft und meine damit eine Zeit, die weit nach eurer ... *momentanen* ... Zeit liegt«, begann Lulu zögerlich. »Meinen richtigen Namen kann ich nicht nennen, da ich Angst habe, in Konflikt mit den Gesetzen der Zeit zu geraten. Du weißt genauso gut wie ..., äh ..., David, dass man damit sehr vorsichtig umgehen sollte.«

Sie holte tief Luft.

»Es gibt einen Zeitpunkt, an dem ihr, also du und David, euch entscheidet, die Zeitmaschine zu verkaufen. Mein Konzept wird euch am besten zusagen und wir kommen ins Geschäft. Äh, merk dir das übrigens schon mal. Warum ich hier bin, haben wir vertraglich geregelt. Darauf eingehen kann und darf ich aber nicht. Ich habe jetzt schon zu viel gesagt, weshalb jedes weitere Wort *viel* zu viel wäre.«

Erneut herrschte Ruhe in den vier Wänden.

Eckis Gehirn schob Überstunden. Seine hin- und herfliegenden Gedanken stießen immer wieder aneinander wie bei einem Newtonpendel.

Warum sollten sie sich zu einem Verkauf der Zeitmaschine entscheiden? Welches Konzept könnte sie in ferner Zukunft davon überzeugen? Was stand im Vertrag, das Lulu zu diesem Zeitpunkt und an diesen Ort locken würde? Was hatte es noch mal mit den Gesetzen der Zeit auf sich?

Die wichtigste Frage jedoch war, warum sie diese Geschichte so stockend erzählte. Hatte sie Angst, etwas zu verraten, was nicht verraten werde sollte, weil es die Zukunft betraf? Oder aber, und das war der unangenehmere Fall, dachte sie sich die Story gerade erst aus?

Die Fragen, die Lulu mehr oder weniger beantwortet hatte, warfen also nur neue Fragen auf. Ihre Anwesenheit wurde statt klarer immer mysteriöser.

Es knisterte vor Anspannung förmlich in der Luft.

»Sie haben ihr Ziel erreicht«, ertönte es abermals.

»Sag mal, wieso warst du in der Höhle und hast die Sachen zusammengepackt, obwohl deine Zeitmaschine kaputt ist?«, fragte Ecki. »Hat man als im Nirvana Gestrandete nicht andere Dinge im Kopf, als alte Dosen einzusammeln?«

Lulu seufzte. »Ja, klar, das sieht komisch aus. Weißt du, ich hänge hier schon seit ein paar Tagen herum. Nachdem ich die halbe Konsole auseinandergenommen, jede Schraube geprüft und alles wieder zusammengesetzt hatte, und es immer noch nicht funktionierte, brauchte ich eine Pause. Ich bin ja sowieso hergekommen, um die Sachen zu holen. Also dachte ich, es wäre für mein Gehirn eine nette, kleine Auszeit, wenn ich es mal in Ruhe lasse und mich dafür körperlich ein wenig betätige. Manchmal entwickeln sich Ideen besser, wenn man die Probleme kurzzeitig zur Seite schiebt. Ich habe sozusagen geduldig auf die Erleuchtung gewartet, aber dann seid ihr schneller dagewesen.«

Ecki war beeindruckt, aber er zeigte es nicht. Sie war allein auf Reisen gegangen und ließ sich selbst im größten Dilemma nicht aus der Ruhe bringen. Trotzdem war an ihrer Geschichte irgendwas faul. Immerhin waren er, David, Joni und Mona hergekommen, um die Sachen mitzunehmen. Warum sollte jemand aus der Zukunft diese *noch einmal* holen wollen?

»Wie alt sind David und ich, wenn du uns die Zeitmaschine abkaufst?«, fragte er, als wäre das das wichtigste Fragment in dem unvollständigen Puzzle.

Lulu pustete laut hörbar aus und zuckte genervt mit den Schultern.

»In der Epoche, aus der ich abgereist bin, seid ihr über fünfzig Jahre alt«, antwortete sie sichtlich widerstrebend.

Jetzt war es Ecki, der geräuschvoll ausatmete. Er sackte auf den Stuhl, der vor der Konsole stand. Es war ein neuer, anderer Stuhl, nicht der, den er kannte.

»Über fünfzig«, wiederholte er leise, als wenn er sich nie hätte vorstellen können, einmal so alt zu sein.

Dann löste er sich aus seinem Entsetzen und schaute unter die Konsole. Er wackelte an einigen Kabelverbindungen herum, um deren Stabilität zu prüfen.

Zu gern wollte er dieser Lulu eine Frage stellen, um herauszufinden, ob sie die Wahrheit sagte. Die Geschichte mit dem Verkauf ihrer Erfindung wollte sich nicht so recht in seine Gedanken hineinfinden. So etwas hatte nie ernsthaft zur Debatte gestanden.

Im Gegenteil, als Lisa während ihrer ersten Reise kräftig die Werbetrommel gerührt hatte, hatte sich David auch deswegen von ihr getrennt. Ausführlich hatte er Ecki erzählt, wie er sich von ihr übergangen gefühlt hatte und er mit seinem Wunsch, nie zu verkaufen, nicht ernst genommen wurde.

Und jetzt stand dieses junge Ding da und behauptete, sie hätte mit ihrem Konzept überzeugen können. Konzept! Dieses Wort! Was denn für ein Konzept?

Zumindest konnte Lulu zweifelsfrei die Zeitmaschine

bedienen. Ihre Anwesenheit war Beweis genug. Obgleich ... nun ja, bei genauerer Betrachtung war einst auch der Sympathieträger Nero durch die Zeit gereist - und zwar ohne jegliches Vorwissen.

Davon abgesehen verfügte Lulu jedoch ganz klar über ein ausgezeichnetes technisches Verständnis. Ihre Erklärungen zum augenblicklichen Debakel hatte sie knapp und präzise abgegeben. Alle Kabel, die Ecki in Augenschein nehmen konnte, waren korrekt und überaus sauber von ihr verlötet worden. Insgeheim zollte er ihr Respekt.

Zu schnell würde er sich ihrer Version der Geschichte trotzdem nicht ergeben.

»Wie ist das Leben in der Zukunft?« Er wollte Zeit schinden.

»Es ist toll.« Lulu merkte, dass er Zeit schinden wollte.

»Gibt es fliegende Autos?« Ecki merkte, dass Lulu merkte, dass er Zeit schinden wollte.

Sie sahen einander in die Augen und begriffen im selben Moment, dass sie einander durchschaut hatten.

»So kommen wir doch nicht ans Ziel«, sagte Lulu und ließ ihre Schultern sacken. »Bitte, Ecki, glaub mir doch einfach. Hilf mir, hier wieder wegzukommen!«

»Wie jetzt? Einfach so?«

»Ja, einfach so. Ich merke mir das auch. Du hast was gut bei mir. Versprochen!«

»Also schön«, sagte Ecki und richtete für dieses wichtige Thema den Oberkörper auf.

»Ich stelle dir eine Frage. Ich stelle sie dir nur *ein einziges* Mal. Und du hast nur *eine einzige* Chance, sie zu beantworten. *Wenn* du sie richtig beantwortest, dann helfe ich dir, wenn nicht, werde ich bis auf Weiteres nichts für dich tun. Dann spreche ich mich nämlich mit David ab.«

Lulu sah ihm fest in die Augen. In ihrem Gesicht erschien nach dieser Ankündigung nicht die geringste Spur von Nervosität oder Unsicherheit. Ganz im Gegenteil!

Ecki holte tief Luft.

»Es gibt etwas, das David niemandem verrät. Niemandem! Es ist nicht unbedingt ein Geheimnis, er spricht nur einfach nicht darüber. Bloß die engsten Vertrauten wissen es. Und ich könnte mir vorstellen, dass wir dich in der Zukunft diesbezüglich eingeweiht haben, um genau diese Frage hier zu stellen ...«

Er räusperte sich und kratzte an seinem Kopf herum. Der rote Faden, der gerade noch so klar vor seinem geistigen Auge ausgebreitet dalag, verknäulte sich. Einige Blitze durchzuckten seine grauen Zellen. Vergangenheit und Zukunft mischten sich an diesem Ort. Aber wenn alles zusammenhing, musste es doch möglich sein, die richtige Antwort zu erhalten. Oder hatte er etwas übersehen?

Lulus Ungeduld wuchs zur Größe von einem riesigen Walfisch an.

»Mach schon«, sagte sie und legte flehend die Hände aneinander. »Stell die verdammte Frage, damit wir vorankommen!«

Ecki nickte nachdenklich und entschied sich für eine Abkürzung seiner Strategie des Hinauszögerns.

»Wie lautet Davids zweiter Vorname?«, fragte er.

»Edmund«, antwortete Lulu, ohne mit der Wimper zu zucken.

Ecki war sprachlos. Das kam nicht oft vor. Eigentlich nie. Lulu hatte so schnell und korrekt geantwortet, dass es keinen Zweifel mehr gab und sie tatsächlich eine enge Vertraute und möglicherweise, vielleicht und eventuell doch die Käuferin der Zeitmaschine war.

»Jetzt hör auf zu staunen und schau dir endlich die Konsole an.« Lulus Hände verkrampften sich zu einer Geste, als wollte sie ihn erwürgen.

»Ich verstehe zwar immer noch nicht, warum wir verkaufen werden, aber ...«, begann Ecki, doch Lulu fiel ihm unbarmherzig ins Wort.

»Ihr seid mittlerweile zu alt zum Reisen«, sagte sie bissig. Bäm! Das saß.

Ecki reichte dies als Begründung vollkommen aus. Mehr wollte er zu diesem Thema lieber nicht wissen. Zu alt zum Reisen? Pah! Und das mit nur etwas über fünfzig Jahren? Das würde er sich merken und es dieser jungen Dame in gut zwanzig Jahren zeigen. Zu alt! Konnte gar nicht sein. Die Jugend gab ihr offenbar das Recht, sich über ihn lustig zu machen. Was für eine Frechheit!

Knurrend schob er sich tiefer unter die Konsole, jedoch nicht ohne eine gewisse Neugier zu verspüren.

»Alter, was ist das denn?«, platzte es aus ihm heraus.

»Was ist was!?« Lulu zappelte aufgeregt.

»Die ganzen Zahnräder«, sagte Ecki. »Die sind neu.«

»Ja, genau.« Lulu nickte. »Die Platinen waren zu störanfällig und brannten dauernd durch. Daher wurden sie nach und nach durch die Technik der Zahnräder ersetzt. Die können nämlich nicht durchbrennen. Leider ist die Mechanik, die in Stufe drei geschaltet werden muss, noch nicht erneuert, weswegen ich ja nun festsitze.«

»Das ist genial«, murmelte Ecki.

»Klar, dass du das genial findest. Das war ja auch deine Idee.«

Niemand sah, dass einem der talentiertesten Zeitmaschinenerfinder aller Zeiten bei diesen Worten unter seiner eigenen Schöpfung liegend fast das Herz in der Brust vor Stolz zersprang.

Hatte er das richtig gehört? Die Zahnräder waren seine Idee? Moment, welche Zeitform war jetzt eigentlich richtig? Würde er sie erst erfinden oder hatte er sie schon erfunden? Wann würde er sie erfunden haben? Verflixt, der rote Faden in seinem Kopf knäulte sich schon wieder, denn er befand sich in diesem mysteriösen Schnittpunkt, an dem Vergangenheit, Gegenwart und Zukunft auf verrückte Art und Weise gleichzeitig existierten.

Das alles half jedoch nicht über die Tatsache hinweg, dass Ecki das Problem der Zeitmaschine nicht lösen konnte. Eines der Zahnräder fiel immer wieder aus seiner Position und verursachte damit die wechselnden Zieldaten.

»Sie haben ihr Ziel erreicht.«

Ecki seufzte.

»Es tut mir leid, aber ich stecke in einer Sackgasse«, sagte er schließlich.

Lulus Schultern sackten wieder nach unten, nachdem sie sich so tapfer gestrafft hatten.

»Gib mir ein wenig Zeit, um eine Lösung zu finden. Ich muss mich erst noch daran gewöhnen, in Zahnrädern zu denken und nicht in Platinen.« Ecki kratzte sich halb verlegen den Kopf. Es war ihm etwas unangenehm, mit seiner eigenen Erfindung nicht klarzukommen.

»Ich hatte gehofft, du kriegst es schneller hin«, sagte Lulu und seufzte.

Großartig, jetzt haute sie auch noch genau in die Wunde rein.

»Warum bist du eigentlich zu unserer Höhle gelaufen?«, fragte Ecki. »Ich meine, nachdem du gemerkt hast, dass du hier nicht weiterkommst, ist doch nicht der erste Gedanke, einfach in irgendeine Richtung zu rennen und dann *zufällig* an unserer Höhle zu landen. Ich weiß, du wolltest deinen Kopf entspannen und so weiter. Aber woher wusstest du von diesem Ort?«

»Ihr seid aber auch alle zäh«, sagte Lulu und verschränkte die Arme. »Die Höhle habe ich ja nicht durch Zufall gefunden. Da muss ich dir wohl nichts vormachen ...«

»Nein in *diesem* Fall machst du mir natürlich nichts vor.«

»Echt, Ecki, ich weiß schon, wann ich die Wahrheit sagen muss und wann die Wahrheit eben nicht die beste Lösung ist.«

»Aber das ist doch eine vollkommen subjektive Sicht. Wer entscheidet denn, wann die Wahrheit sinnvoll ist und wann nicht? – *Du*!«

»Wir kommen schon wieder vom Thema ab.« Lulus gesamter Körper gab ein trostloses, erschöpftes Bild ab.

»Oh, mir fällt was ein.« Sie schlug sich mit der Hand an die Stirn. »Im Labor liegt etwas, das uns helfen könnte.«

»Zu Stabilisierung der Zahnräder?«

»Nein, was anderes.« Sie lief los und kam kurz danach wieder.

»Inwiefern sollte uns *das* helfen?«, fragte Ecki und schaute verwirrt auf ihr Mitbringsel.

»Ich wusste nie, warum ihr das Ding zur Ausrüstung hinzugefügt habt«, sagte Lulu, »aber gerade habe ich eine Idee.«

Sie lachte und zwinkerte Ecki vielsagend zu.

Unterdessen waren David, Joni und Mona vom See zur Höhle zurückgekehrt.

Woody kaute frustriert an dem Seil herum, mit dem er festgebunden war. Er war mit der Gesamtsituation sichtlich unzufrieden und wollte sich auch partout nicht mit ihr anfreunden.

Es war zu kalt für ihn. Die Gerüche dieses Ortes waren ihm fremd. Der herrliche Matsch aus seiner Heimat fehlte ihm sicher. Und zu guter Letzt sorgte dieses kratzige Ding um seinen Hals dafür, dass er sich nicht von der Stelle fortbewegen konnte.

Übellaunig musste er immer wieder feststellen, dass jeder Hechtsprung, den er mit der Hoffnung auf Freiheit verband, mit einer Bruchlandung im Gras endete. Vielleicht lag sein Unglück aber auch darin, dass er gar keine Hechte kannte. Seine Stimmung schwankte permanent zwischen aggressivem Fluchtdrang und stiller Resignation.

»Wenn der weiter so fleißig auf dem Seil rumknabbert, dann

hat er es bald durchgebissen«, sagte Joni mit sorgenvollen Blicken.

»Was anderes haben wir aber nicht«, entgegnete David und fuhr sich nervös durch die Haare. Er war hinsichtlich seines besonderen Souvenirs aus der Kreide alles andere als glücklich. Ihm war klar, wie recht Joni hatte, und noch mehr war ihm klar, dass er für dieses Dilemma keine Lösung hatte.

»Wo sind Ecki und Lulu eigentlich?«, fragte Mona in die Grübeleien hinein.

Sie schauten sich um. Tatsächlich. Niemand zu sehen. Dabei hätten sie in der Höhle sein sollen.

»O nein«, jammerte Mona.

Alle drei riefen die Namen der Verschollenen. Sie liefen umher und gingen ein Stück in den Wald, um ihre Rufe durch die Bäume zu schicken. Doch nur fröhliches Vogelgezwitscher hallte ihnen entgegen.

Der Saurier, der die letzten Minuten in einer eher ruhigen Phase verbracht hatte, spürte die Aufregung und die Unruhe, die um ihn herum entstanden. Warum sollte er diese Situation nicht ausnutzen?

Mit frischem Mut ausgerüstet, bohrten sich seine Zähne abermals in das spröde Seil, das die vergangenen Jahre ungeschützt in Nässe, Kälte und Hitze zugebracht hatte.

Während drei Menschen nach zwei anderen Menschen suchen, zerbröselte das Seil unaufhaltsam in seine einzelnen, faserigen Bestandteile.

Nur noch ein Ruck ... Da war es geschehen. Woody beäugte überrascht die ausgefransten Enden des Seils. Sein winziges Hirn arbeitete zu langsam, um sofort begreifen zu können, was dieser wundervolle Umstand für ihn bedeutete. Neugierig nahm er eines der Enden in sein Maul und knabberte weiter darauf herum.

Er zog und zerrte daran und merkte plötzlich, dass sein Aktionsradius sich vergrößert hatte.

In demselben Moment, in dem der Saurier endlich begriff, starrten David und Joni zeitgleich auf das zerbissene Seil. Sie hielten die Luft an und schauten einander erschrocken in die Augen.

Nur einen Augenblick später stieß das Tier einen Siegesschrei aus und fing an zu rennen. Mona kreischte und flüchtete mit weit aufgerissenen Augen in die Höhle.

David und Joni verfolgten das Tier und versuchten, das Seilende zu packen, das noch um Woodys Hals gebunden war. Der setzte sich mit Zähnen und wütendem Gebrüll zur Wehr. Seine Krallen fuhren immer wieder durch menschliche Haut und hinterließen feine rote Spuren.

»Autsch!«

»Mistvieh!«

»Verdammt!«

»Scheiße!«

Besagtes Mistvieh konnte Haken schlagen wie ein Hase, hüpfen wie ein Känguru und fauchen wie ein Tiger. Zumindest kam es den Verfolgern so vor. Am Ende war und blieb Woody jedoch eine Echse, was die Jagd bedauerlicherweise nicht einfacher machte.

Woody hastete hinunter zum See. Eine blonde Frau mit einem zerrissenen, schmutzigen, roten Cocktailkleid sorgte mit einem Sprung hinterher dafür, dass besagtes Kleid weiter riss und noch schmutziger wurde.

Ein schlanker Tüftler, dem fast die Brille von der Nase fiel, näherte sich von der anderen Seite. Sein Anzug hatte durch Gras, Erde und Asche einen Hauch von Tarnoptik erhalten. Es schien nur logisch, dass in dem Punkt noch mehr möglich war.

Auch David nahm kurzerhand die Abkürzung zum See über

den Luftweg und spürte beim Bodenkontakt sein komplettes Gewicht auf seinen rechten Oberarm prallen. Er stöhnte auf.

Doch der Wille, nach den Gesetzen der Zeit zu handeln, war stärker. Also biss er die Zähne tapfer zusammen und stand auf.

Woody stand vor dem See und glotzte aufs Wasser. Er war sich offenbar nicht sicher, ob er schwimmen konnte. Von der einen Seite näherte sich Joni, von der anderen David. Blutige Schrammen in deren Gesichtern zeugten von einem unfairen Kampf.

Nur wenige Fußbreiten trennten sie von dem Tier aus der Kreide. Der Kopf des Sauriers wiegte sich hin und her. Er konnte sich wohl nicht entscheiden, wer von den beiden ihm gefährlicher werden konnte oder ob er doch spontan schwimmen lernen sollte.

»Ich werfe mich auf seinen Rücken und du versuchst das Seil zu packen«, quetschte David zwischen seinen Zähnen hervor, ohne sich zu bewegen.

»Das Seil ist keinen halben Meter lang«, gab Joni zu bedenken. »Wir können ihn damit nicht mehr festbinden. Deshalb würde ich vorab gern wissen, wie es nach dem Einfangen weitergehen soll.«

»Bis wir ihn gefangen haben, ist mir schon was eingefallen«, gab David murrend zurück.

»Oh, ich wusste nicht, dass das ein langfristiges Projekt ist.« Jonis Augen rollten, während der Rest des Körpers still blieb.

»Sag ruhig, wenn dir was Besseres einfällt. Dann planen wir eine Konferenz, gründen eine Selbsthilfegruppe für Zeitreisende mit entlaufenen Sauriern und stimmen in mehreren Wahlgängen über sein Schicksal ab.«

Davids Stimmung war auf dem Tiefpunkt. Das glaubte er zumindest, denn er wusste ja nicht, was noch kommen würde.

Indessen spürte Woody wohl die Uneinigkeit der beiden Jäger.

Er kreischte und wollte anscheinend die Gelegenheit nutzen, um sich aus dem Staub zu machen.

Trotz der weiterhin ungeklärten Situation, die vor ihnen lag, warfen sich Joni und David zeitgleich in seine Richtung. Ein dumpfer Knall, der das Aufeinanderprallen von zwei menschlichen Schädeln begleitete, führte zu einer Szene, die man sonst nur in überdrehten Filmen bestaunen durfte.

Während Joni »Scheiße« stöhnend kurz die Besinnung verlor und die Echse mit ihrem Körper begrub, plumpste David zur Seite ins Wasser. Bei dem Versuch, sofort aufzustehen und wieder an Land zu gelangen, stolperte er über etwas und fiel erneut lang hin. Der Tiefpunkt seiner Stimmung hatte innerhalb weniger Sekunden ein neues Level erreicht.

Woody ächzte derweil unter Jonis Gewicht und versuchte vergeblich, sich zu befreien. Strampeln war nicht möglich. Seine Krallen hatten sich in den Sand gebohrt. Seine Schnauze wurde fest auf den Boden gedrückt. Lediglich sein Schwanz schaffte ein paar kraftlose Bewegungen. Er fauchte wütend und plusterte seine Nüstern auf, was seine missliche Lage jedoch nicht verbesserte.

Gerade als Joni die Besinnung wiedererlangte, tauchten Lulu und Ecki auf.

Lulu rannte zu Joni und legte dem Saurier ein ledernes Hundehalsband mit einer Leine um den Hals und drückte es Ecki in die Hand. Es war jener Gegenstand, den sie aus dem Labor geholt und auf den Ecki irritiert gestarrt hatte.

Dann kümmerte sie sich um Joni. Sie kniete sich neben die Lädierte, nahm deren Kopf in ihren Schoß und kühlte die stoßgeplagte Stirn mit etwas Wasser aus dem See.

»Ist alles ok?«, fragte Lulu.

»Uff«, stieß Joni aus und rieb sich die Stirn. Sie versuchte, sich zu erinnern, warum sie hier lag und wo sie überhaupt war.

»Verdammter Mist«, fluchte David, der noch immer patschnass im See stand. Schon wieder war sein Fuß gegen etwas gestoßen, was ihn erneut aus dem Gleichgewicht brachte. Nur mit Mühe verhinderte er, abermals der Länge nach hinzufallen. Grimmig blickte er ins klare Wasser. Augenblicklich verwandelte sich sein Ärger in Erstaunen.

»Was zum Geier ...« Langsam beugte er sich hinunter und sammelte einen schwarzen Gegenstand vom Boden des Sees auf.

Unterdessen hatte sich Joni mit Hilfe von Lulu aufgesetzt und sah Ecki nach, wie dieser mit dem überaus empörten Woody davonzog, um ihn wieder an *seinem* Baum festzubinden. Die Erinnerung an eine aufreibende Verfolgungsjagd kam zurück.

»Scheiße, war das eine Nummer«, ächzte sie. Das Kleid hing endgültig nur noch in fleckigen Streifen an ihr herunter. Ihre Haare glichen einem Besen kurz vor dessen wohlverdienten Ruhestand. Blutende Kratzwunden an Armen und Wangen sowie eine dicke Beule am Kopf rundeten das Bild einer vollkommen erschöpften Frau perfekt ab.

David, der triefend nass aus dem Wasser schlurfte, sah nicht besser aus. Die Fetzen des Anzugs, die seinen Körper leidlich umhüllten, passten farblich tadellos zu den blauen Flecken und den Stellen, die noch zu blauen Flecken werden sollten. Seine Brille hing schief auf der Nase.

»Ich frage mich, ob jetzt der Moment gekommen ist, an dem du von Sauriern die Nase endgültig voll hast«, sagte Joni und sah David erwartungsvoll an.

»Von Sauriern nicht, aber definitiv von *Woodys*«, brummte der zurück.

Mühevoll kraxelten sie den kleinen Berg hinauf zur Höhle, in der Mona saß und mit sich selbst über ihre augenblickliche Lage klagte. Ecki hatte Woody an einen Baum gebunden. Der Saurier kaute tief beleidigt auf einer Blume herum.

»Hab ein Fernglas gefunden«, sagte David und hielt Ecki seinen Fund vor dessen verdutztes Gesicht.

»Dank deiner damaligen Großzügigkeit und Klein Nemos unwiderstehlichem Drang zum Versenken von Gegenständen habe ich mich im Wasser gerade zwei Mal lang hingelegt«, brummte David.

Ecki kratzte sich verlegen am Kopf.

»Alter, das tut mir echt leid«, meinte er, »und zur Krönung das alles auch noch vor den Augen von drei hübschen Ladies.«

An diese unangenehme Konstellation hatte David gar nicht gedacht, doch als Ecki dies so unverblümt ansprach, wurde er schlagartig nachträglich rot. Um sich schnell von dieser Peinlichkeit abzulenken und seinem Frust ein Ventil zu geben, warf er einen misstrauischen Blick auf Lulu.

»Wo wart ihr eigentlich?« fragte er.

»Ich musste mal für kleine Mädchen«, antwortete Lulu.

»Ganz ohne Spaten?«

»Ja, es war so dringend, dass wir leider ohne Spaten loslaufen mussten«, sagte sie patzig. »Willst du es genauer wissen?«

»Stimmt das?« David schaute Ecki erwartungsvoll an, der stumm das Fernglas genommen hatte und es nun in der Hand drehte und wendete. Er wollte wissen, ob es noch funktionierte. Lieber tat er so, als würde er sich ganz der Funktionalität eines versunkenen optischen Utensils zuwenden, als seinen besten Freund anlügen zu müssen.

»Mm ...« brummte er zustimmend, ohne die Augen von dem Gegenstand in seinen Händen zu lassen.

»Und ganz zufällig habt ihr auf dem Weg zu dem dringenden Geschäft ein Hundehalsband mit Leine gefunden? Das lag wohl einfach so im steinzeitlichen Wald herum.« David ließ nicht locker.

Instinktiv spürte er, dass an der kleinen Geschichte mit dem kleinen Geschäft etwas nicht stimmen konnte, so wie mit dieser Lulu etwas nicht stimmte. Es fühlte sich genauso falsch an wie ein Saurier in der Steinzeit.

»Hicks«, machte Joni und schob ein »Sorry« hinterher. Sie hielt die halbe Flasche Rum, die sie bei ihrer Ankunft gefunden hatte, in der Hand und wischte sich mit dem Handrücken über den Mund.

»Das habe ich jetzt gebraucht«, seufzte sie. »Hier, David, nimm auch einen Schluck. Stoße mit mir darauf an, dass ich heute meinen ersten Saurier gefangen habe.«

David war aufgrund des drastischen Themenwechsels maximal verwirrt. Eben ging es noch um unmögliche Hundehalsbänder und nun sollte er auf zweifelhafte Jagderfolge trinken?

»Joni, kann es sein, dass du eine Gehirnerschütterung hast?«, fragte er.

»Nein«, widersprach sie matt. »Ich feiere nur meinen Erfolg und möchte euch daran teilhaben lassen.«

»Das war doch gar kein Erfolg. Du bist ohnmächtig geworden, auf das Vieh draufgefallen und hast es dann mit deinem Gewicht bewegungsunfähig gemacht. Welchen Teil genau von dieser Geschichte willst du feiern?« David schob die schiefe Brille nach oben.

Jetzt stellte sich Lulu mit in die Hüften gestemmten Armen schützend vor Joni.

»Na hör mal, wer kann schon von sich behaupten, einen Saurier gefangen zu haben?«, fragte sie David mit funkelnden Augen. »Das war schon fast sensationell. *Wie* das passiert ist, interessiert doch am Ende sowieso keinen. Allein der Erfolg zählt.«

Sie drehte sich um, nahm Joni die Flasche aus der Hand, sagte »Prost!« und trank einen kräftigen Schluck. Ecki, dem die Ablenkung von Spaten und Hundehalsbändern gut in den Kram passte, tat daraufhin das Gleiche. Augenzwinkernd sah er Mona an und versuchte, sie wortlos zu animieren, zu ihnen zu kommen.

Die saß schmallippig in der Höhle und verfluchte den Tag, an dem sie den Vertrag zu diesem dämlichen Film unterzeichnet hatte. Das war der Anfang allen Übels gewesen.

Alkohol hatte zwar noch nie irgendjemandem geholfen und konnte bestimmt auch keine Probleme lösen, aber ein Schluck Rum würde die gegebenen Umstände vielleicht etwas blumiger erscheinen lassen. Mit einem Blick geschmückt, der ihrer misslichen Gemütslage entsprach und zugleich alle Anwesenden unmissverständlich über diese informierte, erhob sich Mona und tat es ihren Vorgängern gleich.

Nach einem sehr großen Schluck aus der Flasche, der genau genommen aus mehreren kleinen Schlucken bestand, krallte sie sich an den Oberarm ihres Freundes und schaute ihn an.

»Mir ist alles egal, solange ihr beide im Wald nicht heimlich geknutscht habt«, piepste sie.

»Bäh, nein!«, schrie Lulu und trat einen Schritt zurück.

»Haben wir nicht! Versprochen«, säuselte Ecki seiner Mona zu und streichelte ihr zärtlich über die Wangen.

Dann schaute er Lulu an. »Das *Bäh* war jetzt echt überflüssig. Vermutlich hätten wir auch ohne angewiderte Geräusche verstanden, dass das keine Option zwischen uns war«, sagte er.

Er umarmte seine Liebste, brachte sie in die Höhle und entfachte ein Feuer. Die Sonne würde bald untergehen und die Kühle der Nacht kommen. Die beiden wollten zwar wieder im Haus schlafen, aber ein romantisches Kuscheln vorab am Lagerfeuer würde ihre Stimmung sicher günstig beeinflussen.

Lulu schaute Joni an.

»Die Reste deines Kleides enthüllen mehr, als sie bedecken«, sagte sie. »Wollen wir mal schauen, ob wir was Neues für dich finden?«

»Brauchen wir nicht«, meinte Joni und nahm noch einen Schluck aus der Flasche, die mittlerweile wieder bei ihr gelandet war. »Wir haben keine andere Kleidung dabei.«

»Komm mit, ich habe eine Idee«, widersprach Lulu und nahm Joni an die Hand. Sie zog sie ins Haus und schloss die Tür. Dahinter kicherte und gluckste es fröhlich.

Patschnass stand David allein auf der Wiese und überschlug gedanklich die aktuelle Situation: Ecki knutschte in der Höhle mit Mona. Joni und Lulu lachten übermütig in seiner Zeitmaschine. Woody war von den Anstrengungen der Verfolgungsjagd eingeschlafen.

Er selbst war zurückgeblieben mit einem nassen Anzug, Schrammen, Beulen und vor allem mit so vielen Fragen, auf die er so dringend Antworten haben wollte. Anscheinend war er jedoch auch der Einzige, den die Auflösungen interessierten.

Erschöpft setzte er sich ins Gras und atmete tief aus.

Aus dem Haus drang unbeschwerte Fröhlichkeit und verbreitete sich über die Wiese.

»Das wird ein wahres Designer-Stück«, feixte Lulu und hantierte mit einer Schere herum. Ihre Zunge wanderte angestrengt von einem Mundwinkel zum anderen.

»Will ich doch hoffen«, entgegnete Joni und sah dem Handwerk gespannt zu. »Schlimmer als mein zerrissenes Kleid kann es ja nicht werden. Es ist, oder besser gesagt, *war,* nicht mal mein Kleid. Ich hatte es nur geliehen …«

Entspannt lehnte sie sich auf dem Sofa nach hinten. Sie saßen in *ihrem* Zimmer. Der große Kleiderschrank, aus dem sie einst Sachen genommen hatte, die für Lisa bestimmt waren, war komplett ausgeräumt.

Gähnende Leere füllte die Regale und Schubladen hinter den Schranktüren. So sorgfältig wie David seine erste Reise konzipiert hatte, so miserabel überstürzt war diese zweite erfolgt.

»An irgendjemanden erinnerst du mich«, sagte Joni und sah auf Lulus geschickte, fleißige Hände. »Ich würde zu gern wissen, wer du bist.«

Lulu arbeitete weiter, als hätte sie die Frage nicht gehört.

»Werde ich denn irgendwann wissen, wer du bist?«

»Kann schon sein«, antwortete Lulu kaum hörbar.

Monas Mutmaßungen, sie könnten einander schon einmal begegnet sein und Lulu würde vielleicht Davids zukünftige Frau sein, knirschten in Jonis Gedanken herum. Zwar versuchte sie, dieses Bild, das immer wieder in ihrem Kopf auftauchte, wegzuwischen, doch es hielt sich hartnäckig.

»Werden wir uns mögen? In der anderen Zeit, meine ich.«

»Bestimmt.«

»Lulu, ernsthaft, ich glaube nicht daran, dass du zufällig hier bist. Zeitgleich mit uns. Es muss doch mehr dahinterstecken.«

Lulu kaute kurz auf ihrer Unterlippe herum. Sie sah Joni fest in die Augen. »Ich habe wirklich keine Ahnung, was das soll. Glaub mir, mein Ziel war ein vollkommen anderes. Und dass ihr hier auftaucht, wusste ich nicht.«

Joni kniff die Augen prüfend zusammen. »Aber du hast in unseren Sachen herumgewühlt. Das sah sehr gezielt aus. Was hast du denn gesucht? Wir haben damals keine Schätze zurückgelassen. Glaube mir, außer ein paar leeren Blechbüchsen und verrotteten Schlafsäcken gibt's nichts zu holen.«

»Ich weiß. Bitte vertrau mir. Sei nicht böse, wenn ich vorerst nicht mehr dazu sagen kann. Ich verstehe auch noch nicht alles, aber ich verspreche dir, dass wir eines Tages alle über alles Bescheid wissen werden.«

Sie senkte den Kopf und konzentrierte sich wieder auf ihre Handarbeit.

Joni spürte, dass an dieser Stelle nicht mehr Informationen herauszuholen waren. Zum wiederholten Mal ertappte sie sich dabei, ihr Gedächtnis nach einem Gesicht zu durchforsten, das zu dem von Lulu passte. Ihre Finger spielten mit einem roten Fetzen ihres Cocktailkleides.

»Fertig«, sagte Lulu und hielt das neue Kleidungstück hoch. Sie strahlte übers ganze Gesicht.

Joni prustete los.

»Scheiße«, rief sie und hielt sich den Bauch vor Lachen.

David, der immer noch patschnass auf dem Boden saß und seinen Gedanken nachhing, wurde durch das Gelächter, das aus seinem Haus drang, aus selbigen gerissen. Er kniff die Augen zusammen, strich sich durch die Haare und versuchte, seine Brille zurecht-zurücken.

Die Tür des Hauses öffnete sich. Joni trat heraus.

David rieb sich die Augen.

Sie trug voller Anmut ausstrahlend ein Kleid, das ihn sehr stark an eine seiner Decken erinnerte. Und das war es auch. Lulu hatte genau in der Mitte einer Decke ein Loch geschnitten, durch das Jonis Kopf passte. Um den Bauch trug sie ein Stück Schnur, die Lulu in der Höhle gefunden hatte und nun das *Kleidungsstück* dicht am Körper hielt.

Lachend drehte sich Joni zu allen Seiten ließ sich von David bewundern.

Lulu war indes zu David gegangen und beugte sich zu ihm herab.

»Du solltest aus den nassen Klamotten raus, sonst erkältest du dich noch«, sagte sie. »Deine Lippen sind schon ganz blau.«

»Willst du mir etwa auch so einen Umhang basteln?« fragte David müde.

»Klar, Decken hast du ja genug dabei.« Lulu lächelte.

Was solls? Lulu hatte Recht. Die Sonne neigte sich dem Horizont entgegen, und obwohl es Sommer war, wurde es bei

Einbruch der Dunkelheit schnell kühl. Mit nassen Sachen am Leib konnte es in er Tat schnell zu einer Unterkühlung kommen.

Kaum eine Viertelstunde später trug auch David einen Deckenumhang, der seinen Körper wärmte.

»Wenn Cleopatra uns nur so sehen könnte«, sagte Joni begeistert.

»Die wartet bestimmt immer noch auf ihren Donut aus der Mall«, meinte David.

»Kommt in die Höhle«, rief Ecki den beiden zu, »rein optisch betrachtet, gehört ihr definitiv hierher.«

»Immer noch besser als bunte Boxershorts«, sagte Joni.

Mit der Wärme kam auch Davids gute Laune wieder. Das Feuer, das Ecki entfacht hatte, tat wohlige Dienste.

Schneller als gedacht, brach schließlich die Müdigkeit über die fünf Zeitreisenden herein. Während David und Joni darüber berieten, ob sie Lulu im Blick behalten sollten, standen Ecki und Mona auf, um ins Haus zu gehen.

Unbemerkt von den drei anderen suchte Ecki den Augenkontakt zu Lulu. Er zeigte auf sich und formte mit seinem Mund stumm das Wort *Idee*. Dabei tippte er sich an die Stirn und riss fröhlich die Augen auf.

Lulu verstand umgehend, was er damit sagen wollte. Sie lächelte und nickte. Ganz offensichtlich war Ecki zu dem Dilemma mit den Zahnrädern etwas eingefallen. Mit ein wenig Glück käme sie schon morgen wieder nach Hause. Sie drückte aufgeregt ihre Daumen.

David begleitete Ecki und Mona zum Haus und sprach noch kurz allein mit seinem Freund. Seine Blicke fielen dabei immer wieder auf Lulu, die mit Joni in eine lockere Plauderei verwickelt war.

Erschöpft kehrte er in die Höhle zurück und wollte erneut die Planung der Nachtwache besprechen.

Da sich Lulu jedoch artig und ohne jeglichen Widerspruch hinlegte, die Augen schloss und keine Anstalten zu fliehen machte, sanken alsbald auch David und Joni in einen tiefen, friedlichen Schlaf. Die kraftraubenden Ereignisse forderten ihren Tribut.

Kurz vor Sonnenaufgang schlich Ecki zu Lulu und rüttelte sanft an deren Schulter. Als sie die Augen aufschlug, legte er sofort seinen Zeigefinger auf den Mund.

Auf Zehenspitzen verließen sie die Höhle und die kleine Wiese davor. Kein Blättchen regte sich. Alle schliefen ruhig weiter. Nur Woody schaute ihnen griesgrämig hinterher.

Erst als sich die beiden weit genug vom Lager entfernt hatten, wagten sie zu sprechen.

»Was ist dir eingefallen?«, fragte Lulu aufgeregt.

»Ist eigentlich ganz einfach«, antwortete Ecki, »das große Zahnrad schiebt sich immer wieder vor das kleinere, silberne und blockiert es. Wir müssen es stabilisieren, damit es in Position bleibt.«

»Ich weiß, das hattest du gestern schon gesagt«, sagte Lulu ungeduldig. »Zahnräder können nicht durchbrennen, aber verrutschen. Aber wie willst du das anstellen?«

»In unserer Zeitmaschine hat etwas rumgelegen, das hervorragend dafür geeignet ist und uns schon einmal das Leben gerettet hat.« Er hielt zwischen Daumen und Zeigefinger eine Büroklammer vor Lulus Nase.

»Wow«, staunte sie und schaffte es mit einem einzigen Wort, die Grenzen zwischen Bewunderung und Ironie aufzulösen.

Bevor sich Ecki in Lulus Zeitmaschine unter die Konsole schieben wollte, hielt er inne und schaute ihr in die Augen.

»Mach ich denn das Richtige?«, fragte er. »Ich lüge meinen besten Freund an und helfe dir von hier wegzukommen. Alles hinter seinem Rücken. Mein schlechtes Gewissen frisst mich fast auf, und wenn doch etwas von mir übrigbleiben sollte, dann frisst David den Rest. Vielleicht zu Recht. An deiner Geschichte stimmt was nicht. Da bin ich mir absolut sicher, *obwohl* du meine Frage richtig beantwortet hast.«

»Ich weiß«, sagte sie und nickte eifrig. »Ich verspreche dir, dass du es eines Tages verstehen wirst und nichts daran falsch ist, dass du mir hilfst.« Sie erinnerte sich, dass sie Joni gestern ein ähnliches Versprechen gegeben hatte, und fühlte sich unbehaglich. Ob sich nämlich wirklich alle Fragen auflösten, stand in den Sternen geschrieben.

Ecki seufzte. Er hoffte, dass ihren Worten die gleiche Ehrlichkeit zugrunde lag wie ihren großen, dunklen Augen das Flehen. Ohne weitere Verzögerung begab er sich unter die Konsole und werkelte konzentriert an dem Mechanismus.

Mit geschickten Handgriffen bog er die Büroklammer und sorgte für mehr Stabilität bei dem großen Zahnrad, wenngleich sich seine Idee in der Realität etwas schwieriger darstellte. Zunächst rutschten mehrere kleine Zahnräder immer wieder davor, sodass er mehrere Hände und Arme gleichzeitig hätte gebrauchen können.

Lulu quetschte sich zu ihm unter die Konsole und hielt die Zahnräder in Position, bis er das kleine Stück Draht passgenau zurechtgebogen und damit eine provisorische Halterung gebaut hatte. Sie war nicht sonderlich fest, wirkte dennoch solide und sollte zumindest eine Reise überstehen.

»Sie haben ihr Ziel ...« Die Ansage erstarb mitten im Satz, denn die Elektronik hatte sich just in diesem Moment stabilisiert.

Ecki konnte Lulus Atem und beinahe sogar ihren aufgeregten Herzschlag spüren. Sie sahen sich in die Augen.

»Ohne deine Hilfe hätte ich das nicht hinbekommen«, sagte er anerkennend.

»Ich werde es mir merken.« Lulu grinste bedeutungsvoll, ließ aber nicht im Geringsten erkennen, was sie damit meinte. »Ich schau mir mal die Anzeigen an«, sagte sie stattdessen und kroch wieder heraus.

Ecki betrachtete mit kritischem Blick seine Konstruktion. Ein paar Mal drückte er mit den Fingern und schließlich mit der ganzen Hand dagegen, doch sie blieb in Position.

»Die Anzeige sieht wieder normal aus«, jubelte Lulu von oben. »Kein Wackelkontakt mehr zu erkennen. Ich kann das Ziel ohne Probleme eingeben. Mensch, Ecki, du bist echt der Größte.«

Grinsend kroch Ecki wieder hervor und freute sich über das Lob.

»Dann geht's jetzt für dich wieder nach Hause«, sagte er und konnte einen Hauch Wehmut nicht unterdrücken. »Vielleicht erinnere ich mich ja daran, was passiert ist, wenn du zurückkommst ... in über zwanzig Jahren.«

»Vielleicht«, erwiderte Lulu, »wer weiß schon, was die Zukunft bringt?«

Ecki lächelte matt, hob seine Hand und deutete einen Abschiedsgruß an. Gemächlich ging er vor die Tür und drückte diese zu. Er blieb in einiger Entfernung vor dem Haus stehen und wollte warten, bis es verschwunden war. Tief in seinem Inneren zerriss es ihn, dass er Abschied nehmen musste.

Einige Augenblicke war es mucksmäuschenstill.

Da riss Lulu die Tür auf.

»Verflixt, ich habe meine Tasche in der Höhle vergessen«, rief sie.

»Meinst du *deine* Tasche mit *unseren* Sachen?«

»Nein, ich spreche von *meiner* Tasche mit *meinen* Sachen.«

Verzweifelt rieb sie sich die Stirn und die Augen. Ecki beruhigte sie. Es wäre doch ganz einfach: Sie würden ganz entspannt zur

Höhle zurückgehen, den Blödsinn mit dem Toilettengang wiederholen und wenn keiner hinsah, könnte Lulu ihre Tasche schnappen und verschwinden.

In Anbetracht der überwältigen Abwesenheit alternativer Ideen, stimmte Lulu dem Vorschlag zu.

In der Höhle wurden David und Joni gerade wach und bemerkten sofort, dass sich ihr Gast aus dem Staub gemacht hatte.

»Ich hoffe nur, sie bringt wieder Brötchen mit«, sagte Joni. Wie auf Befehl knurrte ihr Magen. Sie stand auf und streckte sich.

»Keine Ahnung, ob wir wieder so ein Glück haben«, murmelte David. »Ich würde zu gern wissen, was Ecki gerade macht.« Skeptisch schaute er zu seinem Haus.

Die Ungewissheit wuchs weiter, als kurz darauf Mona in der Höhle stand und nach ihrem Freund fragte. Unten am See hatte sie schon nachgesehen. Viel weiter traute sie sich nicht fort. In ihrer Erinnerung tauchte immer wieder das Drehbuch zu dem Film auf, in dem ein Höhlenbär einen eklatanten Part spielte.

Sie wollte soeben ihre Bedenken teilen, als Woody es schaffte, die Hundeleine, die mehr schlecht als recht an einem Baum befestigt war, zu lösen.

»Scheiße«, stöhnte Joni, »nicht schon wieder.«

David folgte ihrem Blick, der den Saurier anvisierte.

»Ich hätte auf Zeitreisen auch einen Sack voller Flöhe mitnehmen können«, schimpfte David laut, »der wäre mit Sicherheit leichter zu beaufsichtigen gewesen.«

Zumindest wurde es mit dem Saurier nicht langweilig, so viel stand fest.

Woody hatte bei seinem gestrigen Fluchtversuch etwas gelernt.

Er wusste jetzt, dass er nicht zum See laufen durfte.

Er wusste, Mona stellte keinerlei Gefahr dar. An ihr konnte

er vorbeilaufen, ohne Angst haben zu müssen, dass sie ihn auch nur ansah.

Er wusste, David und Joni würden versuchen, sich ihm von verschiedenen Seiten zu nähern.

Er wusste, dass er eine neue Taktik brauchte.

Die Höhle, oder besser gesagt, das Dach der Höhle, sah vielversprechend aus. Vielleicht konnte er von dort oben besser sehen und sein Entkommen erfolgreich beenden. Fauchend hüpfte und kraxelte er die felsige Wand nach oben und stellte sich dabei wesentlich geschickter an als seine Verfolger. Diese blieben mit ihren Decken-Ponchos ständig an Ästen und spitzen Steinen hängen.

Wie eine Ziege fand die Echse kleine Vorsprünge, auf denen seine Füße Halt fanden. Zusätzlich nutzte er sein Maul und zog sich an Grasbüscheln selbst in die Höhe.

Fluchend kletterte David dem Saurier hinterher. Er war barfuß unterwegs, was die Sache erschwerte. Menschliche Fußsohlen des 21. Jahrhunderts waren nicht dafür geschaffen, auf felsigem Untergrund in der Steinzeit zu kraxeln.

Kieselsteinchen kullerten herab. Kleine Erdklumpen lösten sich. Vermeintlich sichere Griffmöglichkeiten entpuppten sich als lose Äste.

Joni war bei dem Versuch, hinterherzurennen, auf einen Zipfel ihres Umhangs getreten und der Länge nach hingefallen.

»Umpf«, stöhnte sie. »Scheiße!« Sie brachte sich mühsam zum Sitzen und rieb ihre Nase. Dann stand sie wieder auf und schaute nun gespannt, was David veranstaltete.

»Woody, bleib stehen«, rief der prustend. Er hätte auch rufen können, dass das Wetter heute besonders schön war. Der Effekt wäre derselbe gewesen.

Schon schnupperte der Saurier an seiner Freiheit. Wie zum Spott streckte er seinem Verfolger seine schmale, dunkle Zunge entgegen. Seine Augen funkelten.

Mit Schwung stemmte sich David nach oben. Das Ende der Hundeleine lag direkt vor seiner Nase. Er gab sich drei Sekunden zum Luftholen und löste mit einer Vorwärtsbewegung seine Hand aus einem ausnahmsweise zuverlässigen Halt.

Dabei griff er nach der Leine. Gleichzeitig rutschte er an der Kante des Felsvorsprungs ab. Das letzte bisschen Gleichgewicht seines Körpers drohte angsterfüllt, seinen Job hinzuschmeißen und ihn einige Meter in die Tiefe fallen zu lassen.

Genau in diesem Augenblick tauchten Lulu und Ecki auf und rannten, die Situation kurz umreißend, auf die drohende Gefahr zu.

Kleine Steine rieselten unter Davids Füßen hervor und flossen wie winzige Bäche herunter. Der schiefe Turm von Pisa würde neben ihm derzeit vollkommen gerade aussehen. Woody sah seine Freiheit in Gefahr und zerrte wütend an der Leine.

Die Augen der vier unten Stehenden weiteten sich.

»Scheiße, David!«, schrie Joni und hielt instinktiv ihre Arme nach oben, was auch immer das bringen sollte.

Weitere Steine lösten sich. Davids Füße hielten sich mehr schlecht als recht auf dem Felsen. Woody, der gerissene Saurier, verglich seine Chancen mit dem grotesken Gezappel seines Verfolgers und sah sich wohl im Vorteil.

Mit einem filmreifen Gebrüll untermalte er seinen kräftigen Ruck an der Leine. Das wacklige Konstrukt zwischen Mensch und Saurier erhielt augenblicklich die bedrohliche Beständigkeit eines Kartenhauses im Durchzug.

»Papaaa!« kreischte Lulu.

In jenem Augenblick befand sich David in einem Zustand zwischen Fallen, Leine festhalten wollen, Gleichgewicht bewahren, Abrutschen, Kraftlosigkeit, Erschöpfung, Wut … kurzum in einem Zustand, in dem alles Mögliche hätte passieren sollen und noch mehr, was hätte passieren können.

Doch von allen möglichen Dingen, die diese Situation in einem unendlichen Spektrum bereithielt, geschah das unmöglichste.

Papa! Ausgerechnet *Papa*!

Für den Bruchteil einer Sekunde stand die Zeit still. Es kam nicht so oft vor, dass Zeit einfach stehen blieb – eigentlich nie. Das war ja auch unmöglich.

Aber Luft anhalten war sehr wohl möglich. Also hielten fünf Menschen gleichzeitig die Luft an.

David, Ecki, Joni und Mona taten dies, da sie in Anbetracht der eben erhaltenen Information eine Art Schock in unterschiedlichen Gewichtungen erlitten.

Lulu dagegen stockte der Atem, da sie im selben Moment begriff, was ihr Schrei preisgegeben hatte.

Allein dem Saurier war es schlichtweg egal, welche Familienverhältnisse gerade gelüftet wurden. Weder blieb seine Zeit stehen noch sein Atem. Mit einem letzten Ruck riss er sich los und verschwand fröhlich krächzend im Wald.

David rutschte nun zwar endgültig ab, fiel jedoch nicht von der Felsendecke, sondern konnte mit letzter Kraft den Ast eines dünnen Bäumchens fassen und plumpste unfassbar anmutig zur Seite. Er kullerte an dem Abhang deutlich schneller herunter, als er ihn hinaufgeklettert war. Felsen, Stöcke und Grasbüschel stellten sich ihm in den Weg. Schließlich verfing sich die ihn umhüllende Decke an einem spitzen, großen Stein und hielt seinen Sturz auf.

»Uff«, stöhnte er und blieb regungslos in der Luft. Sein Kopf hing Richtung Höhleneingang herab.

Ecki hatte augenblicklich seine Schockstarre überwunden und war seinem Freund eilig zu Hilfe gesprungen. Er kletterte die schroffe Wand ein paar Fußbreit hinauf, hielt sich mit einer Hand an einer Wurzel fest und stemmte Davids Oberkörper mit der anderen Hand nach oben. Der schaffte es, seinen Kopf wieder aufzurichten und fand ebenfalls sofort festen Halt. Er zog die Decke von dem Stein und konnte sich mit Eckis Unterstützung allmählich zurück auf den sicheren Boden manövrieren.

Lulu hatte die Rettungsaktion wie auch die anderen beiden Frauen einige Augenblicke mit starrem Blick und bebendem Herzen verfolgt.

Als diese sich dem Ende näherte, löste sie sich allmählich aus ihrer Lähmung wie aus einem Albtraum, der endlich ein Ende gefunden hatte.

Die Steine, die eben noch von der Höhlendecke gepurzelt waren, schienen auch von ihrem Herzen zu fallen. Der Seufzer, den sie ausstieß, geriet eine Spur zu laut und holte damit auch die anderen beiden Frauen aus ihrer geistigen Abwesenheit zurück.

Die Gefahr war vorüber und gleichzeitig konnten Verwirrung und Durcheinander einen hervorragenden Dienst zur Ablenkung leisten. Das galt es auszunutzen. Langsam schritt Lulu rückwärts.

Joni war hin- und hergerissen. Einerseits wäre sie Ecki gern gefolgt und hätte ihm geholfen. Auf der anderen Seite wollte sie keinen Zentimeter von Lulus Seite weichen. Das Gefühl, diese könnte sich klammheimlich aus dem Staub machen wollen, ließ sie nicht los. Zu Recht, wie sich gerade herausstellte.

»Nicht so hastig, junge Dame«, sagte Joni zu Lulu und schaute ihr fest in die Augen. »Ich wette, es gibt jemanden, der dich unbedingt sprechen möchte.«

»Ach was.« Lulu winkte ab. »Glaub ich nicht, er ... ich meine, der jemand, kann mich auch später sprechen.«

Joni schüttelte den Kopf. »Du bleibst schön hier.«

»Ich denke nicht, dass du mich aufhalten kannst«, sagte Lulu belustigt. Sie drehte sich herum, nur, um direkt in Monas Augen schauen zu müssen.

»Joni ist ja nicht allein«, sagte diese und bekam vor Wut kaum die Zähne auseinander. »Wenn ich dich k.o. hauen muss, damit du nicht fortläufst, dann werde ich das tun. Ich werde nicht riskieren, dass dir jemand hinterherlaufen oder gar hinterherreisen muss. Die dämliche Situation wird geklärt, und zwar sofort, damit wir diese Zeit endlich wieder verlassen können. Ich will verdammt noch mal wieder nach Hause. Je schneller, je besser. Ist das klar?«

Ihr Kopf glühte rot und ließ keinen Zweifel an der Ernsthaftigkeit ihrer Worte aufkommen. Sie ähnelte ein klein wenig einem erzürnten Drachen, den man ungefragt aus seinem jahrhundertelangen Schlaf geweckt hatte.

Lulu schluckte. Diese Facette an Mona war neu. Ein blaues Auge verpasst zu bekommen, wollte sie nicht riskieren. Was blieb ihr also anderes übrig, als zu warten und dem Unvermeidlichen entgegenzutreten?

Ihre stumme, aber durchaus vehemente Ablehnung zu dieser Lage äußerte sie mit einem entsprechend finsteren Gesichtsausdruck. Zusätzlich verschränkte sie die Arme und schnaubte widerstrebend.

Derweil hatte sich David aufgerappelt und humpelte nun gestützt von Ecki zu den drei Frauen. Er war in einem erbärmlichen Zustand. Sein Gesicht hatte einige Schrammen dazugewonnen, es war die reinste Straßenkarte. Auf seinem Oberarm prangte von der letzten Verfolgungsjagd ein riesiger blauer Fleck. Der Decken-Poncho war an mehreren Stellen gerissen. Und zu allem Überfluss hatte er sich anscheinend seinen Knöchel verstaucht. Er tat zumindest verdammt weh.

Schwer atmend schaute er Lulu in die Augen, die dem Blick kaum standhalten konnte.

Für ein paar Momente legte sich ein unangenehmes Schweigen auf die Gruppe. Hätten sie Stecknadeln dabeigehabt, hätten sie sie geräuschvoll fallen lassen können.

David räusperte sich und brach damit die Stille.

»Du ... Du hast *Papa* gerufen!«, sagte er. Seine Worte klangen wie ein Vorwurf. Immerhin traten die Schmerzen, die seinen gepeinigten Körper durchzogen, dank des neuerworbenen Wissens in den Hintergrund.

»Das ist mir nur so rausgerutscht«, meinte Lulu.

»Wie bitte? Wer sagt denn *aus Versehen* zu jemandem *Papa*?« David runzelte die Stirn.

Lulu zuckte mit den Schultern, während ihre Augen in der Ferne nach einem tröstlichen Halt suchten. Was für eine unerträgliche Situation!

»Ich dachte ... Ich meine, *wir* dachten, du hättest die Zeitmaschine gekauft«, bohrte David weiter. »Vermutlich stimmt das auch nicht.«

Entsetzt sah Lulu zu Ecki.

»Du hast mir doch versprochen, es niemandem zu erzählen!«, fauchte sie diesen an.

»David ist mein bester Freund«, sagte Ecki gelassen. »Wir haben uns schon im Sandkasten geschworen, dass nie etwas zwischen uns stehen wird: weder Geld noch Frauen noch sonst irgendwas. Natürlich habe ich ihm von deiner Zeitmaschine erzählt.«

»Hmpf«, pustete Lulu ärgerlich. »Das hätte ich ja eigentlich wissen müssen.«

Einen Augenblick herrschte erneut Stille auf der Wiese. Die kleine Gruppe stand in einem Kreis und in jedem der fünf Köpfe brodelte eine andere Suppe.

»Du bist also meine Tochter?« David zeigte keinerlei Emotionen. Wie auch? Die Situation überforderte ihn. Sollte er sich freuen? Sollte er aufgeregt sein? Warum hatte er nie einen Ratgeber gelesen, der ihn auf diesen Moment hätte vorbereiten können?

»Wie ... wie alt bist du jetzt?«, fragte David.

»Soll das ein Smalltalk werden?« Lulu verzog spöttisch ihren Mund.

»Ich versuche es wenigstens«, sagte David. Es war ihm klar, wie hölzern er erscheinen musste. Smalltalk! Ausgerechnet! Das gehörte nun wahrlich nicht zu seinen Lieblingsbeschäftigungen.

»Also gut. Äh ... ich bin neunzehn«, antwortete Lulu. Sie scharrte mit den Füssen durch das Gras.

»Dann stimmt es also! In ihrer Zeit sind wir schon über fünfzig Jahre alt!«, entfuhr es Ecki.

»Hör auf damit, du spoilerst mein Leben«, sagte David ärgerlich.

»Alter, ich habe doch nur gesagt, dass wir über fünfzig sind. Wo ist da der Spoiler?«

»Bis eben wusste ich noch nicht, dass ich über fünfzig Jahre alt werde. Jetzt schon.«

Ecki schnaufte und verdrehte die Augen. Das konnte er fast so gut wie Joni.

»Echt, ich sehe dein Problem nicht«, meinte er.

»Ist doch glasklar«, entgegnete David mit einer winzigen Falte zwischen den Augenbrauen. »Ich gehe jetzt viel zu sorgenfrei durch mein Leben, weil ich ja *weiß*, dass ich mindestens fünfzig Jahre alt werde. Aber gerade wegen dieser naiven Sorglosigkeit, passiert vielleicht ein Unglück und mein Fünfzigster findet ohne mich statt. Dieses Unglück würde aber niemals stattfinden, wenn ich achtsamer gewesen wäre. Zack, schon ist die Zukunft geändert und das nur, weil du deinen Mund nicht halten kannst!«

Ecki stierte seinen Freund einen Moment lang an.

»Ich glaube nicht, dass wir die Zukunft ändern können«, sagte er schließlich. »Wir können prima Dosen und Schlafsäcke in der Steinzeit liegenlassen, aber nichts und niemand kann die Zukunft ändern ...«

»Sicher?«, fragte David und hob seine Augenbrauen.

Ecki zuckte mit den Schultern. Er schnaufte und rieb sich den Nacken.

»Na also«, meinte David, »und außerdem ist der blöde Saurier weg ...«

»Woody ...« flüsterte Joni.

»Meinetwegen, Woody!« David fuhr sich aufgeregt durch die Haare. »Ist doch egal, wie das Vieh heißt. Es ist weg. Und es ist egal, ob es *blöder Saurier* oder *Woody* heißt. Weg ist weg! Der hüpft jetzt quietschvergnügt durch einen steinzeitlichen Wald und denkt nicht mal im Schlaf an die Gesetze der Zeit.«

»Er kann ja auch nichts dafür ...« Joni empfand Mitleid mit dem Tier, das in einer Zeit gelandet war, die überhaupt nicht zu ihm passte.

»Natürlich nicht!« David hob die Hände. »Das darf sich Ecki in die Memoiren schreiben. Erst lässt er den Saurier ins Haus kommen, schleppt ihn dann in die Steinzeit und kann dann nicht mal einen vernünftigen Knoten in eine Hundeleine machen. Ecki mag ein genialer Erfinder und Techniker sein, aber einen läppischen Knoten zu binden ist wohl zu schwer.«

»Alter, wer hat denn hier wen verschleppt? Du hast doch einfach die Zeitmaschine genommen, um deine Saurier zu sehen. Mona und ich wollten nicht mitkommen, uns sind Saurier ziemlich egal.«

»Ich wusste nicht, dass ihr da drinnen seid und in *meinem* Bett rummacht ...«

»Ruhe jetzt!«, schimpfte Joni. »Gegenseitige Schuldzuweisungen bringen niemanden weiter.«

Sie zog David am Arm Richtung See.

»Ihr wartet hier«, rief sie den anderen zu. Sie hatte das dringende Gefühl, die Situation entschärfen zu müssen. Einen derart heftigen Streit hatte sie zwischen den Freunden noch nie erlebt.

Das war befremdlich. Bevor sich dunklere Wolken zusammenbrauten, galt es, einfach etwas Luft und Abstand zu schaffen. Die erhitzten Gemüter mussten sich abkühlen.

Außerdem blutete David im Gesicht. Nicht schlimm, nur ein paar harmlose Kratzer. Die Notwendigkeit sich darum zu kümmern hielt leidlich als Ausrede für die Besänftigung des zutiefst Aufgewühlten her.

Joni kniete sich ans Ufer des Sees und riss einen kleinen Fetzen Stoff von Davids Umhang ab, der durch dessen Sturz vom Höhlendach eingerissen war und sich kläglich an einem letzten dünnen Faden festgehalten hatte.

Sie tunkte ihn ins Wasser und fuhr damit über Davids Gesicht. Schmutz und Blut lösten sich von seiner Haut und färbten den provisorischen Lappen graubraun.

Erschöpft hatte sich auch David gesetzt und ließ Jonis Fürsorge teilnahmslos über sich ergehen. Seine Gedanken waren schon wieder bei Lulu.

»Ich bin soeben Vater geworden«, murmelte er. Es war nicht zu erkennen, ob er dies nur zu sich sagte oder zu Joni.

»Herzlichen Glückwunsch zu einer gesunden Tochter«, sagte Joni und grinste.

»Das ist doch nicht richtig«, entgegnete David.

»Was?« Joni hob erstaunt die Augenbrauen. »Wie meinst du das? Hättest du etwa lieber einen Sohn?«

»Quatsch, das meine ich nicht.« Er schüttelte heftig den Kopf. »Ich finde es nicht richtig, es zu *wissen* ... es *jetzt* schon zu wissen. Stell dir vor, es kommt eines Tages der Moment, an dem ich erfahre, dass ich Vater werde. Dann weiß ich sofort, dass es ein Mädchen namens Lulu wird. Wo bleibt da die Überraschung?«

Joni legte einen Zeigefinger an die Lippen und überlegte laut.

»Also erstens weißt du nicht, ob sie *wirklich* Lulu heißt. Ich habe da nämlich so meine Zweifel. Zweitens ist dir nicht bekannt, wann genau sie geboren wird. Und drittens musst du der werdenden Mutter ja nichts sagen, dann wird es wenigstens für sie eine Überraschung.«

Nachdenklich ruhte Davids Blick auf Joni, die den Stofffetzen zum wiederholten Mal im klaren Wasser ausspülte. In seinem Kopf blubberten die Gedanken wie eine wild kochende Suppe auf dem Herd.

»Ich schnappe mir dann mal meine Tasche und verschwinde«, teilte Lulu betont beiläufig mit und schlenderte auf die Höhle zu. Ihr entlarvender Schrei war ihr unangenehm. Am liebsten hätte sie die Situation ungeschehen gemacht und sich einfach in Luft aufgelöst.

Ecki, der immer noch wegen des Spruchs seines Freundes zu dem missratenen Knoten grollte und von Mona beruhigt werden musste, schaute der jungen Frau nach.

»He! Moment mal«, rief er.

Er schob Mona zur Seite und eilte Lulu hinterher.

»Es gab niemals ein Konzept, das David und mich überzeugt hat, ausgerechnet *dir* die Maschine zu verkaufen«, sagte er. »Das war eine dreiste Lüge. Ich glaube eher, dass du die Zeitmaschine heimlich *ausgeliehen* hast.« Er malte mit den Fingern Gänsefüßchen in die Luft und kniff die Augen zusammen.

Er wettete mit sich selbst, dass der Vater, also David, seiner Tochter, also Lulu, verboten hatte, allein mit dem Haus durch die Zeit zu reisen. In ihrem jugendlichen Übermut hatte sie alle Warnungen in den Wind geschlagen und war hier gestrandet. Vielleicht war es auch ganz anders, aber zu berücksichtigen gab es immerhin, dass Lulu ein Spinnennetz aus Lügen gestrickt und ihre wahre Herkunft verschleiert hatte.

»Du hast der Tochter deines besten Freundes geholfen, das Ding wieder in Gang zu kriegen.« Lulu schnaubte und zog die

Augenbrauen zusammen. »Was soll daran falsch sein? Hätte ich dir die Wahrheit gesagt, hätte ich mir einen stundenlangen Vortrag über die Gesetze der Zeit anhören dürfen.«

»Den hättest du auch verdient«, meinte David, der den kleinen Abhang, der zum See führte, mühevoll heraufgeklettert war. Joni stand hinter ihm.

Humpelnd kam er näher.

»Bemüh dich nicht«, sagte sie und hob die Hände, als wolle sie seine Rede stoppen, bevor sie anfing.

»Habe ich dir eigentlich schon mal etwas über das Großvaterparadoxon erzählt?« fragte David.

»Du redest von nichts anderem, würde ich sagen.« Ihre Augen blitzten, während Ecki nun absolut sicher war, dass der jugendliche Übermut eine Rolle dabei gespielt haben musste, dass sie hier gelandet war.

»Wenn ihr so weiter macht, wird aus dem *Großvater*paradoxon ein *Vater*paradoxon«, sagte nun Joni. »Hört endlich alle auf, miteinander zu streiten. Da draußen läuft ein einsamer, verwirrter Saurier herum. Wir müssen ihn finden und in die Kreide zurückbringen.« Sie zeigte in den Wald.

»Keine Chance«, sagte Mona, die schon sehr lange nichts mehr gesagt hatte, da sie dachte, dann schneller aus dem Albtraum, in dem sie sich augenscheinlich befand, zu erwachen.

»Ich habe das Drehbuch gelesen - und zwar bis zur letzten Seite.« Sie schluckte. »Wenn das alles wirklich so geschehen ist, wie es darinstand, setze ich keinen Fuß in diesen Wald. Da lebt nämlich ein riesiger Bär, mit riesigen Klauen und einem riesigen Maul, der gern Jagd auf Zeitreisende macht.«

»Der ist Vegetarier, also vollkommen ungefährlich«, meinte Joni schulterzuckend.

»Und warum seid ihr dann vor ihm weggerannt?« Mona verschränkte die Arme. »Ich war wochenlang im Fitnessstudio auf

114

dem Laufband, um mich auf die Szenen mit dem Bären vorzubereiten. Wozu eigentlich? Der Bär ist ja Vegetarier!«

»Der Drehbuchautor hat einfach sagenhaft übertrieben«, erwiderte Joni ungerührt.

Mona wollte zum verbalen Gegenschlag ausholen, wurde jedoch von Lulu unterbrochen.

»Hört mal, Leute!« Sie stellte sich vor die vier. »Ich glaube, ich weiß, warum ihr alle so gereizt seid: Ihr habt schon lange nichts mehr gegessen und der Hunger strapaziert eure Nerven. In meinem Haus ...« Ihr Blick huschte erschrocken zu David. »... in *unserem* Haus ist genug Essen. Ich hole euch was und dann überlegen wir gemeinsam, wie wir Woody wiederfinden.«

»Netter Versuch.« David verschränkte ebenfalls die Arme. »Wenn du hier weggehst, dann sehen wir dich nie wieder.«

»*Nie wieder* kannst du in diesem Fall wirklich nicht sagen«, meinte Joni. »Außerdem hat sie recht. Das Loch in meinem Bauch wird immer größer. Der Hunger tut schon richtig weh. David, du solltest Lulu zum Haus gehen lassen.«

Auch Ecki und Mona bekundeten, dass ihr Magen durchaus etwas Essbares gebrauchen könnte. Die Vorstellung, dass Lulu, so unberechenbar sie auch sein mochte, diesbezüglich Abhilfe schaffen konnte, war überaus verlockend.

»Dann gehe ich eben mit und passe auf«, sagte David.

»Alter, wenn du hinterherhinkst, kann nichts passieren. Klar!« Ecki schüttelte den Kopf. »Außer, dass wir verhungert sind, bis ihr wieder zurück seid. David, pack dich in die Höhle und schone deinen Fuß. Ich werde Lulu begleiten und aufpassen.«

Ein kurzer Blick zu Mona beantwortete schweigend die Frage, ob sie vielleicht ebenfalls mitkommen wollte. Diese schüttelte stumm den Kopf und machte mit Kraft all ihrer Mimik und Gestik klar, dass er nicht mal wagen sollte, sie Derartiges zu fragen. Als Schauspielerin bewies sie ein gewisses Talent, Stimmungen überdurchschnittlich klar auszudrücken, ohne auch nur im Mindesten den Mund dafür öffnen zu müssen.

David sah ein, dass er mit seinem lädierten Fuß nicht weit kommen würde und weder auf Lulu aufpassen noch beim Tragen etwaiger Lebensmittel helfen konnte.

Er gab sich den Argumenten geschlagen und humpelte mit Jonis Hilfe in die Höhle, wo diese ihm ein bequemes Lager aus Lumpen und wettergebeutelten Schlafsäcken bereitete.

Abermals zogen Lulu und Ecki gemeinsam von dannen. Mona ging ins Haus zurück mit der Begründung, Kaffee kochen zu wollen. Insgeheim fühlte sie sich innerhalb der geschlossenen Wände am wohlsten und am sichersten. Sie schloss stets die Tür fest hinter sich zu, denn auf weitere zeitreisende Tiere jeglicher Art hatte sie keine Lust.

Joni trug ein paar trockene Äste zusammen und zündete ein Streichholz an. In ihrer Erinnerung tauchten Charlie und Einstein auf und das Bild ihres ersten steinzeitlichen Feuers. Sie lächelte in sich hinein.

Anschließend nahm sie den selbstgebastelten Lappen, tunkte ihn ins Wasser des Sees und kühlte damit Davids geschwollenen, blauen Fuß.

»Ob wir Woody finden?«, fragte Joni in dessen Gedanken hinein, die sich ausschließlich um Lulu drehten.

Er hatte eine Tochter. Eine Tochter! Er konnte diese bahnbrechende Neuigkeit noch immer nicht vollumfänglich begreifen.

»Keine Ahnung«, antwortete er teilnahmslos. Der ausgebüxte Saurier war in eine der hintersten Ecken seines Gehirns gerutscht.

»Ich hoffe ja, dass er mit der Leine irgendwo hängen geblieben ist und wir ihn nur abpflücken müssen. Die Frage ist nur, in welche Richtung er gelaufen ist und bis wohin.«

»Eigentlich kann der nicht weit gekommen sein. So wie ich ihn kenne, bleibt der stehen, sofern der eine hübsche, wohlriechende Blume entdeckt. An der schnuppert er so lange, bis er halluzinogene Bilder aus seiner Heimat sieht.«

Grübelnd setzte sich Joni neben David, um ein wenig auszuruhen. Das Feuer brannte munter vor sich hin.

»Ecki hat mir erzählt, sie ist intelligent und begabt«, murmelte David.

»Wer?«

»Lulu natürlich. Sie hat die Drähte unter der Konsole nach ihrer Bruchlandung einwandfrei verlötet und kennt sich mit der Technik der Zeitmaschine bestens aus. Und sie ist *meine* Tochter.« In Davids Stimme hatte sich ein nicht zu überhörender Stolz geschlichen.

»Ich hatte die ganze Zeit das Gefühl, dass sie mich an jemanden erinnert oder dass ich ihr schon einmal begegnet bin«, sagte Joni.

»Du hattest Recht«, erwiderte David grinsend und zog seine rechte Augenbraue hoch. »Sie erinnerte dich an mich.«

»Hm ... ja.« Restlos einverstanden schien Joni mit dieser Erklärung noch nicht zu sein. Es stimmte: Lulu sah ihrem Vater sehr ähnlich. Aber da waberte noch etwas anderes, sehr diffuses durch ihren Kopf.

»Es ist doch total verrückt«, murmelte David. »Eigentlich wollte ich nur Saurier sehen und nun werde ich mit dem Wissen zurückkehren, eine Tochter zu haben.«

»Ja, ja, schon gut«, sagte Joni mürrisch. »Jetzt halte den Fuß still, damit der Lappen nicht dauernd verrutscht.«

Während sie die Kühlung zum wiederholten Mal positionierte, knabberte sie gedankenverloren auf ihrer Unterlippe.

»Mittagessen!«, grölte jemand über die Wiese. Ecki und Lulu trugen jeder eine große Tasche und schienen beste Laune mitzubringen.

Lulu packte die Taschen aus, während Ecki zu Mona ins Haus gegangen war. Schon bald stand ein ansehnlicher Berg von Konservendosen, Brötchen, Bananen und Schokolade vor ihnen. Sogar zwei Töpfe hatten sie mitgebracht.

»Du hast wirklich an alles gedacht«, sagte David freudestrahlend und bestaunte die Lebensmittel.

»Falsch!« Lulu grinste breit. »*Du* hast an alles gedacht. Ich habe nie verstanden, wozu das ganze Zeug immer mitgeschleppt werden muss. Aber du bist sehr darauf bedacht, die Küche im Zeitreisehaus jederzeit mit Lebensmitteln vollzustopfen. Egal, ob wir reisen oder nicht.«

»Ach wirklich? Wie vorausschauend von mir!« David schob die Brille hoch und freute sich über das Lob, wenngleich er auch über die Bemerkungen *jederzeit* und *egal, ob wir reisen oder nicht* stolperte. Das klang beinahe so, als ob die Reisen durch die Zeit zu einer gewissen Normalität geworden seien. Der Hunger allein drängte diese Gedanken jedoch erst einmal weit weg.

Unbeholfen krabbelte er an den Berg aus Nahrung heran. Seine Knie bremsten ihn immer wieder aus, wenn sie auf die Decke kamen, die er um den Leib trug, und so seine Bewegung stoppten.

»Wir könnten Nudeln kochen«, meinte Lulu. »Im Vorratsschrank liegen Tonnen davon. Nudeln mit Tomatensoße. Was meint ihr?«

»Joni, ich glaube, ich habe dich in der Zukunft zu meiner Beraterin gemacht«, sagte David und warf einen Blick hinter sich.

Joni saß in der Höhle und hatte ihren Kopf an die Wand gelehnt. Ihre Augen schauten leer ins Nirgendwo. Dem Gespräch über die Essensplanung war sie nicht gefolgt.

»Zu was hast du mich gemacht?«, fragte sie verwirrt, als die letzten Worte durch ihre Hirnwindungen durchgeklackert waren.

»Erinnerst du dich etwa nicht daran, dass du mir empfohlen hattest, Nudeln mitzunehmen?« David schüttelte lachend den

Kopf. »Ja, Nudeln mit Tomatensoße, tolle Idee, Lulu. Lass uns das machen. Ich glaube, ich gewöhne mich langsam daran, eine Tochter zu haben. Fühlt sich gut an.«

»Und ich gewöhne mich langsam daran, dass du viel jünger bist als vor meiner Abreise«, sagte Lulu.

Davids Mundwinkel sackten ernüchtert nach unten.

Sie machten ein Feuer und hängten einen großen Topf mit Wasser für die Nudeln darüber. Die Fertigpackung mit der Tomatensoße erwärmten sie in einem kleineren Topf. Sie scherten sich nicht im Mindesten darum, dass es in dieser Epoche weder Kupferkessel noch anderes Kochgeschirr gab.

»Vielleicht riecht Woody ja das leckere Essen und kommt von allein zurück«, meinte Mona und schob sich gierig einen riesigen Berg Nudeln in den Mund. Die Tomatensoße tropfte auf sie herab. Sie war an dem Punkt angekommen, an dem sie ihre Contenance aufgegeben und sich den Sitten der Steinzeit angepasst hatte. Zudem konnte sie sich absolut sicher sein, dass keine Paparazzi der Welt ein Foto dieses ungalanten Verhaltens an ein Magazin verkaufen würden.

»Warum bist du eigentlich hier, also in dieser Epoche und in unserer Höhle?«, fragte David Lulu.

»Wenn du es wirklich wissen willst …?«

»Ja natürlich, sonst würde ich doch nicht fragen.«

»Hier liegen noch Sachen von eurer ersten Zeitreise herum. Du hast immer bedauert, dass ihr sie nie abgeholt habt und die Archäologen in eurer Vergangenheit herumschnüffeln können.«

David runzelte die Stirn.

»Komisch«, meinte er, »wir sind ja aus genau diesem Grund hier. Joni hatte mir von den Grabungen erzählt, weswegen wir sofort hergereist sind. Wir packen alles zusammen und lassen nichts hier. Es ergibt immer noch keinen Sinn, dass du hier bist.«

Er sah Lulu eindringlich an. Die erwiderte seinen Blick mit zusammengepressten Lippen.

»Erst mal müssen wir Woody finden«, sagte Joni. »Danach wird gepackt.«

»Das machen wir ja auch«, sagte David und nickte. »Trotzdem finde ich es erstaunlich, dass ich in der Zukunft davon spreche, dass hier noch Sachen von uns zurückgeblieben sein sollen. Und es ist ebenfalls erstaunlich, dass wir zur selben Zeit hier sind und uns getroffen haben. Ich meine, wie wahrscheinlich ist das eigentlich?«

Lulu stopfte sich schnell einen Berg Nudeln in den Mund. Anscheinend wollte sie verhindern, über derartige Gründe zu sprechen.

Ecki kam ihr ungewollt zur Hilfe.

»Leute, jetzt lasst mal das Gesabbel über Wahrscheinlichkeiten«, sagte er, »ich gehe davon aus, dass wir genug Zeit haben, uns darüber Gedanken zu machen - Zeit, die unser Saurier nicht hat. Also lasst uns zuallererst einen Plan schmieden, um unseren süßen Kreidekeks wiederzufinden. Okay?«

Alle nickten.

Also vertieften sie sich in Grübeleien, wie sie den Saurier finden konnten. Doch so sehr sie auch versuchten, sich in dieses Urvieh reinzuversetzen und seine Wege ergründen zu können, so unbarmherzig stießen sie an ihre Grenzen. Wer von ihnen konnte auch schon denken wie ein ausgestorbenes Tier?

Seufzen und Stöhnen waren treue Begleiter ihrer Diskussionen.

Nach ihrem ausgiebigen Mahl huschte Mona freiwillig ins Haus zurück, um den Abwasch zu erledigen,

und um einen Verdauungsschlaf zu machen,

und um nicht in den Wald gehen und einen Saurier suchen zu müssen, und um die Gefahr zu minimieren, einem Bären zu begegnen. Die Tür fiel ins Schloss und verbarg den erleichterten Gesichtsausdruck einer Schauspielerin vor den Augen der anderen.

»Also gut! Joni, Lulu und ich werden uns in der näheren Umgebung mal umsehen«, fasste Ecki die Ergebnisse ihres Brainstormings zusammen. »Wir gehen in verschiedene Richtungen und werden uns nicht mehr als etwa eine halbe Stunde von unserem Ausgangspunkt, dieser Höhle, fortbewegen. Ich weiß, niemand hat eine Uhr dabei, deswegen ist die *halbe Stunde* reine Gefühlssache. Nach dieser Zeit kehren wir um und sollten somit spätestens nach einer Stunde alle wieder zurück sein. David, tja, du bleibst hier in der Höhle und hältst deinen Fuß still. Sofern jemand eine Spur von Woody entdeckt, werden wir dieser gemeinsam nachgehen. Hier ist eine Dose Pfefferspray für jeden. Noch Fragen?«

Die anderen drei schüttelten die Köpfe. Entschlossen standen sie auf und gingen, jeder an einer anderen Stelle, in den Wald.

David blieb zurück. Sein Knöchel hatte sich dunkelblau gefärbt und war kräftig angeschwollen.

Er sah Joni, Lulu und Ecki nach, als sie zwischen den Bäumen verschwanden. Irgendetwas irritierte ihn bei diesem Anblick, aber er wusste nicht, wie er diesen diffusen Gedanken greifbar machen konnte.

Seufzend lehnte er seinen Kopf an die Höhlenwand. Er hatte wenig Hoffnung, dass die anderen eine Spur von Woody finden würden. Im besten Fall freute der sich über die vielen bunten Blumen in der Steinzeit. Im schlimmsten Fall fand er eine paarungswillige Partnerin, welcher Art auch immer, und verpasste der Steinzeit ein übles Upgrade mit Auswirkungen bis in die Neuzeit.

Ärgerlich schob David den Gedanken beiseite. Die Falten auf seiner Stirn und der starre Blick ins Nichts blieben.

Nach knapp einer Stunde kehrte Joni als Erste in die Höhle zurück. Ohne ein Wort ließ sie sich neben David auf den Boden fallen. Ihr ganzer Körper schien aus Gummi zu sein. Der Frust hatte sich bis in die kleinste Haarspitze vorgefressen.

»Nichts?«, fragte David, obgleich er die Antwort kannte.

»Gar nichts«, antwortete Joni. »O Mann, was haben wir nur getan? Wir haben diesen armen Kerl regelrecht ausgesetzt. Er ist ganz allein unterwegs.«

Seufzend wischte sie sich eine Strähne aus dem Gesicht.

»Hm.« David fuhr sich durch die Haare.

»Gibt's von Ecki oder deiner Tochter schon was Neues?« Joni drehte ihren Kopf herum, während der Rest von ihr reglos blieb.

»Warum sagst du so betont *deine Tochter* und nicht Lulu?«

»Weil sie nicht Lulu heißt.«

»Bist du sicher?«

»Hunderpro.«

David wandte sich ein Stück zu Joni.

»Ich ... äh ...« Er räusperte sich, verstummte und zupfte nervös an seinem Decken-Poncho.

»Was ist denn?«, fragte sie ungeduldig. »Wenn du was zu sagen hast, dann sag es, aber stottere nicht so herum.«

»Joni, mir geistert etwas durch den Kopf. Es ist eine Idee, eine vage Idee. Ich bin unsicher, ob ich dir davon erzählen soll. Die Gesetze der Zeit, ich habe sie nicht erschaffen, aber die ticken nicht ganz richtig, und bevor ...«

»David!« Joni prustete genervt und schlug matt mit ihrer Hand auf den Boden. »Komm endlich auf den Punkt und hör auf zu schwafeln! Ich bin zu erschöpft, um deinen komplizierten Gedankengängen folgen zu können.«

»Ich würde gern wissen, ob du das Offensichtliche ebenso klar siehst wie ich.«

Er legte eine kunstvolle Pause ein, um sich Jonis voller

Aufmerksamkeit sicher zu sein. Diese wiederum zeigte sich wie ein Kind, dem ein Rätsel gestellt wurde, das es partout nicht lösen wollte.

»Hä? Wovon redest Du? Mann, David, bitte! Lass dir doch nicht jedes Wort aus der Nase ziehen.«

»Findest du, dass Lulu mir sehr ähnlich ist?«

»Na klar. Sie ist dir wie aus dem Gesicht geschnitten. Das ist sehr *offensichtlich*.«

»Ja, sie ähnelt mir vom Aussehen her, aber findest du nicht auch, dass sie charakterlich eher ... Naja, sie ist doch sehr forsch und direkt ...«

»Boah, David, du machst mich wahnsinnig! Worauf willst du hinaus? Was! Willst! Du! Sagen!?«

»Ich finde, sie ist vom Wesen her doch sehr wie du.« Er hielt abrupt die Luft an, denn diese Worte laut zu hören, war etwas anderes, als sie nur wie ein unterschwelliges Gefühl in sich zu tragen.

Joni starrte David ins Gesicht. Ihr Mund stand offen und sie war wahrhaftig sprachlos.

David wischte mit seinen Händen die Luft vor ihren Augen.

»War der Schock etwa zu groß?«, fragte er mehr sich selbst als Joni.

»Das ... das ist doch unmöglich«, stammelte Joni.

David schüttelte verstört den Kopf. »Wieso? Ist es denn *so* abwegig? Als ihr vorhin in den Wald gestiefelt seid, da habt ihr wie Zwillinge ausgesehen. Okay, ein Zwilling war blond und trug ein maßgeschneidertes Deckenkleid. Der andere Zwilling war dunkelhaarig und sportlich angezogen. Aber eure Gestiken, eure Mimik, eure Sprache ...«

Und wieder legte David eine kurze Pause ein. Er hoffte, dass Joni selbst sah, was er sah. Aber das Kind wollte noch immer nicht die Rätselnuss knacken, obgleich diese schon sperrangelweit offenstand.

»Was? Was war mit unseren Bewegungen?«

»Die waren absolut identisch. Ehrlich Joni, sonst erkennst du doch immer alles Zwischenmenschliche. Sogar das Baby, das Mara, die Höhlenfrau, damals zur Welt gebracht hat … äh …«

»Max!«

»Ja, genau, Max! Du hast damals sofort gesehen, dass Nero der Vater sein muss. Niemand sonst wäre darauf gekommen. Aber du hast die Abstammung des kleinen Wesens erkannt. Doch wenn es um dich geht, siehst du den Rum vor lauter Flaschen nicht. Da bist du auf einmal so blind wie ein Maulwurf!«

David hatte sich warmgeredet. Seine Ohren glühten, sein Herz schlug wild in seiner Brust und die Augen waren weit geöffnet. Seine rechte Augenbraue war so weit nach oben gezogen wie noch nie.

Der blonde Zwilling dachte nach. Sie wagte kaum, David ins Gesicht zu schauen. In ihrem Kopf tanzten die Gedanken einen komplizierten Reigen.

»Sag mal, kann es sein, dass du in der Kreide aus Versehen an diesen riesigen Pilzen gelutscht hast?« Joni versuchte zu lachen, doch es wagte sich nur ein undefinierbares, halb gehustetes Geräusch, ihren Satz zu untermalen.

»Joni, ich …« David schluckte. »Kannst du es dir denn gar nicht vorstellen? Ist die Idee, wir könnten ein gemeinsames Kind haben, komplett abwegig?«

»David, ich mag dich ja, aber …« Sie stoppte mitten im Satz und ließ die Schultern hängen.

»Was *aber*?«, fragte David energischer, als er es beabsichtigte. »Ich würde gern wissen, wie dieser Satz weitergeht.«

»Ich auch«, sagte Lulu, die soeben die Höhle betrat. Sie stemmte die Arme in die Hüften und sah Joni herausfordernd an.

Joni stand umständlich auf und ging auf Lulu zu. Mit krauser Stirn betrachtete sie sie und umkreiste sie einmal, als wäre sie ein Denkmal. David hatte recht, sie waren einander unfassbar ähnlich.

»Ist das wahr?«, fragte sie mit belegter Stimme, als sie wieder vor Lulu stand. »Bin *ich* deine Mutter?«

»Wie viele Spoiler an einem Tag vertragt ihr denn?«, fragte Lulu und grinste.

»Scheiße!« Joni ging mit wackeligen Beinen zu David zurück und sackte recht ungalant auf den Boden. Keine Sekunde zu spät, denn der Kreislauf drohte gerade einen Streik an.

»Hier, trink mal was.« David hielt ihr eine Flasche Wasser vor die Nase. »Du bist ganz blass.«

Als die Flasche geleert war, ging es Joni besser, und ein wenig Farbe kehrte in ihr Gesicht zurück. Sie schaute David an.

»Was für ein Tag«, sagte sie und schüttelte den Kopf, als könne sie ihre Gedanken damit sortieren. »Das ist einfach alles zu viel.«

»Ach Joni, keine Sorge, das wird schon wieder«, meinte David und ein Lächeln umspielte seine Mundwinkel. »Ich kann dir sogar einen Rat geben, der mir auch geholfen hat.«

»So?«

»Ja«, sagte er und schob seine Brille hoch. »Verrate es einfach nicht dem werdenden Vater, wenn es soweit ist. Dann bleibt es zumindest für ihn eine Überraschung.«

»Ich würde echt gern irgendwas nach dir werfen, wenn ich die Kraft dazu hätte«, maulte Joni, hob den Arm und ließ ihn sofort wieder auf den Boden plumpsen.

»Ach komm, stell dich nicht so an«, meinte Lulu.

»Na hör mal! Wie redest du denn mit deiner Mutter?«, fragte David und fuhr sich hastig durch die Haare. Er musste sich noch daran gewöhnen, sich als elterliche Autorität zu präsentieren.

»Pfff«, machte Lulu und hob ihre Augenbraue.

»Scheiße, dieses Gespräch ist völlig bescheuert.« Joni rieb

ihren Kopf, als wäre sie gerade wachgeworden und müsste die letzten Fetzen ihrer Träume loswerden.

»Lulu, ich will ...«, begann David.

»Moment mal!«, fuhr Joni dazwischen und kniff ihre Augen zusammen. »Ich weiß definitiv, dass sie *nicht* Lulu heißt. Ich hatte von Anfang an das Gefühl, dass der Name falsch ist, und jetzt bin ich so sicher wie nie zuvor.«

»Äh ... was?« David ließ seine Arme sinken, die in diesem Gespräch immer hektischer gestikuliert hatten. Was er von Lulu wollte, vergaß er. Jonis Bemerkung hatte ihn aus dem Konzept gebracht.

»Wie meinst du das?«, fragte er.

»Ich weiß, dass ich meine Tochter nicht Lulu nennen würde«, sagte Joni. Sie gewann gerade ihre Energie zurück.

»Hast du ... denn eine andere Idee?«, fragte David stockend.

Joni nickte und war auf einmal hellwach. Sie setzte sich kerzengerade auf und schaute ihrer zukünftigen Tochter und dem Vater ihrer zukünftigen Tochter abwechselnd ins Gesicht.

»Ja, ich habe eine andere Idee.« Sie grinste.

»Ich bin mir nicht sicher, ob das Gespräch hier eine so gute Idee ist«, sagte Lulu. »Papa hat immer gesagt, mit den Gesetzen der Zeit ist nicht zu spaßen. Und im Moment wird der Spaß arg strapaziert, würde ich sagen.«

»Lassen wir das doch mal einen Augenblick außen vor«, meinte David. »Ja, ich denke, wir sollten immer aufpassen und uns nicht zu sehr in die Geschicke des Schicksals einmischen. Aber wo kämen wir hin, wenn wir nicht auch Ausnahmen zulassen würden?«

»Kann ich das bitte schriftlich haben?«, fragte Lulu.

»Na hör mal«, sagte David, »Joni und ich wissen jetzt, dass wir eine Tochter haben werden, nämlich dich. Was ändert es schon, wenn wir nun auch deinen richtigen Namen kennen?«

»Papa, da draußen rennt ein einsamer Saurier aus der Kreide rum.« Lulu versuchte es offenbar mit Ablenkung.

»Dessen Namen kennen wir. Der heißt Woody«, meinte David. »Und nun würde ich gern wissen, wie dein richtiger Name lautet.«

Er wandte sich von Lulu ab und richtete seinen Blick auf Joni.

»Tja, äh, also«, sagte die, »ich wollte immer, dass, wenn ich eine Tochter haben sollte, sie Janis heißt. Wie Janis Joplin.«

Janis, die bis vor einer Sekunde noch Lulu geheißen hatte, schüttelte resigniert den Kopf. Da hatte wohl jemand ins Schwarze getroffen. Ihr Unterkiefer hielt sich nur mit Mühe an Ort und Stelle.

Sie schaute zum Himmel hoch, als würde es von dort Hilfe regnen.

Sie schaute zur Erde, als könne diese einen Rat wachsen lassen.

Sie ballte die Fäuste und öffnete sie wieder.

Sie biss sich auf die Lippen und stieß ruckartig leise Geräusche aus, als wollte sie etwas sagen.

Niemand schien sie auf diesen Moment vorbereitet zu haben.

»Das ist ein hübscher Name, der gefällt mir«, meinte David ungeachtet ihrer erbärmlichen Versuche, einen Protest zu kreieren. »Den sollten wir uns merken. Und der passt auch viel besser zu Lulu als Lulu.«

»Abgemacht, dann merken wir uns *Janis* bis ...« Joni stockte mitten im Satz.

»David?«, fragte sie. »Sag mal, finde nur ich es komisch, dass wir uns Gedanken über den Namen unserer gemeinsamen Tochter machen, obwohl wir gar nicht ...? Ich meine, wir sind kein Paar, und wir haben uns bisher nur ein einziges Mal geküsst und ...«

»Alter, was ist los?« Ecki stellte sich mit weit aufgerissenen Augen neben die Tochter seines Freundes.

»Privatsphäre gibt's hier wohl nicht«, maulte Joni und verschränkte die Arme.

»Wenn ihr knutscht, habe ich wohl ein Recht das zu erfahren, oder?« Ecki konnte seine Aufregung nicht verbergen. Er staunte wie ein Kleinkind vorm Weihnachtsbaum. »Seit wann seid ihr zusammen?«

»Wir sind gar nicht zusammen«, erklärte David und schob sich die Brille hoch. »Noch nicht jedenfalls. In dem Punkt bin ich etwas unsicher. Wir haben aber schon eine gemeinsame Tochter.«

Wenige Minuten später fanden sich die vier in einer glühenden Diskussion wieder.

Würden Joni und David ein richtiges Paar? Wenn ja, wann?

Waren sie noch zusammen gewesen, als Janis ihre Zeitlinie verlassen hatte?

Hatte Janis Geschwister?

Mit wem war Ecki zu dieser Zeit liiert?

»Was soll denn diese blödsinnige Frage?« Mona wankte schlaftrunken in die Höhle. »Ecki ist natürlich mit mir zusammen.« Sie rieb sich die Stirn und hatte Mühe, den Gesprächsfaden zu finden.

»Ich sage kein Wort«, meinte Janis und deutete mit ihren Fingern eine Gestik an, als würde sie ihren Mund verschließen.

»Und ich stimme meiner Tochter zu«, sagte David. Ihm gefiel es, das Wort *Tochter* zu nutzen. »Wir sollten immer daran denken, dass jede Information, die uns zu früh erreicht, den Lauf der Geschichte ändern kann.«

»Apropos *Lauf der Geschichte* ...« Mona hob ihren Finger, um sich Gehör zu verschaffen. »Hat eigentlich irgendwer eine Spur von dem Saurier gefunden?«

Akute Stille setzte ein.

Die Wirren um Joni, David und deren Tochter hatten die Gedanken an eine Spur von Woody verblassen lassen.

Der Schreck, den Monas Frage ausgelöst hatte, stand allen kreidefarben ins Gesicht geschrieben.

»Das darf doch nicht wahr sein«, sagte Mona grimmig. »Wir könnten schon längst wieder zu Hause sein, wenn uns *erstens*, das Schicksal dieses Viechs egal wäre, oder *zweitens*, wir die Suche endlich ernsthaft angehen würden.«

»Mona, Süße, es tut mir leid«, sagte Ecki. »Du hast vollkommen recht. Aber heute ist es schon zu dunkel und keiner hat mehr Kraft für Pläne oder Suchaktionen. Wir sollten das morgen angehen.« Er schlug seinen Arm um sie und ging mit ihr zum Haus. Bevor beide darin verschwanden, rief er den drei Verbliebenen noch ein »Gute Nacht« über die Schulter zu.

»Morgen ist auch noch ein Tag«, murmelte Joni. »Aber bevor es ganz dunkel wird, verschwinde ich noch mal kurz für kleine Höhlenbären.« Sie stand auf und lief in den Wald hinein.

»Okay, gut«, sagte Janis und wartete, bis Joni außer Hörweite war. Dann sprang sie auf und legte ihre Handflächen aneinander. »David ... äh Papa, ich muss zurück in meine Epoche. Es ist nicht gut, dass wir hier so viel Zeit miteinander verbracht haben, und dass ihr jetzt so viel wisst. Keine Ahnung, ob ihr Woody jemals findet, ihr habt nie ein Wort darüber verloren. Im Grunde genommen wusste ich nicht mal, dass wir uns hier treffen würden. Ehrlich gesagt, habe ich wirklich keine Ahnung, warum ich ausgerechnet *jetzt* hier gelandet bin. Ich hatte andere Angaben gemacht, aber da hat wohl ein Wackelkontakt Schicksal gespielt. Wie dem auch sei, ich drücke euch die Daumen, dass alles gut wird.«

»Janis, nein«, sagte David und setzte sich gerade hin. Er ahnte, worauf die Szene hinauslaufen sollte.

»Ich muss weg von hier - und zwar sofort. Das weißt du so gut wie ich. Du selbst hast mir von klein auf eingebläut, dass mit den Gesetzen der Zeit nicht zu spaßen ist. Ich wollte die Verwirrung, die wir gerade erleben, vermeiden. Hat nicht so gut funktioniert, deswegen …« Sie ging nun langsam rückwärts.

»Janis, warte!«

»Ich meine es ernst, Papa. Du weißt so gut wie ich, dass es nicht gut ist, sich länger als notwendig in einer anderen Epoche aufzuhalten. Es sind genau genommen sogar deine eigenen Worte. Ich muss los, bevor noch mehr Informationen ausgetauscht werden. Versprich mir nur, dass ihr hier alles aufräumt, ja?«

»Janis, ernsthaft. Bitte warte!«

Aber Janis wartete nicht, sondern bewegte sich immer schneller.

»Ich will nur noch eins sagen: Ihr seid gute Eltern. Ich hab euch lieb. Sag es bitte auch Joni, äh … Mama. Und bitte, passt gut auf, damit euch nichts passiert und ich nicht aus der Geschichte radiert werde.«

»Zum Geier nochmal! Bleib stehen!«

Janis hörte jedoch nicht auf ihren Vater, drehte sich flugs herum, lief so schnell sie konnte fort und war alsbald zwischen den Bäumen verschwunden.

»Lulu! Janis! Ach verdammt!«, brüllte David und japste, als ein flammender Stich von der Hüfte abwärts durch sein Bein zog.

Allein der Anblick seines geschwollenen Knöchels schmerzte höllisch. An Aufstehen oder Laufen war erst recht kein Gedanke zu verschwenden. Janis hatte die Situation eiskalt zu ihren Gunsten genutzt.

»Joni!«, schrie er nun. »Wo bleibst du denn? Joni!«

»Was machst du denn hier für einen Lärm?«, fragte Joni, die eben in die Höhle zurückkehrte.

»Lauf Lulu hinterher! Ich meine Janis …, äh, meiner Tochter, deiner Tochter … *unserer* Tochter!« David schnaufte.

»Du musst dich schon entscheiden, wem ich hinterherlaufen soll, ich kann mich schließlich nicht fünfteilen.« Joni rührte nicht mal den kleinen Zeh.

»Janis ist gerade weggelaufen«, sagte David sehr laut und sehr hastig. »Sie will in ihre Epoche zurückkehren.«

»Tja, Kinder werden so schnell erwachsen. Kaum sind sie da, gehen sie auch schon ihre eigenen Wege.«

David starrte Joni fassungslos an.

»Was ist denn?«, fragte sie und zuckte mit den Schultern. »Lass sie gehen. Was soll sie denn noch hier? Woody finden wir eh nicht mehr. Wer weiß, wo der sich rumtreibt. Wir sollten endlich unsere paar Sachen packen, so wie wir es ganz ursprünglich mal geplant hatten, und dann ebenfalls zurückreisen.«

Seufzend fiel David mit dem Rücken an die Wand und dachte über die Worte nach. Im Grunde blieb ihm kaum eine andere Wahl, als sich dem Verhalten seiner Tochter, der er wegen seiner Verletzung nicht folgen konnte, und Joni, die die Notwendigkeit nicht sah, ihrer Tochter zu folgen, zu beugen.

»Vielleicht liegst du richtig«, sagte er, während sich sein Puls langsam beruhigte. »Über Woodys Knochen werden sich eines Tages die Paläontologen den Kopf zerbrechen, sofern sie seine Reste überhaupt finden und datieren. Und Janis werden wir zu gegebener Zeit wiedersehen. Außerdem könnte ich wirklich mal einen Arzt gebrauchen, der sich meinen Knöchel anschaut.«

»Dann genießen wir die allerletzte Nacht in unserer Höhle, und morgen räumen Ecki, Mona und ich die Sachen ins Haus.«

Joni lächelte und schnappte sich die letzte, fast leere Flasche Rum.

»Lass uns diesen Tag feiern«, sagte sie. »Nur wir beide.«

»So wie ich dich kenne, bleibt für mich nicht viel zum Feiern«, meinte David mit Blick auf den mageren Inhalt.

Joni verdrehte die Augen und plumpste auf ihren Hintern.

»Ach komm schon, Joni, gönn mir doch auch mal ein bisschen Spaß.« David verzog seinen Mund zu einem Lächeln.

»Spaß?« Joni setzte die Flasche an und nahm einen großen Schluck. »Kannst du haben! Aber mehr als Alkohol ist heute Nacht nicht drin, damit das klar ist! Ich muss mich erst an den Gedanken gewöhnen, dass wir beide …«

»Schon verstanden.« David schluckte. »Ich bin ja froh, dass du gesagt hast, du müsstest dich an den Gedanken *gewöhnen* und nicht, du müsstest dich mit dem Gedanken *abfinden*.«

Das Lachen war aus seinem Gesicht gewichen.

»Tut mir leid, so meinte ich das nicht«, meinte Joni und packte alles, was sie an Reue finden konnte, in ihre Mimik. Vorsichtig kroch sie an David heran.

»Ich mag dich, David.«

»Ohne ein *Aber*?«

»Ja, ohne *Aber*. Alles andere wird sich finden. Irgendwann.«

Sie lächelte mild und sah ihm tief in die dunklen Augen. Der zweifelnde und traurige Schleier, der sich bei den letzten Sätzen über sie gelegt hatte, wich einem vorsichtig hoffenden Glanz.

Ihrer beider Herzen bekamen einen winzig kleinen, kaum wahrnehmbaren Stromschlag, in dessen Folge ein paar fröhliche Hormone in ihre Blutkreisläufe gekippt wurden.

»Hier, nimm einen Schluck«, sagte Joni schnell und hielt David die Flasche hin. »Lass uns jetzt nicht an die Zukunft denken. Die ist noch weit entfernt.«

Sie sah sich in der Höhle um und suchte nach dem berühmten Grashalm, der einen Themenwechsel herbeiführen könnte. Ihr Blick blieb an den verrotteten Resten eines Häufchens hängen, das mal ein Tannenbaum war.

»Weißt du noch, als wir hier Weihnachten gefeiert haben?«

Na klar, an das Weihnachtsfest mit dem krummen Baum, der

Paketschnur-Deko und den wackeligen Kerzen konnten sie sich beide nur allzu gut erinnern.

In lustigem und emotionalem Gedenken ließen sie den Abend ausklingen und schliefen alsbald aneinander gelehnt ein.

»Alter, ihr macht echt große Fortschritte«, sagte Ecki am nächsten Morgen, als er die beiden Arm in Arm schlafend fand.

Er streckte sich ausgiebig zu allen Seiten und gähnte.

Joni und David erwachten fast gleichzeitig und schauten sich verlegen in die Augen.

»Nun mal nicht wieder Rückschritte machen«, sagte Ecki und hob den Zeigefinger wie ein mahnender Lehrer. »Mir ist sowieso völlig schleierhaft, wieso ihr euch so sehr dagegen sträubt, ein Paar zu werden.«

»Wir sträuben uns nicht«, maulte Joni und stand mit einem Ächzen auf. »Wir gehen es nur langsam an.«

»Dann hoffe ich – vor allem für Janis –, dass ihr bald in den nächsten Gang schaltet«, meinte Ecki.

Kurz darauf kam auch Mona zu ihnen und sie bereiteten in ihrem engen Handlungsspielraum ein Frühstück vor. Zur großen Freude aller gab es sogar frisch gekochten Kaffee.

»Der hat mir bei unserem ersten Ausflug in die Steinzeit am meisten gefehlt«, sagte Joni und pustete in ihre Tasse.

Während sich die Mägen füllten, teilte David die Entscheidung mit, dass sie Woody schweren Herzens der Steinzeit überlassen würden. Die Risiken, die die Suche in diesem Zeitabschnitt mit sich brachte, waren höher, als die Mienen fassungsloser Historiker auszuhalten, sollten sie einen Dinosaurierknochen direkt neben einem Urmenschenknochen finden. Die ausgeklappten Unterkiefer würden sich schon wieder einrenken.

»Also geht es endlich zurück nach Hause?«, fragte Mona mit leuchtenden Augen.

»Ja, wir packen heute die restlichen Sachen ins Haus, denn irgendeinen tieferen Sinn sollte unsere Reise schon haben, und dann düsen wir heim«, sagte David und klatschte entschlossen in die Hände.

Sein Fuß war noch immer stark geschwollen, sodass die Aufgabe der Höhlenräumung hauptsächlich bei den anderen dreien liegen würde.

Nichts konnte seine Stimmung trüben. Fast nichts.

»Wo ist Lulu eigentlich?«, fragte Ecki, dem ihre Nichtanwesenheit erst nach der dritten Tasse Kaffee auffiel.

»*Janis* ist bereits auf dem Heimweg«, antwortete Joni.

Ecki schüttelte den Kopf.

»Nö, das geht gar nicht.« Er lachte und zwinkerte Joni vergnügt zu.

»Wie meinst du das?« Sie zog die Stirn kraus.

»Zur Sicherheit habe ich gestern, als wir die Essensberge geholt haben, heimlich den Code für ihre Schaltkonsole geändert. Sie kriegt das Ding nicht allein gestartet. Hab mir schon gedacht, dass sie die Düse machen will. Aber ich bin cleverer als sie und habe es verhindert.« Er tippte sich mit dem Zeigefinger an die Nase.

»Aber wir haben ihr erlaubt, die Steinzeit zu verlassen«, sagte David und schob dabei galant sein gestriges Geschrei während ihres Aufbruchs in die hinterste Ecke seiner Erinnerungen.

Die vier sahen sich verunsichert an.

Da Janis offensichtlich nicht zu ihnen zurückgekehrt war, konnte es nur zwei Möglichkeiten geben: Entweder hatte sie den Code geknackt, was bei ihrem Intellekt nicht unwahrscheinlich war, wie David stolz bemerkte. Oder aber sie hockte schmollend in ihrem Haus und überlegte, wie sie die hinterhältige Blockade umgehen konnte.

Ecki seufzte. »Also gut, ich werde zu ihrem Haus gehen und

die Konsole entsperren. Joni und Mona, ihr fangt schon mit dem Sachenpacken an. David, du ... naja, du bleibst einfach wie ein dekadenter Römer liegen, bis wir alle mit unseren Aufgaben fertig sind.«

Nach einigem Hin und Her einigten sie sich darauf, dass Mona mit Ecki mitgehen würde. Zum einen fehlte es ihr an der Lust, bei der Räumaktion zu helfen, zum anderen fühlte sie sich an der Seite ihres Freundes noch immer am wohlsten. An die mögliche Begegnung mit einem Wildtier dachte sie zur Sicherheit lieber nicht.

Joni versicherte, dass sie die Sachen auch allein wegschaffen würde. So sehr viel war es ja nicht. Sie sprühte an diesem Morgen vor Energie und hätte auch Bäume ausgerissen, wenn es notwendig gewesen wäre. David grinste bei dieser Aussage. Ihm ging es genauso, und hätte er keinen lädierten Knöchel, wäre er wie Woody durch die Gegend geflitzt.

Ecki und Mona verschwanden Arm in Arm zwischen den Bäumen.

Joni packte die ersten Sachen, und David schnappte sich den dicken Stock, der ihm als Gehhilfe diente. Er wollte seinen alten Toilettenstammplatz aufsuchen, denn die natürlichen Bedürfnisse nahmen keine Rücksicht auf Zeitreisen oder verstauchte Knöchel.

»Brauchst du Hilfe?«, fragte Joni über die Schulter hinweg.

»Nein, ich denke, ich kriege das auch allein hin.« David schwankte, hielt sich aber tapfer aufrecht. Eine Hand an der Höhlenwand, die andere an den Stock geklammert, kämpfte er sich Schritt für Schritt vorwärts.

Er war unter Jonis skeptischen, aber auch besorgten Blicken noch nicht ganz am Eingang angekommen, als ein merkwürdig surrendes Geräusch erklang. Metallgeruch breitete sich aus. Das war mehr als erstaunlich, denn es gab zu dieser Zeit noch kein Metall.

David und Joni sahen sich an und zogen verwundert ihre Stirnen kraus. Das konnte doch unmöglich ...

Noch bevor einer der beiden die Fragezeichen über ihren Köpfen in Worten fassen konnte, materialisierte ein Zeitreisehaus nur ein paar Fußbreiten neben dem bereits vorhandenen.

»Was zum Geier ...« Nur mit Mühe behielt David die aufrechte Position bei und starrte auf das vermeintlich Unmögliche.

Die Tür öffnete sich.

Die ältere Version einer Joni kam heraus. Sie hustete und wedelte die Rauchwölkchen fort, die sie aus dem Inneren mit nach draußen gebracht hatte.

»Scheiße, immer dieser Qualm«, sagte sie und hustete wieder. »Na immerhin muss ich nicht kot ...«

Abrupt hielt sie inne und schaute auf ihre wesentlich jüngeren Abbilder, die wie versteinert in der Höhle standen.

»Houston, wir haben ein Problem«, rief sie über die Schulter. »Wir sind zu früh.«

»Oaaa, nein«, brüllte ein in die Jahre gekommener David zurück und erschien im Türrahmen. »Vielleicht sind wir auch zu spät. Ich bin einigermaßen unsicher.«

»Egal, wir erinnern uns daran, also musste es wohl passieren«, meinte die ältere Joni. »Hi, ihr zwei, wie geht's?«, fragte sie die beiden Salzsäulen in Form ihrer jüngeren Doppelgänger und lächelte gequält.

»Scheiße«, flüstert die junge Joni und löste sich allmählich aus ihrer Starre. Vorsichtig, ungläubig und gleichzeitig mit einer riesigen Fuhre Neugier gefüllt ging sie paar Schritte auf ihr älteres Ich zu.

Sie hatte das Gefühl in einen dieser Scherzspiegel zu schauen, die es in Vergnügungsparks oder auf Jahrmärkten gab. Diese ließen einen im Normalfall dünner, dicker oder länger aussehen.

Oder sie setzten den Kopf direkt auf die Beine.

Oder sie drehten einen herum, sodass die Füße nach oben zeigten.

Oder das Gesicht wurde derart grotesk in die Breite gezogen, dass es nur noch aus einem Mund zu bestehen schien.

Aber es hatte noch nie einen Spiegel gegeben, der einen älter gemacht hatte. Das war neu.

Es war einer dieser sehr seltenen Momente, in denen es Joni die Sprache verschlug. Hätte sie versucht, zu reden, wäre nur ein *Wawawa* oder ein *Ähähäh* oder im besten Fall ein *Dadada* herausgekommen. Diese Peinlichkeit ersparte sie sich, indem sie schwieg.

»Scheiße, Joni, ich weiß, was du denkst«, sagte die ältere Joni. »*Warum hat die so viele Falten?* Aber hör mal, ich bin locker zwei Jahrzehnte älter als du. Und ehrlich gesagt habe ich mich dafür ganz gut gehalten. Nein, ich muss mich nicht rechtfertigen, dass ich älter geworden bin, ich sollte mir viel eher gratulieren. Vor allem, wenn man bedenkt, was ich alles durchgemacht habe. Diese Zeitreisen sind auf Dauer nicht ungefährlich, und es gibt Momente, in denen ich staune, dass ich überhaupt noch lebe.«

»Joni, hör auf wie ein Wasserfall zu labern«, unterbrach der ältere David sie. »Wir müssen weiter. Los!«

»Was heißt denn *weiter*?«, fragte der jüngere David. Er hatte sein Entsetzen überwunden und gewann allmählich seine Fassung wieder. Bedauerlicherweise wusste er noch nicht, dass er diese nicht besonders lange behalten würde und es an diesem Tag auch keinen Grund mehr gab, diese erneut zurückzuerlangen.

»Ach, wir müssen nur schnell was erledigen«, meinte der Ältere betont gelassen und gab *seiner* Joni ein Zeichen. Diese nickte und verschwand in dem Haus, mit dem die jüngeren Reisenden gelandet waren.

»Was soll das denn?«, fragte die junge Joni. »Was wollt ihr in unserem Haus?« Sie machte ein paar Schritte nach vorn.

Der ältere David stand da und versperrte ihr wortlos den Weg. Er lächelte die beiden an. Zu gern hätte er mehr gesagt, aber das hätte die Situation nur komplizierter gemacht als sie ohnehin schon war.

Das Haus, in dem *seine* Joni verschwunden war, begann leise zu vibrieren. Kurz danach erschien diese in der Tür und rief: »Ich brauche noch eine Sekunde. Halte sie auf! Ich kenne ihre Gedanken.«

»Äh, Moment mal«, sagte die jüngere Joni und setzte dabei mühselig einen Fuß vor den anderen. Sie begriff etwas, was sie nicht begreifen wollte. Der flüchtige Gedanke, der von innen an ihre Stirn klopfte, ängstigte sie. Und diese Angst wiederum verhinderte, dass sie ihren Körper richtig kontrollieren konnte.

Sie stand nun direkt vor dem älteren David und schaute ihm in die Augen.

»Was habt ihr vor?«, fragte sie heiser und hatte jegliche Farbe aus dem Gesicht verloren. »Ich kenne das Geräusch sehr gut. Wollt Ihr etwa …? Aber das könnt ihr doch nicht machen.« Die letzten Worte hatte sie nur noch geflüstert.

»Es tut mir leid«, sagte der ältere David leise.

Seine Augen waren voller Trauer und gleichzeitig voller Hoffnung. Ihre Blicke hatten sich verfangen, und für einen Moment schauten sie einander tief in die Seelen.

Jonis Herz schlug schneller. Es war ihr nicht klar, ob daran die schuldig gebliebene Antwort auf ihre Frage oder der verdammt gutaussehende David-Doppelgänger schuld war.

Er war älter geworden, viel älter, keine Frage. Aber an Attraktivität hatte er definitiv gewonnen. Graue Schläfen in dem immer noch vollen Haar und zarte Fältchen um die Augen verliehen seinem Aussehen einen reizenden Charme. Aufrecht und selbstbewusst schaute er Joni an und wurde dabei argwöhnisch von seinem jüngeren Ich beobachtet.

Er machte einen Schritt nach vorn und stand nun direkt vor Joni. Behutsam fasste er ihren Kopf. Seine Hände lagen unter ihren Ohren, die Fingerkuppen berührten leicht ihren Nacken. Er zog sie sanft zu sich und gab ihr einen langen, zärtlichen Kuss. Warm und weich schmiegten sich ihre Lippen aufeinander.

In Jonis Innern wurden alle Herdplatten gleichzeitig eingeschaltet. Für den zuckersüßen Hauch eines Augenblicks vergaß sie alles um sich herum.

Der jüngere David ließ den Stock fallen, den er am liebsten in die Richtung der sich Küssenden geworfen hätte, und schrie: »Hey, verdammt, lass das gefälligst!«

Wutentbrannt wollte er zu den beiden eilen, um sie zu trennen. Doch sein Fuß schickte ihm umgehend einen stechenden Schmerz, der durch seinen ganzen Körper fuhr. Das Gleichgewicht verschwand in eine ungeplante Pause und er fiel der Länge nach hin.

»Scheiße, David, was soll das denn?«, schrie die ältere Joni, die die Situation aus dem Fenster beobachtet hatte. »Du solltest sie ... mich aufhalten, aber doch nicht so!«

Der ältere David ließ die junge Joni los und sie erwachte wie aus einem Traum. Er strich mit seinem Zeigefinger liebevoll über ihre Nasenspitze und lächelte.

Dann drehte er sich herum und eilte ins Haus. Die Tür fiel ins Schloss. Gleich darauf verblasste es.

Zurück blieben ein Zeitreisehaus aus der Zukunft, ein auf dem Boden liegender David und eine Joni, die versonnen einem wunderbaren Augenblick nachspürte und nicht wusste, ob sie lachen oder weinen sollte.

Ihr Haus war verschwunden und es war ihnen von sich selbst weggenommen worden. Der Platz war leer und nur das plattgedrückte, teils strohgelb gewordene Gras zeugte davon, dass bis eben keine Einbildung dort gestanden hatte.

Joni drehte sich zu David herum, der sich mit den Armen vom Boden wegdrückte.

»Ich wusste gar nicht, dass du so gut küssen kannst«, sagte sie verträumt.

»WAS?!«, schrie David und seine Stimme überschlug sich. »Ist das gerade das einzig Wichtige hier?«

»Ach ja, du wolltest zur Toilette.«

»Joni, sag mal, begreifst du nicht, was gerade passiert ist? Wir … Die haben uns das Haus geklaut.«

»Sie haben uns ein anderes dagelassen«, erwiderte Joni gleichgültig. Sie hing gedanklich um Minuten zurück. Das Gefühlschaos, das der Kuss ausgelöst hatte, verbreitete sich wie Nebel in ihrem Geist und ließ keinen klaren Gedanken zu. Die Herdplatten glühten unaufhörlich auf höchster Stufe.

Fluchend griff David nach seinem Stock, stellte sich mit Mühe und Not hin und schleppte sich Schritt für Schritt in den Wald hinein.

Unebenheiten, herumliegende Äste und Steine erschwerten seinen Fortgang. Es gab zwar eine Art Trampelpfad, den ihre eigenen Füße und Schuhe in den letzten Tagen gebildet hatten, aber für jemanden, der eine Verletzung hatte und sich vor Schmerzen kaum auf den Beinen halten konnte, war das zu wenig *Weg*.

Vor Davids Augen tanzten flackernde Lichter, die ihn mehr als einmal nahe der Ohnmacht brachten. Vielleicht hätte er Joni doch um Hilfe bitten sollen.

Joni.

Moment, die hatte gerade einen anderen geknutscht. Auch, wenn er es selbst gewesen war, so hatte sich doch ein Körnchen Eifersucht in sein Herz gemogelt. Warum war sein älteres Ich viel kühner und entschlossener als er? Der Grauhaarige hatte Joni nicht mal gefragt, ob er sie küssen dürfte! Er hatte einfach ihren

Kopf in seine Hände genommen und seinen Mund auf ihren gelegt. Durfte er das?

»Frechheit!«, fluchte David und vergaß vor Wut beinahe, warum er in den Wald hinkte.

Und als hätte das nicht schon die Grenze des Erträglichen erreicht, entwendeten sie sich selbst noch das Haus ohne ein einziges Wort der Rechtfertigung.

Wozu eigentlich? Welchen Sinn ergab das alles?

Gedankenverloren lehnte er sich an einen Baum und schloss die Augen. Er atmete tief ein und aus und versuchte, sein so aufgebrachtes wie erzürntes Herz zu beruhigen.

Eigentlich würde er jetzt in einer Halle stehen und ein Filmprojekt mit konstruktiven Ratschlägen unterstützen, um seinen Lebensunterhalt zu finanzieren. Stattdessen hatte er einen Dino in der Steinzeit verloren, seine erwachsene Tochter kennengelernt und sich selbst seine Zeitmaschine stibitzt.

Ihm entfuhr ein ärgerliches Brummen, und er öffnete wieder die Augen.

Seufzend erledigte er das, weswegen er den beschwerlichen Weg auf sich genommen hatte.

Dann nahm er den Stock wieder in die Hand und begab sich auf den Rückweg. Seine Wut war noch nicht verflogen, aber er zwang sich zur Ruhe und wollte sofort mit Joni sprechen.

Als er zurückkam, nahm er eine merkwürdige Anspannung wahr. Es knisterte förmlich in der Luft.

Joni lief am Eingang der Höhle hin und her. Sie raufte sich die Haare und fuhr sich immer wieder mit den Händen durchs Gesicht. Als sie David erblickte, blieb sie stehen.

»Da bist du ja endlich«, sagte sie und rang sichtlich nach Atem.

»Alles gut, ich bin mit dem Bein nicht so schnell.«

»Gar nichts ist gut«, erwiderte Joni scharf.

So aufgelöst hatte David sie selten, vielleicht sogar noch nie, erlebt.

Wie lange war er im Wald gewesen? Es konnten doch nur Minuten vergangen sein. Wie war in so kurzer Zeit aus einer Joni im siebten Himmel eine Joni à la Kratzbürste geworden? Anscheinend hatte sie endlich begriffen, was da eben passiert war.

»Offenbar bist du wieder zur Vernunft gekommen«, sagte er und hinkte weiter. »Da hat dich deine rosa Wolke wohl endlich zurück in die Realität entlassen.«

Er sagte es bissiger, als er es meinte. Seine aufgestaute Wut verflog jedoch allmählich, als er sah, wie durcheinander Joni war. Ihr entgeisterter Blick verriet, dass noch nicht alles gesagt war.

David humpelte weiter und konnte nun in die Höhle schauen. Dort saßen Ecki und Mona auf dem Boden. Sie hielten sich umschlungen. Mona hatte Tränen in den Augen.

»Was ist denn los?«, fragte David.

»Janis ist weg«, antwortete Joni.

»Das ist doch gut«, sagte David und nickte zu sich selbst. »Dann hat sie also Eckis Code geknackt. Meine Tochter halt.«

Doch seine Worte erklangen nicht halb so sicher, wie er es vorgesehen hatte, und eine stolz geschwollene Brust wollte sich auch nicht erheben. Irgendetwas stimmte nicht.

Ecki stand auf und ging auf seinen Freund zu.

»Alter, verstehst du das wirklich nicht oder willst du es nicht verstehen?« Er zuckte erst mit den Schultern und hob dann die Arme. »Ihr Haus ist noch da, aber sie selbst ist spurlos verschwunden. Mona und ich haben eine Weile nach ihr gesucht und gerufen, weil wir dachten, sie verarscht uns. Aber nichts. *Gar nichts!* Keine Spur von ihr.«

Die Worte plätscherten langsam durch die Mühlenräder in den Gehirngängen von David.

»Verdammt«, fluchte er zum x-ten Mal an diesem Tag, der

mehr Überraschungen bereithielt als eine billig produzierte Seifenoper in einem halben Jahr.

»Saurier weg. Janis weg. Haus weg«, fasste er zusammen und stützte sich auf seinen Stock.

»Wie jetzt?«, fragte Mona, stand auf und kam näher. »Was heißt denn *Haus weg*?«

David antwortete nicht, sondern zeigte nur stumm auf das plattgedrückte Gras und das andere Haus. Ihm ging zu viel auf einmal durch den Kopf, als dass er diesen Umstand auch noch erklären konnte.

»Hast du umgeparkt?«, fragte Ecki und zog die Stirn kraus.

»Nein, hat er nicht«, sagte Joni, die bemerkte, dass Davids Hirn gerade auf Hochtouren lief.

Sie stellte sich zwischen Ecki und Mona und legte ihre Hände auf deren Schultern.

»Da, wo ihr das plattgedrückte Gras seht, stand das Haus, mit dem wir angekommen sind«, erklärte sie. »Daneben steht ein anderes, wenn auch irgendwie dasselbe Haus. Aus dem stiefelten vorhin rotzfrech eine steinalte Joni und ein ebenso steinalter David, gingen in *unser* Haus und reisten damit fort. Sie hinterließen uns dafür ihr Haus und mindestens 127 unbeantwortete Fragen, die wir nicht mal stellen konnten, weil alles so schnell ging.«

Joni hatte erneut in ihrem Leben das Gefühl, sich selbst hintergangen zu haben. An das erste Mal, damals auf der Wiese, als sie sich selbst in der Steinzeit zurücklassen musste, erinnerte sie sich nie gern zurück. Es hatte verdammt wehgetan, und zwar zweimal. Und nun? Nun sah sie sich schon wieder mit einem derart sonderbaren Erlebnis konfrontiert.

Ecki und Mona schauten sich an.

»Alter, sag mal, stimmt das alles?«, fragte Ecki skeptisch.

»Wir waren nicht *stein*alt«, antwortete David, »sondern laut deren Aussage wohl nur etwa zwanzig Jahre älter als jetzt und damit nicht mal fünfzig Jahre alt.«

»Das ist doch eine gute Nachricht, oder?« Mona schaute den anderen dreien abwechselnd in die Augen. »Wenn es eine Zeit gibt, in der ihr steinalt seid, dann doch nur, weil ihr den Blödsinn *hier* überlebt habt.«

»Bei den Gesetzen der Zeit darf man sich nie sicher sein«, meinte Joni. »Wohin auch immer die beiden verreist sind … Wenn ihnen dort etwas passiert, werden wir einfach aus dem Buch des Lebens gelöscht.«

Ecki grinste. »Stellt euch mal die blöden Gesichter von den Filmtypen vor, wie sie in der Halle voller Bäume stehen und nicht wissen, warum, und dann aus lauter Verwirrtheit schnell einen Jules-Verne-Film drehen.«

Die anderen mussten unwillkürlich lachen und vergaßen für einen Augenblick den Ernst ihrer Lage.

»Wenigstens gibt es in eurem zukünftigen Haus auch eine Kaffeemaschine und Tassen«, sagte Mona wenig später und brachte eine große Kanne in die Höhle.

David, Ecki und Joni hatten sich um die Feuerstelle gesetzt, um zu überlegen, was sie für Janis tun konnten. Sie hatten es nicht geschafft, einen Saurier zu finden, und nun mussten sie eine junge Frau finden, bei deren Unauffindbarkeit ihnen das verdutzte Gesicht von Paläontologen keineswegs egal war.

»Die Frage ist doch, ob sie freiwillig fortgelaufen ist oder von jemandem gezwungen wurde, mitzugehen«, sagte Ecki.

»Warum sollte sie freiwillig fortlaufen?« David schüttelte den Kopf. »Das ist absurd.«

»Ach, keine Ahnung.« Ecki zuckte mit den Schultern.

»Ehrlich gesagt«, meinte Joni, »ist es absurd, hier zu sitzen und Kaffee zu trinken, während Janis mit jeder Minute tiefer in den Wald hineingerät. Hineingeraten *muss,* vielleicht. Wenn sie auf Urmenschen getroffen ist, dann ist nicht sicher, dass die besonders freundlich mit ihr umgehen. Ihr erinnert euch bestimmt noch an die zweite Sippe, bei der ich damals war. Die wollten mich essen oder opfern oder verheiraten. Ich weiß es bis heute nicht. Aber wenn ich an die aggressive Stimmung denke, zieht sich mir jetzt noch der Magen zusammen.«

Sie schüttelte sich und fuhr sich mit den Händen über ihre Oberarme.

Es war einleuchtend, dass David sie nicht begleiten konnte. Mit seinem geschwollenen Knöchel und dem krummen Stock wäre er eher ein Klotz am Bein als eine Hilfe. Ecki entschuldigte sich zwar für diese harten, klaren Worte, aber allen war bewusst, dass er vollkommen recht hatte.

Mona schüttelte es bei dem Gedanken an Urmenschen. Und auch wenn David ihr noch so sehr versicherte, dass es seit ihrem letzten Besuch in der Steinzeit in Sachen Kupferkessel keinen Fortschritt gegeben hatte, und sie mit Sicherheit in keinem derartigen Gefäß landen würden, so wollte sie lieber auf Nummer sicher gehen und in der Nähe des Hauses bleiben. Da konnte sie zur Not die Tür schließen und die Steinzeit draußen lassen.

So hing alle Verantwortung bei Joni und Ecki, die sich auch sofort auf den Weg machen wollten.

Doch zunächst sammelte Ecki noch massenhaft Blätter zusammen, um sich und Joni neue Schuhe zu basteln. Sie waren zwar weit entfernt, als solide zu gelten, aber immer noch besser, als mit nackten Füßen über den Waldboden zu laufen.

Mona hatte bei der Suche nach der Kaffeemaschine zwei Rucksäcke mit eingeschweißtem Essen und mehreren Trinkflaschen gefunden. Obwohl ... *Gefunden* ist nicht ganz der richtige Ausdruck, denn sie wäre beinahe darüber gestolpert, da sie mitten im Flur standen.

»Ich wette, das haben wir absichtlich gemacht«, sagte Joni.

»Hm?« Mona verstand nicht.

»Ich meine unsere späteren Ichs. Die haben das Zeug so hingestellt, dass wir gar nicht daran vorbeikommen konnten.« Sie seufzte und fügte hinzu: »Sie wissen wie immer mehr als wir.«

Mona hatte schon vor Tagen aufgegeben, dieses Zeitreisekauderwelsch zu verstehen. Im Grunde genommen war sie schon kurz nachdem sie einen riesigen Farn in der Kreide mit ihrem Mageninhalt gedüngt hatte zu dieser Erkenntnis gekommen. Stillschweigend hatte sie beschlossen nie wieder, wirklich *nie* wieder, ihre Epoche zu verlassen, wenn sie jemals zurückkehren sollten. Nie wieder.

Sie zweifelte sogar daran, ob die Entscheidung, die Filmrolle anzunehmen, die richtige gewesen war. Und jeder Satz, jede Begegnung, jeder weitere Tag in der Höhle füllte die Kontraseite in der Liste von Argumenten in Sachen *Zeitreisen*. Jonis letzter Satz fand einen gemütlichen Platz darin. Sie fühlte sich in einem unsäglichen Strudel von Katastrophen gefangen.

»Oh Ecki, komm mir bloß heile zurück«, schluchzte sie und presste sich an ihren Freund.

Joni und David warfen sich lediglich ein paar verstohlene Blicke zu. Beide hoben ihre Hände zu einem stummen Abschiedsgruß. Dann verschränkte Joni die Arme, drehte sich mit einem »Los jetzt!« zu Ecki und marschierte los.

»Alter, ihr stellt euch aber auch dämlich an«, sagte Ecki später, als Joni und er schon eine Weile durch den Wald gelaufen waren.

»Hä? Wer?«

»Na du und David.«

»Wieso?«

»Joni, willst du mich für blöd verkaufen?«

»Ich will überhaupt niemandem was verkaufen. Sag doch einfach, was los ist.«

Ecki blieb stehen.

»Jooooni.« Er zog ihren Namen grotesk in die Länge und schnaufte übertrieben.

»Scheiße, Herr Eckhardt, ich latsche hier durch die Steinzeit, um meine Tochter, die irgendwie noch nicht mal geboren ist, zu retten. Ich habe keine Nerven für deine Ratespiele. Entweder du sagst mir, was du zu sagen hast, oder du hältst bitte einfach die Klappe.«

Oha, Joni hatte ihn *Herr Eckhardt* genannt. Das war ein sicheres Zeichen, dass sie extrem angespannt war. Ecki schaltete einen Gang runter.

»Also noch mal von vorn«, sagte er und lief weiter. »Ich glaube, dass du und David schon längst *wisst*, dass ihr zusammengehört. Warum versucht ihr, das zu leugnen? Warum windet ihr euch so sehr um diese Entscheidung?«

»Scheiße, Ecki.« Joni schluckte. »Können wir nicht das Thema wechseln?«

»Nö.« Ecki schüttelte den Kopf. »Immerhin suchen wir ja wohl gerade eure gemeinsame Tochter, deswegen will ich, dass du darüber nachdenkst. David ist ein toller Kerl. Warum wehrst du dich so sehr gegen die Vorstellung, euch als Paar zu sehen?«

»Ich wehre mich nicht, es ist nur ... Es ist kompliziert.«

»Was genau?« Ecki bohrte weiter.

»Es klingt blöd, ich weiß. Aber es fühlt sich so an, als *müsste* ich mit David zusammenkommen, weil uns Janis' Existenz gezeigt hat, dass es gar keinen anderen Weg geben kann. Ich meine, ich möchte doch frei entscheiden, wann und in wen ich mich verliebe, und nicht weil mein Schicksal das für mich vorgesehen hat. Ich bin verwirrt. Ich weiß nicht, ob ich es richtig mache. Verliebe ich mich zu früh? Lasse ich mir zu lange Zeit? Will *ich* das überhaupt? Wird Janis dann vielleicht nicht geboren? Sowas geht mir durch den Schädel.«

Ecki kaute an einem Grashalm herum, brummte und nickte.

»Du hast Janis gern, nicht wahr?«, fragte er.

»Ja, sehr«, antwortete Joni. »Ich mochte sie von Anfang an, auch wenn mich ihre Anwesenheit erst mal ganz schön ins Schwitzen gebracht hat, weil ich sie nicht einordnen konnte. Ich hatte echt Angst, sie könnte sowas wie Davids Frau oder Freundin aus der Zukunft sein.«

»Na, da haben wir es doch«, sagte Ecki und klatschte fröhlich in die Hände. »Du warst ein winzig kleines bisschen eifersüchtig. Und warum? Weil du David viel mehr magst, als du es dir eingestehst. Und das bereits, *ohne* dass du wusstest, wer Janis ist.«

Joni kam ins Grübeln und Ecki legte noch eine Schippe drauf.

»Du erinnerst dich sicher an unser wunderbares Weihnachtsfest, das wir in der Höhle gefeiert haben?«

»Klar.« Schon allein bei dem Gedanken daran leuchteten Jonis Augen.

»David hatte diesen kleinen, krummen Weihnachtsbaum angeschleppt, weil es der einzige war, den er mit seinen nerdigen Händen überwältigen konnte. Du bist ihm dafür um den Hals gefallen und hast ihm einen Kuss auf die Wange gedrückt. Ich schwöre dir, ich habe da schon die Funken gesehen, die zwischen euch knistern.«

»Da waren keine Funken. Zu der Zeit war er mit Lisa zusammen.« Joni schüttelte vehement den Kopf.

»Ja, klar. Aber nur noch mit dem Kopf! Lisa ist die hübscheste und begehrenswerteste Frau unserer Stadt …«

»Übertreib mal nicht!«

»Pfff«, machte Ecki, lachte angesichts ihres Widerspruchs und sprach weiter. »So eine Frau an seiner Seite zu haben, hat was. Glaub mir. David war damals echt verliebt in die Trine. Blind und dämlich, aber verliebt. Sie hatte sich an ihn rangeschmissen und er ist ihr wie ein Trottel gefolgt. Aber als er die Sache mit dem Tannenbaum abgezogen hat, da war mir klar, dass sein Herz sich längst umentschieden hatte. Und du hast bestimmt auch schon die ersten Schmetterlinge im Bauch gehabt.«

»Das ist doch Blödsinn.« Joni zog eine Schnute. »Nein, nein!«

»Zur Erinnerung: *Ich* habe damals keinen Kuss bekommen ...«

»Den hattest du auch nicht verdient, denn David hat das Weihnachtsfest organisiert. Allein. Als Überraschung.«

»Richtig! Er hat es organisiert, obwohl er es vollkommen bescheuert fand. Und trotzdem hat er es gemacht. Für dich! Im Hotel hast du ihn schon wieder geknutscht, damit er endlich einen Schlussstrich unter seine bekloppte Beziehung zu Lisa ziehen konnte. Für meinen Geschmack geht das weit über ein normales Freundschaftsverhältnis hinaus.«

Joni dachte an den Kuss, den der ältere David ihr gegeben hatte. Er war so ganz anders gewesen als der David, den sie kannte.

»Hat er dir gegenüber denn jemals etwas gesagt?«, fragte Joni. »Ich meine, hat er jemals angedeutet, mehr für mich zu empfinden?«

»Nee«, Ecki schüttelte energisch den Kopf. »Das würde er auch nie tun. Weißt du, David ist so ein Typ ... Wie soll ich sagen? Stell dir vor, sein Herz ist schwer verliebt. Dann würde es das seinem Gehirn niemals und unter keinen Umständen mitteilen. Zwischen den beiden Organen hat er nämlich absolut keine Verbindungen.«

»So ein Quatsch. Jetzt übertreibst du aber.«

»Ich habs anatomisch nicht überprüft. Aber ich sehe ihn ja. Für jede wichtige Entscheidung macht er eine Übersicht mit Pro und Kontra. Sammelt seine Joni also mehr Plus- als Minuspunkte, gibt er dem Gehirn den Befehl zum Verlieben.«

»Aha.« Joni hob die Augenbrauen. »Ich muss also ein Konto füllen. Sehr romantisch. Musste Lisa das auch?«

Ecki lachte. »Nee, die hat ihn einfach überrumpelt. Da blieb nicht viel Zeit zum Listenschreiben.«

»Dann frage ich mich, wie wir zusammenpassen sollen«, sagte Joni. »Ich beschließe nichts mit dem Kopf ... naja, warte, vielleicht nicht *nichts*. Es ist nur sehr wenig. In meinem Leben gibt's keine Pläne, keine Listen. Und Entscheidungen treffe ich meist aus dem Bauch heraus.«

»Gegensätze ziehen sich an. Das weiß doch jedes Kind. Plus und Minus, Yin und Yang, Licht und Schatten. Was weiß ich. Das eine kann ohne das andere nicht existieren.«

Joni kannte Ecki gut genug, um zu wissen, dass er sie nicht zu irgendwas überreden wollte. Er meinte es nur gut, war er doch Freund und Vertrauter für sie und David gleichermaßen. Trotzdem fühlte sie sich etwas unbehaglich mit diesem Thema, obgleich sie nicht mal genau sagen konnte, woran das lag.

»Als wir nach unserem Abendessen in diesem piekfeinen Hotel entschieden haben, die Saurier zu besuchen, da war das ganz spontan. Da gab es keine Liste, die erst einmal abgearbeitet werden musste. Wir sind nicht mal mehr zu unseren Zimmern zurückgegangen, um uns was Bequemeres anzuziehen. Er trug einen Anzug und Lederschuhe. Und ich, naja ich hatte dieses Kleid an. In der Kreidezeit, verstehst du? Wir sind einfach abgereist. Sprechen wir hier etwa von einem anderen David? Nein! War der Trip nicht wichtig genug? Doch! Immerhin ging es um seinen Lebenstraum.«

Sie suchte prinzipiell zwar nach einem Haken in Eckis Argumentation, allerdings nicht sehr ehrgeizig.

»David hat sich auf jeden Fall verändert, seit er dich kennt. Vielleicht ist aus dem Lisa-überrumpelt-mich einfach ein Joni-überrumpelt-mich geworden. Ich wette, er hat sich gern von dir überrumpeln lassen. Und ich sage das ganz im Ernst: Du übst einen positiven Einfluss aus. Das merkt langsam auch sein Kopf.« Ecki tippte sich an die Stirn.

»Hm. Kann schon sein. Als er mich vorhin geküsst hat, fühlte sich das schon toll an. Er kann richtig gut küssen«, sagte sie verträumt. Ihr Blick verlor sich für einen Moment zwischen den Baumstämmen.

Jetzt stand Ecki auf vielzitiertem Schlauch. Mit beiden Füßen. Und zwar fest. Ganz fest.

»Was?«, fragte er. »Wann ... Wieso hat *er dich* geküsst?«

Joni wurde schlagartig klar, dass sie es bisher vermieden hatte, diese Passage des Hausdiebstahls zu erzählen. Sie räusperte sich übertrieben.

»Der ältere David hat mir einen Kuss gegeben ... äh ... der hat – wie soll ich sagen – nicht lange gefackelt, ganz atypisch ... für einen wie David.« Sie kniff die Augen zusammen und suchte krampfhaft nach den richtigen Worten.

Ecki formte mit seinen Lippen ein wortloses »Wow« und zwang sich, keinen Kommentar abzugeben. Er hoffte, dass Joni weitersprach. Doch die schwieg und lächelte bei dieser süßen Erinnerung in sich hinein.

Sie waren bald am Haus von Janis angekommen. Still und stumm stand es zwischen den Bäumen.

Joni und Ecki überzeugten sich in den Räumen davon, dass sie noch immer nicht zurückgekehrt war. Zudem hatte Janis keinerlei Nachrichten für etwaige Hobby-Detektive hinterlassen. Die Wahrscheinlichkeit, dass sie unfreiwillig unterwegs war, stieg.

»Au weia«, flüsterte Joni und zitterte am ganzen Leib.

»Joni, wir finden sie«, sagte Ecki und umarmte sie.

»Aber was ist, wenn du recht hast und David und ich uns wirklich zu dämlich anstellen und Janis deswegen nicht geboren wurde ... äh ... wird. Was, wenn sie schon längst aus dem Buch des Lebens gelöscht ist und wir hier genauso dumm dastehen, wie die Film-Crew, die mit unserer Kulisse einen Jules-Verne-Film dreht?«

Joni schlug sich die Hand vor den Mund und wagte nicht, weiterzusprechen.

Ecki stöhnte. »Alter, die Gesetze der Zeit gehören echt verboten. Ich denke, wenn das, was du sagst, auch nur im Mindesten stimmen sollte, dann wäre ihr Haus ja wohl nicht hier. Denn dann wären das und ihre komplette Reise auch gelöscht. Verstehst du? Solange es dieses Haus gibt, gibt es Hoffnung.«

Joni wischte sich eine Träne aus den Augen und nickte.

»Wo hast du mit Mona gesucht?«, fragte sie mit einem Kloß im Hals. »Es wäre ziemlich doof, blind in irgendeine Richtung zu latschen. Es wäre sinnvoller, wenn wir einen Anhaltspunkt hätten, und mein Bauchgefühl sagt mir, dass wir uns nicht zu viel Zeit lassen sollten.«

Ecki gab zu, dass er und Mona sich kaum mehr als ein paar Meter vom Haus entfernt hatten. Seine Freundin hatte Angst bekommen und traute sich nicht, tiefer in den Wald hineinzugehen.

Also begaben sich Joni und Ecki auf Spurensuche. Wie Detektive gingen sie kreisförmig um das Haus herum und hielten nach Zeichen Ausschau, die ihnen eine Richtung vorgeben konnten. Schritt für Schritt vergrößerten sie den Abstand zum Haus.

Jeder umgeknickte Grashalm, jeder frisch gebrochene Ast, jede Vertiefung im Moos konnte ein Hinweis sein. Einsamkeit und Ruhe lagen über dem Wald, nur ein paar Vögel zwitscherten fröhlich ihr Lied.

»Hier!« Jonis greller Schrei durchbrach nach einer endlos scheinenden halben Stunde die Stille. »Ecki, komm her, ich habe was gefunden. Los! Beweg deinen Hintern!«

Aufgeregt fuchtelte sie mit den Armen und sprang in die Höhe, als ob Ecki, der einige zig Meter von ihr entfernt den Boden begutachtete, dadurch hätte auch nur einen Deut schneller werden können.

Schnaufend bahnte er sich den Weg. Der schwere Rucksack auf seinem Rücken hüpfte dabei wild herum.

Joni hatte genau das entdeckt, wonach sie suchten: Zertrampeltes Moos, und zwar von vielen Füßen zertrampeltes Moos.

»Siehst du diese tiefen Löcher im Boden?«, fragte Ecki. »Die sind nicht natürlichen Ursprungs. Das sieht eher danach aus, als ob Wanderstöcke benutzt wurden.«

»Oder Lanzen«, sagte Joni und schob leise ein »Scheiße« hinterher.

Sie schauten sich erschrocken an und vergaßen bei diesem Gedanken einen Augenblick zu atmen. Schnell rappelten sie sich auf und folgten der Spur, die unverkennbar vor ihnen lag und sie tief in den Wald hineinführte.

Mona und David saßen am Höhleneingang und tranken Kaffee. Es war wirklich surreal, das zu tun, während ein Leben spurlos verschwunden war und zwei weitere ihres riskierten, um es wiederzufinden.

David schüttelte den Kopf und rieb sich die Stirn. Er war sauer, stinksauer, dass er nicht hatte mitgehen können. Das Einzige, was er machen konnte, war hier zu sitzen und zu warten.

»Ich könnte ja weiter die Sachen einsammeln«, unterbrach Mona seine Grübeleien, »dann würde ich mich wenigstens ein wenig nützlich machen und mich von der Angst um Ecki ablenken.«

Ein weiterer, nicht laut ausgesprochener Grund für ihr überaus selbstloses Angebot war, der angespannten Stimmung zu entfliehen. Lust, fremde Sachen zu packen und durch die Gegend zu schleppen, hatte sie nicht im Geringsten. Aber alles, wirklich alles, war besser, als stumm in die Kaffeetasse zu schauen.

Sie war Schauspielerin.

Sie musste sich bewegen.

Sie musste reden.

Sonst hätte sie im Museum auch gleich als Bronzestatue anheuern können.

David schaute sie mit ausdruckslosen Augen an.

»Ich kann dir nicht helfen. Tut mir leid«, sagte er.

»Musst du auch nicht«, erwiderte Mona. »Aber eine Frage könntest du mir beantworten.«

»Hm.« David nickte ihr zu.

»Soll ich die Sachen *da* reinbringen?« Sie zeigte mit dem Finger auf das neue Haus.

David schüttelte den Kopf.

»Keine Ahnung. Ich weiß nicht, was die ganze Aktion sollte. Welchen Sinn ergibt es, ein Haus hinzustellen und mit einem anderen weiterzureisen?«

Er lehnte den Kopf an die Höhlenwand.

»Ich bin echt komplett im Dunkeln, was mein älteres Ich vorhat«, sagte er.

Dann hob er den Kopf. »Aber warte mal. Ich habe eine Idee. Lass die Sachen erst mal liegen. Stattdessen könntest du mir helfen, ins Haus zu kommen. Ich will mich mal umschauen. Vielleicht war mein Zwilling wenigstens so clever, mir einen Hinweis zu hinterlassen. So wie ich mich kenne, würde es mich nicht wundern.«

Mit einem Ächzen stand er auf. Mona legte einen seiner Arme um ihre Schultern, mit dem anderen stützte er sich auf den Stock.

»Am besten ist es, du bringst mich zur Konsole. Die ist in dem Raum gleich links neben der Tür.«

»Ich weiß«, sagte Mona schnaufend, die es nicht gewohnt war, wesentlich größere und schwerere Männer durch die Steinzeit zu schleppen.

Vor der Konsole standen zwei Stühle. Auf einen der beiden ließ sich David fallen und rang einen Moment lang nach Atem. Mona plumpste auf den anderen und saugte ebenfalls gierig Luft ein. Mit verzerrtem Gesicht legte sie eine Hand an ihre Hüfte.

»Echt, David, überlege dir ab jetzt jeden Schritt genau. Ich bin Schauspielerin und kein Gabelstapler.«

Sie setzte sich aufrecht hin und räkelte sich zu allen Seiten, als müsste sie sich einrenken.

»Ich räume mal das Geschirr weg und koche uns einen Tee. Von dem vielen Kaffee bekomme ich noch Herzrasen, und dabei bin ich schon nervös genug.«

Sie stand auf, als ihr Blick auf einen Brief fiel, der auf einem Schränkchen neben der Tür lag.

»Hier, für dich«, sagte sie und reichte ihn an David weiter. »Vielleicht ist das der Hinweis, nachdem du suchst.«

David nahm den Umschlag, auf dem in großen Buchstaben sein Name stand.

Mona verschränkte die Arme und wartete darauf, dass David den Brief öffnete.

»Mach schon«, sagte sie, denn David rührte sich nicht.

»Entschuldige, ich bin etwas perplex. Diese Zeitreisen tragen immer einen sauren Hauch von Ironie in sich«, murmelte er. »Soll ich den Brief öffnen oder nicht? Ist es zu früh? Ist der Brief wirklich für mich oder für ein späteres Ich?«

Mona schloss die Augen, biss die Zähne zusammen und gab sich einen Moment mit geballten Fäusten, um David nicht anzuschreien. Langsam atmete sie ein und etwas schneller wieder aus.

»Ernsthaft?«, fragte sie langsam und öffnete die Augen wieder. Ihren vor Wut zitternden Körper hielt sie nur mühsam unter Kontrolle. »Vor ein paar Minuten hast du dich auf den Weg begeben, um nach einem helfenden Hinweis zu suchen. Jetzt findest du genau das, worauf du gehofft hast, und bist dir plötzlich nicht mehr sicher?

Du bist doch der geniale Wissenschaftler, dem die ganze Welt zu Füßen liegt. Wenn einer weiß, ob der Brief für dein jetziges Ich bestimmt ist oder nicht, dann du. Mach ihn auf, und zwar sofort! Und wenn es nicht passt, legst du ihn halt zurück. Was ist daran so schwer zu verstehen?

Verdammt, David, ich will wieder nach Hause kommen. Vermurks das nicht. Ich habe echt keine Lust, bis zu meinem Lebensende in der Steinzeit zu bleiben.«

So viele Wörter am Stück hatte David noch nie von Mona gehört. Er war bei den Castings nicht dabei gewesen, in denen sie eine Viertelstunde am Stück in einem sagenhaften Tempo zum Thema »Schokolade und Antennen« improvisiert hatte, um der Figur der Joni so nah wie möglich zu kommen. Es hatte Applaus von der dreiköpfigen Castingcrew und sechs erhobene Daumen gegeben.

David seufzte und ergab sich seinem Schicksal. Sein Daumen bohrte sich in den Umschlag und riss ihn auf. Es lag ein sorgfältig zusammengefalteter Zettel darin.

David senkte den Kopf und las die Zeilen. Dann sah er Mona an und hob seine rechte Augenbraue.

»Und?«, fragte sie. »Was ist los? Sag doch was!«

»Ich verstehe es nicht«, murmelte David und hielt ihr das Stück Papier entgegen.

Mona seufzte, nahm ihm den Zettel aus der Hand und las.

Hi David,
Diese Zeitmaschine ist für deine Zwecke leider unbrauchbar.
Ich weiß, dass du diesen Worten nicht vertraust, obwohl sie von dir stammen. Deshalb werde ich dich wohl nicht davon abhalten

*können, dass du auf die Suche gehen wirst, trotz deines verletzten
Knöchels. Ich versuche es mit diesem Brief trotzdem, obwohl Joni
meinte, ich könne mir die Zeit sparen.*

Also bleib einfach auf dem Stuhl sitzen und spare deine Kräfte!

*Den Umstand, warum sie nicht funktioniert, kannst du ohnehin
nicht beheben.*

*Ich hoffe, Joni und ich sind bei unserer Mission erfolgreich und
kehren in Kürze zurück.*

Bis bald!

David

*PS: Im Schrank links neben dir findest du Verbände und Salben,
um deinen Knöchel zu behandeln. Im Kühlschrank liegen Kühl-
packs. Gute Besserung!*

*PPS: Bring unbedingt den Karton, der neben dem Schrank steht, so
schnell wie möglich in die Höhle. Das ist sehr wichtig! Denk dran!!*

»Was heißt das?«, fragte Mona. Ihr Körper bebte, und ihre
Hände zitterten. »Kommen wir etwa *nicht* nach Hause?« Sie
wollte Antworten, die ihr David nicht geben konnte.

»Ehrlich, Mona«, sagte David grimmig, »ich habe keinen
blassen Schimmer, was das zu bedeuten hat. Der Text ist so eindeutig uneindeutig, dass ich mir die Zeit wirklich hätte sparen
können oder sparen sollte, ihn zu schreiben.«

Er knüllte den Brief zusammen und warf ihn über die Konsole,
wo er zwischen zwei kleinen, roten Schaltern hängen blieb.

»Die Botschaft ergibt doch keinen Sinn«, sagte Mona und
zog die Stirn kraus. »Ich meine, ich habe echt keine Ahnung
von Physik und Zeitreisen und so, aber das Haus steht ja hier.
Wir können es sehen und anfassen und Kaffee kochen. Irgendwie muss das Teil doch hergekommen sein. Und zwar mit einer

Zeitreise. Das heißt doch, dass die Maschine funktioniert, oder sehe ich das falsch?«

David brummte nur. In seinen Gehirngängen brannten gerade ein paar Sicherungen durch und er war schwer damit beschäftigt, die Rauchschwaden wegzupusten, die dabei entstanden waren.

Er stieß sich mit dem gesunden Fuß vom Boden ab und rollte mit dem Stuhl zu dem Schränkchen neben der Eingangstür. Daneben stand der Karton, der dem Brief nach in die Höhle gebracht werden sollte.

David öffnete die Türen des Schränkchens und fand mehrere Rollen Binden, Pflaster, Salben und eine Schere.

»Kümmern wir uns erst mal um den Fuß«, sagte er und sah Mona auffordernd an.

»Aha, wenn du *wir* sagst, meinst du eigentlich nur mich«. Sie seufzte theatralisch.

»Naja, es ist mein Fuß, insofern werde ich nicht umhinkommen, auch dabei zu sein.« David grinste breit.

Nachdem Mona mit zusammengepressten Lippen den Fuß erst mit der Salbe eingerieben und danach verbunden hatte, ging sie in die Höhle, holte das benutzte Geschirr und brachte es in die Küche. Davids augenblickliche Laune verleitete sie dazu, vorerst einen Bogen um ihn zu machen.

Sie stöberte ein wenig in den Schränken herum und fand einen großen Vorrat an Nudeln.

»Oje«, murmelte sie, denn aus den üppigen Mengen schloss sie einen entsprechend langen Aufenthalt in der Steinzeit.

David saß an der Konsole und trommelte mit den Fingern auf darauf herum. Hin und wieder drückte er eine Taste oder legte einen Hebel um. Es sah für ihn alles vollkommen intakt aus. Sämtliche Lämpchen leuchteten, die Stromversorgung war stabil und der Monitor flackerte kein bisschen. Geduldig wartete er auf die Eingabe von Befehlen.

»Na schön, wie du willst«, sagte David zu ihm und suchte nach Hinweisen in der Datenbank. Wie gebannt starrte er auf den nur ein paar Millimeter dicken Bildschirm aus Glas mit einer unfassbar hohen Auflösung.

»Willkommen in der Zukunft«, brummte er anerkennend.

Mona hatte vorhin etwas Wichtiges gesagt: Die Zeitmaschine hatte funktioniert, denn sie war in der Steinzeit angekommen.

Warum – zum Geier – schrieb er sich einen so inhaltslosen Brief, der ihn dazu brachte, nur noch an dieses eine Thema zu denken? Das ergab alles keinen Sinn. Noch nicht.

Vorsichtig rutschte er vom Stuhl und brachte sich mit den Händen zum Boden. Dann schob er langsam den Po stückweise vorwärts und gelangte so unter die Konsole.

Dabei hielt er den verbundenen Fuß hoch. Die Schmerzen waren immer noch stark. Sie zogen wie ein Messer durch seinen ganzen Körper. Der Verband stabilisierte den Knöchel jedoch gut und er knickte nicht mehr so leicht weg.

»Zahnräder?« David starrte auf die Konstruktion.

»Wer hat sich denn den Blödsinn einfallen lassen? Bestimmt Ecki.«

Er knurrte, schüttelte den Kopf und fand nichts, was ihm weitergeholfen hätte, um zu verstehen, warum die Zeitmaschine unbrauchbar sei. Auch hier hatte alles seine Ordnung.

Umgekehrte Psychologie kam ihm in den Sinn. Vielleicht war die Zeitmaschine gar nicht unbrauchbar. Sein zukünftiges Ich wollte nur nicht, dass sie diesen Ort und diese Zeit verließen, und implizierte mit dem Brief lediglich einen Defekt.

Die Gedankenstrudel in Davids Kopf drehten sich schneller. Konnte er zu sich selbst so hinterhältig sein und derart simple Taschenspielertricks nutzen?

Bei einer ungeschickten Bewegung zog ein heftig brennender Stich durch seinen Knöchel. Reflexartig hob er den Oberkörper und stieß mit dem Kopf gegen die Konsole.

»Ah, verdammt!«, schrie er und sackte auf den Boden zurück.

Von dem Schrei aus ihren Gedanken gerissen, lief Mona zu ihm.

»Was ist los? Alles okay?«, fragte sie.

»Ja, klar, *alles* ist okay«, sagte David und schnaufte laut.

Stöhnend schob er sich zurück zum Stuhl und mit Hilfe von Mona setzte er sich wieder auf ihn.

Er stützte seinen Kopf in die Hände und nahm einen tiefen Atemzug. Damit hoffte er, seinen Geist klären und die Schmerzen lindern zu können.

Mona wagte kein Wort zu sagen und stand unschlüssig an der Tür. Am liebsten wäre sie wieder gegangen, aber sie mochte David in dieser Situation auch nicht allein lassen.

»Nein!«, entfuhr es David in diesem Moment und er hob den Kopf.

»Nein!«, wiederholte er lauter und richtete seinen Oberkörper auf.

»Nein! Nein! Nein! Das ist nicht wahr!« Er schlug die Hand auf die Konsole. Mona zuckte zusammen.

Hastig nahm er die Tastatur und tippte Daten ein. Enter.

Fluchen.

Neue Daten. Enter.

Fluchen.

Mit einem letzten Funken Hoffnung noch ein Versuch. Enter.

Kein Fluchen.

Stattdessen sackte er auf seinem Stuhl wie ein nasser Sack in sich zusammen und sagte nichts mehr.

»Was ist denn los?«, fragte Mona, die nichts von alledem verstehen konnte. Sie nestelte unaufhörlich mit ihren Fingern am Saum ihres Hemdes herum.

Stille.

»Verdammt, David, rede mit mir!«, flehte sie. »Ich will wissen, was los ist!«

David drehte den Stuhl herum und sah in ihr von Sorge und Nervosität verzerrtes Gesicht.

»Es tut mir leid«, sagte er leise. »Ich wollte dich nicht erschrecken. Aber wenn ich etwas nicht ausstehen kann, dann, wenn ich etwas nicht verstehe. Und ich habe es nicht gleich verstanden. Die Zahnräder haben mich aus dem Konzept gebracht. Die Zeitmaschine funktioniert.«

Monas Gesicht hellte sich auf, doch David fuhr fort.

»Mit einem Haken.«

Das hoffnungsvolle Schimmern in ihrem Gesicht erlosch.

»Das Ding kann nur in die Vergangenheit reisen, nicht in die Zukunft.«

»Ach, David, jetzt hast du mich erschreckt«, sagte Mona sichtlich erleichtert, und das fröhliche Schimmern leuchtete wieder auf. »Was für ein Glück, dass wir nicht in die Zukunft wollen, sondern nur in unsere Epoche zurück.«

»Das ist von hier aus gesehen die Zukunft«, erwiderte David trocken.

Mona öffnete den Mund, als wollte sie was sagen. Doch sie blieb stumm. Dafür hatte sie ihre natürliche Gesichtsfarbe gegen ein Schneeweiß getauscht und sah aus wie eine frisch gestrichene Wand. Selbst ihre Lippen hatten ihr gesundes Rot verloren und zitterten.

»Wir sind einzig und allein darauf angewiesen, dass die älteren Versionen von uns nicht versagen und die Geschichte am Laufen halten«, meinte David.

Er dachte kurz nach, und eine Idee ploppte auf. Am liebsten wäre er aufgesprungen, aber der stechende Schmerz im Bein wartete schon händereibend auf die nächste ungeschickte Bewegung.

»Mona!«, rief er stattdessen. »Das Haus von Janis steht doch noch im Wald. Wahrscheinlich jedenfalls. Wenn wir dort hingehen und eine Nachricht hinterlassen würden, könnte uns zur Not auch Janis nach Hause bringen, vorausgesetzt Joni und Ecki finden sie.«

Er legte den Zeigefinger auf den Mund.

»Mich kriegen keine zehn Pferde in den Wald«, sagte Mona und hielt ihre Hände abwehrend nach vorn. »Nicht noch mal. Nicht mit einem Verletzten an der Backe. Ich habe das verdammte Drehbuch gelesen und mir ist der Bär nicht entgangen ...«

»Wir haben bestimmt noch irgendwo Pfefferspray ...«

»Das nicht geholfen hat! Verdammt noch mal, ich habe das Drehbuch gelesen!« Mona schrie so laut, dass ihre Halsader bedrohlich anschwoll und zu platzen drohte. Außerdem hatte das kreidebleiche Weiß in ihrem Gesicht einem kräftigen Dunkelrot Platz gemacht. Sie drehte sich herum und lief in die Küche.

David hörte sie schluchzen. Er sah ein, dass es verschenkte Zeit wäre, mit Mona über diese Möglichkeit zu sprechen. Zudem konnte er die Schritte, die er mit seinem verletzten Knöchel schaffte, an einer Hand zählen.

Zu gern hätte er das Haus seiner Tochter gesehen. Er war der Einzige, der es nicht kannte.

Pragmatisch betrachtet hatte es einen kurzen Moment in diesem Abenteuer gegeben, in dem es dieselbe Zeitmaschine gleich dreimal zur selben Zeit gab. Absurd an dieser Tatsache war, dass bislang keine einzige ein Entkommen aus der Steinzeit erlaubt hatte.

Seufzend legte David seinen Kopf in die auf der Konsole aufgestützten Hände und versuchte, einen klaren Gedanken zu fassen.

Schnaufend wie zwei Dampfloks bahnten sich Joni und Ecki den Weg durch den Wald. Sie folgten tapfer und entschlossen den Spuren auf dem weichen Boden. Manchmal, wenn der

Untergrund fester war und Fußabdrücke nicht eindeutig zu erkennen waren, mussten sie eine Weile suchen, bis sie sicher waren, in die richtige Richtung zu gehen.

»Boah, Joni, bleib mal kurz stehen«, sagte Ecki und japste nach Luft. »Ich habe echt krasse Seitenstiche. Eine Pause, bitte!«

Joni musterte das schmerzverzerrte Gesicht.

»Du hattest dir doch nach dem Jahreswechsel vorgenommen, ins Fitnessstudio zu gehen.« Sie stemmte die Arme in die Hüften und zog eine Schnute.

»Ja, ich habe mich sogar angemeldet, gleich nebenan im *Fit und Fun* Studio.«

»Und da stehst du jetzt auf der Warteliste, oder was?!« Joni hob die Augenbrauen.

»Hä? Nein! Ich bin richtiges Mitglied, mit Beitrag und allem Drum und Dran.«

»Ecki?«

»Ja?«

»Warst du einziges Mal da?«

»Na klar«, murmelte Ecki, »aber an dem Abend war mehr Fun als Fit angesagt. Der Kater am nächsten Morgen war ein beschissener Tiger.«

Joni stieß einen beachtlichen Seufzer aus.

»Los, trink was und dann geht es weiter«, sagte sie, »ich habe keine Minute Ruhe, solange ich nicht weiß, was mit Janis passiert ist.«

Ecki legte den Finger auf den Mund.

»Psst«, machte er.

»Was denn?«

»Hör doch mal!«, er zeigte erst auf sein Ohr und dann in die Ferne.

Joni hielt die Luft an. Geräusche lagen in der Luft. Stimmen. Geplapper. Fröhliches Kindergeschrei.

Die beiden sahen sich an. Ihre Herzen rasten. Kalter Schweiß bildete sich auf der Stirn und auf dem Rücken. Der Atem legte an Tempo zu.

Ecki formte fast lautlose Worte mit seinem Mund. »Langsam. Leise. Da lang. Pass auf, dass du nicht auf größere, morsche Äste trittst. Zu laut.«

Joni nickte nur.

Vorsichtig gingen sie weiter und folgten dem Lärm. Sie schlichen geduckt, behielten Bäume im Rücken, sahen sich unablässig um. Mit den Händen gaben sie sich Zeichen und kamen sich wie Spione vor. Ständig blieben sie stehen, um die Umgebung nach Speeren in den Händen von Urmenschen abzusuchen.

Nach knapp einhundert Metern, die sie in einer beeindruckenden Zeit von einer Viertelstunde zurückgelegt hatten, gelangten sie an einen Hang. Unter ihnen senkte sich der Waldboden ab und endete in einem offenen Gelände.

Auf dieser Fläche standen, saßen und liefen etwa zwanzig Menschen, … oder besser gesagt Urmenschen, umher. Einige waren damit beschäftigt, das Feuer zu bewachen. Andere schliefen. Kleine Kinder rannten im Kreis, lachten und schrien.

Zur linken Seite sahen sie ein paar Felsen, die mit Ästen und Blattwerk abgedeckt waren. Offenbar war eine Frühform des Dachs erfunden worden.

Auf der rechten Seite lagen mehrere Tierkadaver und Felle. Daneben standen Lanzen, die in den Boden gestochen worden waren. Sie ragten wie faule Zähne in einem Maul aus der Erde. Zwei Männer waren mit der Beute beschäftigt und zerlegten sie in ihre Bestandteile.

Ecki und Joni beobachteten die Gruppe eine Zeit lang mit glänzenden Augen.

»Es ist wieder so faszinierend, diese Menschen zu beobachten«, flüsterte Joni. »Am liebsten würde ich zu ihnen gehen und *Hallo* sagen oder *Bo*.«

»Das lässt du schön bleiben«, flüsterte Ecki energisch zurück.
»Wer weiß, wie die drauf sind. Sieh dir nur an, was sie von den
Rehen, oder was auch immer das für Tiere mal waren, übrig-
gelassen haben. Willst du auch so enden?«

»Nein danke«, meinte Joni und hielt sich die Hand vor den
Mund. Die aufgeregten Fliegenschwärme, die um das Aas schwirrten, sahen sie selbst aus größerer Entfernung. »Außerdem sind wir
hier, um Janis zu finden. Aber ich kann sie nirgendwo entdecken.«

»Ich auch nicht und ich hoffe, wir sind nicht der falschen Spur
gefolgt«, sagte Ecki und wurde blass. »Stell dir nur mal vor, wir
sind in die komplett entgegengesetzte Richtung gelaufen, nur
weil die Abdrücke im Moos uns das eingeredet haben.«

»O nein.« Joni wurde bei diesem Gedanken ebenfalls blass.
Spukfiguren aus einer Gespensterbahn hätten nicht entsetzlicher
aussehen können.

»Wir beobachten die noch eine Weile, und wenn wir Janis dort
nicht erblicken, gehen wir weiter oder zurück zum Haus.«

Joni nickte.

Sie nahmen die Rucksäcke von den Schultern, legten diese vor
sich ab und kauerten sich tief auf den Boden. Dann beobachteten
sie stumm die Szene.

Ecki wollte Joni fragen, ob sie einen der Urmenschen wieder-
erkannte, als beide zeitgleich spürten, dass sich etwas Spitzes in
ihre Rücken bohrte.

Erschrocken hielten sie die Luft an und wagten nicht, sich zu
rühren. Ihre Herzen klopften bis zum Hals.

Nicht der leiseste Laut hatte sie vorgewarnt.

»Scheiße«, flüsterte Joni.

»Wollen wir uns gleichzeitig umdrehen?«, fragte Ecki heiser.

»Ach was, wir sollten nichts überstürzen. Ich halte es noch eine
Weile in dieser Position aus und genieße die Aussicht«, erwiderte
Joni starr wie eine Statue.

»Nun macht euch mal nicht in die Hosen«, sagte eine Stimme hinter ihnen.

»Hä?« Langsam drehte sich Joni herum.

»Janis!«, sagte sie und fiel mit dem Hintern ins Gras.

»Was macht ihr denn hier?«, fragte Janis. Sie pustete an ihren Zeigefingern wie an zwei Revolvern. Vor einigen Sekunden hatten sie noch Angst verbreitet, nun fielen sie wieder in einen Zustand von akuter Harmlosigkeit zurück.

»Die Frage ist eher, was *du* hier machst«, sagte Ecki, dessen Herz ein paar Gänge runterschaltete.

Janis hockte sich hin und flüsterte: »Ich war auf dem Weg zu meinem Haus. Da glaubte ich, Woody gesehen zu haben. Also habe ich mich auf die Socken gemacht und bin ihm gefolgt. Die Spur endete nicht weit von hier. Als ich mich ein wenig umschaute, habe ich die Menschen dort entdeckt. Ich fand den Anblick super interessant und außerdem hast du«, sie sah Joni an, »so oft und liebevoll von der Zeit bei ihnen gesprochen. Also habe ich die Nacht hier verbracht, um sie zu beobachten. Naja, und ehrlich gesagt war es schon zu dunkel, als dass ich den Weg zurück zum Haus hätte gehen können.«

»Was? Du hast ganz allein hier geschlafen? Bist du lebensmüde?« Joni schnappte nach Luft und legte ihre Hand auf Herz.

»Ja, Mama, kann sein. Komm wieder runter, ich lebe ja noch. Jedenfalls, Woody habe ich nicht gefunden, deswegen wollte ich mich nun eigentlich auf den Weg zurück machen. Und auf einmal sehe ich euch da in dem Gras knien.«

Joni schüttelte den Kopf. »Wie kannst du nur allein so tief in den Wald gehen und dann auch noch die Nacht hier verbringen? Woody hin oder her. Was da alles hätte passieren können!«

»Ich bin halt neugierig«, meinte Janis schulterzuckend.

»Von wem sie das wohl hat?«, fragte Ecki und sah Joni an. Die wollte gerade protestieren, als die Spitze einer Lanze in ihr Blickfeld rutschte. Der folgten zwei grimmig schauende Urmenschenaugen.

Erschrocken verlor Joni rückwärts kippend das Gleichgewicht und wollte sich an Ecki und Janis festhalten. Damit brachte sie die beiden ebenfalls aus der Balance und direkt in die Bewegung.

Schreiend kullerten und rutschten sie den sandigen Abhang hinunter, purzelten kopfüber und landeten als chaotisches Häufchen Elend direkt vor der Feuerstelle.

Staubwolken zeichneten ihren Weg nach. Tannenzapfen, Blätter und Stöckchen hatten sie begleitet und lagen unter und neben ihnen.

»Scheiße nochmal.«

Stöhnend sammelten sie ihre Gliedmaßen zusammen und entzogen sich schwerfällig dem Knäuel, zu dem sie geworden waren. Hustend und sich den Staub aus den Augen reibend, versuchten sie sich aufzusetzen.

Die Lanze war ihnen gefolgt und prangte nun mit zweifacher Verstärkung direkt vor ihren Nasen.

Ihre Hintern plumpsten auf den Boden zurück. Sie starrten in die aufgebrachten Gesichter der Urmenschen.

David war mit Hilfe von Mona zurück in die Höhle gehumpelt.

»Ich brauche frische Luft«, hatte er gesagt und kaute seither auf seinen Problemen herum. Griesgrämig warf er alle Stöcker, die er aus seiner Position heraus ergreifen konnte, in die Feuerstelle, als wolle er die Höhle aufräumen.

Aufräumen!

Ja, das war ihr Plan gewesen. Nun saß er nutzlos herum und musste zusehen, wie die Zeit vor sich hinplätscherte.

Mona hatte sich eine Tasse Tee gekocht, in der Hoffnung, sie möge sie ein wenig beruhigen. Sie saß weit hinten in der Höhle, den Kopf an die Wand gelegt, und hing ihren Gedanken nach.

Ein Rauschen füllte die Luft. Der Geschmack von Metall legte sich auf die Zunge der Wartenden.

David sah auf. Das konnte nur bedeuten, dass …

Richtig.

Sein Zeitreisehaus, also das, mit dem er, Joni, Ecki und Mona in der Steinzeit gelandet waren, materialisierte.

Davids Rücken wurde kerzengerade. Auch Mona sah auf.

Husten und hektische Stimmen drangen aus dem Haus. Die Tür wurde aufgestoßen. Der ältere David und die ältere Joni stolperten heraus. Sie hielten einander fest, als versuchten sie beide, den Fall des jeweils anderen aufzufangen.

»Siehst du, wir sind nicht zu spät«, sagte Joni und schaute auf den David in der Höhle.

»Freu dich nicht zu früh«, sagte der ältere David und schob seine Brille hoch.

»Mach schon, wir haben keine Zeit«, meinte Joni und zog ihren David am Ärmel.

»Warte, warte!« Er leistete nur wenig Widerstand, aber brachte damit ihre Bewegung zum Stillstand. Unsicher machte er einige Schritte auf die Höhle zu.

Der dort sitzende David wollte gerade zum Sprechen ansetzen, doch sein älteres Ich hob die Hände.

»Tut mir leid, wir müssen gleich weiter. Aber zwei wichtige Informationen muss ich dir noch geben.«

Er fuhr sich durch die Haare und suchte offensichtlich nach den passenden Worten.

»Mach schon!« Joni trampelte ungeduldig mit den Füßen.

»Erstens: Die meisten Tiere haben Angst vor dem Feuer. Merk dir das!«

David in der Höhle zog die Stirn kraus. Das konnte doch nicht wahr sein! Was redete er denn da? Dennoch streckte er seine Hand automatisch nach den Streichhölzern aus, die vor ihm lagen.

»Und zweitens hoffe ich, dass du den Karton mit dem Ersatz-akku mitgenommen hast, denn ...«

»David!«, kreischte Joni erschrocken und schnappte nach dessen Ärmel. Der sah die Ursache des Schreis und ließ sich widerstandlos in sein Haus ziehen. Mit einem kräftigen Schwung knallte die Tür zu.

Nun erblickte auch David in der Höhle, was die überstürzte Flucht der beiden ausgelöst hatte.

Ein kräftiger Säbelzahntiger näherte sich gemächlich von der Seeseite aus. Er knurrte, fauchte und präsentierte sein makelloses Gebiss.

Eine Sekunde lang war David wie gelähmt.

Mona stieß einen gellenden Schrei aus, der bis zum Ende der Welt zu hören sein musste. Wer weiß, welche Aliens sie damit anlocken würde. Ihre Augen weiteten sich. Die Tasse fiel zu Boden und der Tee ergoss sich auf die Erde.

David presste die Lippen zusammen und ertastete mit zitternden Händen ein Streichholz. Er wagte nicht, den Blick von dem Tier zu lösen.

Ratsch. Das Streichholz brach entzwei.

Der Tiger hatte anscheinend sein Frühstück identifiziert, denn er kam nun direkt auf die Höhle zu.

Zweiter Versuch. Ratsch. Das Streichholz flammte kurz auf und erlosch sofort wieder.

Der Tiger fixierte seine Beute und überlegte wohl, welcher der beiden Leckerbissen seine Vorspeise und welcher sein Hauptgang werden würde.

Davids Hände zitterten wie beim besten Schüttelfrost.

Im Haus vom älteren David und seiner Joni war währenddessen unüberhörbar eine heftige Diskussion ausgebrochen.

Dritter Versuch. Ratsch. Wieder zwei Hälften.

Der Tiger brachte sich in Position. Seine fest aufgesetzten

Vorderpfoten und seine unruhigen Hinterbeine ließen unzweifelhaft erkennen, dass er zum Sprung ansetzte.

Aus der Höhle drang ein Klagelied. Es war beeindruckend, in wie vielen Oktaven Mona »O Gott, o Gott« jammern konnte. Sie hätte als Opernsängerin sicher auch Karriere machen können.

Vierter Versuch. Ratsch. Das Streichholz flammte auf.

Der Tiger zuckte zusammen.

Mechanisch warf David das brennende Stäbchen in die Feuerstelle.

Sofort loderte das trockene Holz auf.

Der Tiger hüpfte erschrocken zwei Handlängen nach hinten. Er bleckte die Zähne und fauchte.

Es war klar, dass er nur einen kurzen Schreck bekommen hatte und sich nicht von seinem Vorhaben abbringen lassen würde. Hunger war unter Umständen stärker als Angst.

Wieder drückte er seinen Körper auf den Boden. Die Krallen seiner Vorderpfoten gruben sich tief in die weiche Erde.

David nahm einen längeren Stock, hielt dessen Spitze ins Feuer und brachte sich mit den schwitzenden Händen an der Höhlenwand hoch zum Stehen. Sein Herz klopfte wild in seiner Brust. Schweiß rann über seine Schläfen.

Er schluckte und humpelte, seine Fackel vor sich haltend, stückweise vorwärts. Mit dem anderen Arm versuchte er, das Gleichgewicht zu halten, wenn er den lädierten Fuß setzen musste.

Jäger und Gejagter hatten soeben die Rollen getauscht. Zumindest hoffte David das. Andernfalls hatte er keine Idee, wie die Szene weitergehen sollte.

Der Tiger und David schauten einander in die Augen. Unsicher. Argwöhnisch. Unwissend, was der nächste Schritt des Gegenübers sein würde.

Was für ein schönes Tier, dachte David, obgleich seine Instinkte

170

geschärft waren, wie es bei Urmenschen schon der Fall gewesen war. Nur so hatte die Menschheit überleben können.

Flucht oder Verteidigung? Das war die Frage. Das Adrenalin stand für beide Fälle zur Verfügung, der verstauchte Knöchel allerdings eignete sich für keine der Konstellationen.

David schluckte erneut.

Der Tiger starrte misstrauisch ins Feuer.

Mona jaulte ihre Arie.

Das Haus mit David und Joni verschwand.

»Was zum Geier ...« David schaute irritiert auf die verwaiste Stelle, auf der das Haus gestanden hatte, und das plattgedrückte Gras.

Ohne es bewusst wahrzunehmen, hatte er die Hand mit seiner Fackel tiefer gesenkt. Dadurch gelangte sie dichter in Augenhöhe des Tigers.

Das Tier heulte auf und fauchte. Langsam kroch es rückwärts. Seine Muskeln waren angespannt. Jede Sehne zeichnete sich deutlich unter dem Fell ab.

Nach ein paar Metern drehte es sich blitzartig herum und preschte davon. Sekunden später war es zwischen den Bäumen nicht mehr zu sehen.

Mona gönnte sich endlich eine Pause von ihrem Stimmtest. Verdient. Erschöpft sank sie auf alle viere und japste nach Luft. Ihre Augen waren unverändert weit aufgerissen.

David drehte sich herum. Er schaute verblüfft auf die Fackel, als könne er selbst nicht glauben, damit einen Säbelzahntiger verjagt zu haben.

Mit weichen Knien humpelte er zur Höhle zurück und sackte neben der munter flackernden Feuerstelle zu Boden. Er legte den Kopf an die Wand und schloss die Augen.

Allmählich gewann Mona ihre Fassung zurück.

»Keine Höhlenbären, dafür Dinosaurier und Tiger«, murmelte sie. »Ich habe aber auch Glück.«

Sie trank einen Schluck aus der Rumflasche, verzog angewidert das Gesicht und krabbelte an David heran.

»Lass das Feuer bloß niemals ausgehen«, sagte sie. »Niemals!«

David rührte sich nicht.

»He, sag mal, bist du eingeschlafen?«, fragte Mona und rüttelte sanft an seinem Arm.

Als würde er aus einer Trance erwachen, öffnete David seine Augen und schaute Mona an.

»Was ist denn mit dir los?« Mona versuchte, in seinem abwesenden Blick eine Antwort auf ihre Frage zu finden.

Seufzend setzte sie sich neben ihn und begann zu plappern.

»So viel Angst habe ich in meinem ganzen Leben noch nicht gehabt. Man sieht ja nicht alle Tage einen Säbelzahntiger in Aktion. Aber du hast das echt gut gemacht. Wirklich! Wo hast du nur den Mut hergenommen? Ich konnte mich vor Angst nicht mal bewegen. Gut, dass du ... also dein *anderes* Du, den Tipp mit dem Feuer gegeben hat. Ich bin heilfroh, dass unser Haus wieder da ist. Jetzt müssen nur noch Joni und Ecki zurückkommen und ... «

»Sei doch *bitte* einen Moment still«, sagte David matt, aber bestimmt.

Mona verstummte augenblicklich. Irgendwas braute sich in Davids Kopf zusammen. Aber was?

Ruhe legte sich über die Höhle, eine Ruhe, die nur durch das Knistern des Feuers gestört wurde.

Tiger. Feuer. Haus. Was hatte der ältere David gesagt? Ersatzakku?

»Wieso Ersatzakku?«, fragte David und zog die Stirn kraus.

Mona wollte mit den Schultern zucken, merkte jedoch im selben Moment, dass die Frage nicht ihr galt.

Trotzdem schaute David ihr jetzt direkt in die Augen.

»Wieso Ersatzakku?«, fragte David noch einmal und wesentlich lauter.

So sieht es also aus, wenn Geniegehirne arbeiten, dachte Mona und mühte sich ein Lächeln ab.

»Der Akku wird doch über die Solarpaneele geladen, oder?«, fragte Mona und staunte über ihre eigene Intelligenz.

»Hilf mir, in unser Haus zu kommen«, sagte David, ohne auf ihre Frage zu antworten, und stemmte sich schon hoch zum Stehen.

Mona stöhnte innerlich. Es war ihr ein Rätsel, wie man mit David ein Gespräch führen konnte.

»Nimm die Fackel mit«, sagte sie nur und half danach wortlos.

Im Haus sah alles normal aus. Die Konsole erweckte nicht den Eindruck, dass irgendetwas nicht stimmen konnte.

Zum zweiten Mal an diesem Tag untersuchte David die Technik seiner Erfindung auf mögliche Fehler. Es gab keine Probleme bei der Stromzufuhr, wie er zunächst vermutet hatte. Die Paneele waren angeschlossen und arbeiteten einwandfrei. Kein Wunder, die Sonne schien fröhlich darauf.

David beobachtete eine Weile den Akkustand. Und auf einmal erkannte er das Dilemma. Der Strom, der in das System eingespeist wurde, wurde im gleichen Atemzug verbraucht. Aber wieso wurde der verbraucht? Die Maschine lief nicht mal auf Hochtouren.

»Geh doch mal in die Küche und prüfe, ob da noch irgendein Gerät angeschaltet ist«, bat er Mona.

Ein Schweißtropfen bildete sich auf seiner Stirn und lief über seine Schläfe.

»Es ist alles ausgeschaltet. Sogar der Kühlschrank wurde ausgestellt. Also alles okay in der Küche«, meldete Mona kurze Zeit später und hoffte, dass das eine gute Nachricht sei.

»Das ist eine schlechte Nachricht«, sagte David.

Er hatte herausgefunden, dass ein Defekt im Akku selbst vorlag. Der Strom konnte zwar dorthin eingespeist, aber nicht vollständig gespeichert werden. Irgendwo in dem Ding musste eine Verbindung nicht mehr funktionieren, sodass es mehr Strom verbrauchte, als es abgeben konnte.

»Ich koche uns erst mal einen Tee«, sagte Mona erschöpft.

»Nein!«, rief David und sprang auf, nur um von dem Schmerz, der von seinem Fuß in das Bein schoss, zurück auf den Stuhl gebracht zu werden.

»Wir dürfen keinen Strom verbrauchen«, erklärte er schnell. »Kein Tee. Kein Kaffee. Kein Licht.«

»Also auch keine Nudeln?«, fragte Mona irritiert.

David schüttelte den Kopf und versuchte, Mona das Problem zu erklären.

»Stell Dir ein Fass vor, in das von oben Wasser reinfließt. Irgendwo in diesem Fass gibt es jedoch ein Loch, aus dem ein wenig mehr Wasser rausfließt als oben hinein. Beobachten wir dieses Fass eine Weile, wird es irgendwann leer sein.«

»Dann stopfe dieses Loch«, sagte Mona.

»Geht nicht«, erwiderte David. »Ich habe weder Werkzeug noch Material noch das Wissen, wie ich den Akku öffnen und reparieren könnte. Ich kann Zeitmaschinen bauen, aber ich bin kein Elektriker.«

Mona zog die Stirn kraus.

»Warum hast du die Kiste mit dem Ersatzakku nicht aus dem anderen Haus rausgeholt, so wie es auf dem Zettel stand?«

»Ich dachte, wir haben noch Zeit.«

Jetzt lief Mona rot an und ihre Fäuste ballten sich.

»Das Einzige, was es bei dieser blöden Zeitreise offenbar nicht gibt, ist Zeit!«, schrie sie. »Es ist keine Zeitreise, sondern nur eine Reise, eine verdammt blöde Reise.«

174

Joni, Ecki und Janis schauten auf die Speerspitzen, die vor ihren Nasen schwebten. Sie saßen nebeneinander auf dem Boden. Statt in die verdrießlichen Gesichter von Urmenschen zu blicken, hätten sie lieber nach ihren Blessuren geschaut. Von ihrem kleinen Fall-Roll-Rutsch-Experiment taten ihnen alle Knochen weh.

Die eine oder andere blutige Schramme zog sich über ihre Arme und Beine. Joni hatte sich eine Platzwunde direkt neben ihrem Mund eingefangen, die blutete und leicht angeschwollen war.

Die Einzige, die dank ihrer robusten Kleidung einigermaßen glimpflich davongekommen war, war Janis. In einem ihrer Hosenbeine klaffte zwar ein schmaler Riss, ansonsten jedoch war sie unversehrt.

Einer der Männer machte einen halbgegrunzten Laut und fuchtelte mit seinem Speer herum.

»Ich glaube, wir sollen aufstehen«, sagte Joni.

Die drei versuchten, sich vom Boden zu erheben. Doch sofort entstand Geschrei unter den anwesenden Frauen und den Kindern.

Die grimmigen Gesichter der Speerträger wurden noch grimmiger und brüllten.

Sofort sackten die Hintern wieder auf den Boden.

»Bo«, sagte Joni sacht und versuchte ein Lächeln.

Über den Köpfen der Männer erschienen Fragezeichen. Einer grunzte, die anderen beiden blieben verunsichert.

»Bo«, wiederholte Joni. Ihre Stimme hatte etwas Kraft gewonnen.

Die Männer schauten einander an und kniffen die Augen zusammen.

»Bo?«, fragte eine Stimme aus dem Hintergrund.

»Ja! Bo!«, rief Joni nun in die Richtung, aus der die Frage gekommen war.

Aus der Höhle kroch ächzend ein älterer Mann hervor. Seine Behaarung schimmerte grau. Falten überwucherten sein dunkles Gesicht. Seine Bewegungen waren schleppend. In der Hand zog er schlaff eine Keule hinter sich her.

Er hustete, erhob sich und kam langsam zu den dreien und ihren Bewachern.

Es fiel ihm schwer, aufrecht zu stehen und zu laufen. Das machte sein in die Jahre gekommenes Skelett offenbar nicht mehr mit. Mit krummem Rücken kam er schildkrötengleich näher.

Die Männer mit den Lanzen traten ein wenig zur Seite und gaben die Sicht auf ihren neuesten Fang frei.

Der Alte ächzte und stöhnte. Jeder Schritt kostete offenbar viel Kraft. In seinem Atem lag ein leiser Pfeifton.

Schnaufend blieb er vor Joni, Ecki und Janis stehen und schaute sie an. Seine Blicke streiften die ulkige Kleidung, angefangen bei den Boxershorts, weiter zu der robusten Outdoor-Kleidung bis hin zu einem leicht lädierten Decken-Poncho. In Jonis Gesicht endete die Erkundung. Die trüben Augen des Alten weiteten sich.

Jetzt waren auch über seinem Kopf eindeutig fette Fragezeichen zu erkennen, die fröhlich platzten, nur um sich sofort wieder neu zu bilden.

»Bo«, sagte er krächzend und zeigte auf Joni.

»Scheiße«, sagte diese und öffnete wie ein verblüffter Fisch den Mund.

»Was?«, fragte Janis ungeduldig. »Was ist denn? Könntest du dir endlich mal angewöhnen, nach dem Fluchen weiterzusprechen? Rede schon!«

Doch der Fisch sagte nichts. Stattdessen schaute er den Urmenschen baff, aber auch liebevoll an.

Endlich klackerte bei Ecki die Münze durchs Getriebe und fiel mit einem lauten Scheppern in die Erleuchtung.

»Das ist unser alter Kumpel Nero«, sagte er.

Die Speerträger wichen auf einen Wink von Nero hin etwas zurück und gaben den dreien mehr Raum, sich zu bewegen. Nun konnten sie endlich aufstehen.

In ihrer veränderten Position überragten sie die Männer samt Nero fast um eine ganze Kopflänge. Nero schien kleiner geworden zu sein. Kein Wunder, sein krummer Rücken hatte ihn sicher einige Zentimeter seiner Größe gekostet.

»Verdammt, ist der alt geworden«, flüsterte Joni. »Er war neulich noch taufrisch. Oder hat David sich verrechnet und wir sind doch später gelandet?«

»Nein, nein«, sagte Ecki, ohne die Augen von ihrem im doppelten Wortsinn *alten Bekannten* zu lassen. »Die Menschen sind in der Steinzeit viel schneller gealtert und früher gestorben als wir. Die Queen und Einstein zum Beispiel leben mit Sicherheit nicht mehr. Nero war bei unserer ersten Reise vielleicht fünfundzwanzig oder dreißig Jahre alt. Ein Mann im besten Alter. Jetzt, mit Ende dreißig, vielleicht Anfang vierzig, gehört er zu den alten Hasen, die im Lager bleiben und nicht mehr auf die Jagd gehen.«

Interessiert lauschte Nero dem Klang der Stimmen, die vor sehr langer Zeit schon einmal in sein Ohr gedrungen waren. Sein typischer, verblüffter Blick hatte sich nicht verändert.

»Erkennt ihr vielleicht noch jemanden wieder?«, fragte Janis und schaute sich mit minimalen Bewegungen um.

Sowohl Joni als auch Ecki schüttelten die Köpfe, wagten jedoch ebenfalls kaum, sich zu rühren.

»Nein, leider nicht, jedenfalls nicht auf den ersten Blick«, antwortete Ecki.

»Bo!«, sagte nun Nero und zog die Augenbrauen zusammen.

»Du bist dran«, sagte Ecki an Joni gewandt.

»Wieso ich?«

»Du warst immer die Dolmetscherin in unserem Team.« Joni verschränkte die Arme.

»Die Zeiten haben sich geändert«, sagte sie. »Ich muss vorsichtiger sein als früher und überlegter handeln. Die wilden Jahre sind vorbei. Immerhin bin ich jetzt eine Mama.«

Ecki quetschte ein Lachen heraus.

»So ein Blödsinn. Du bist noch keine Mama.«

»Einspruch, euer Ehren und ich verweise in diesem Zusammenhang auf Beweisstück A«, widersprach Joni und zeigte auf Janis.

»Ach, jetzt bin ich ein Beweisstück?«, fragte das Beweisstück in gespielter Beleidigung und hob die Augenbrauen.

»Joni«, meinte Ecki, »es ist wohl nicht von der Hand zu weisen, dass du *jetzt* noch keine Mutter bist.«

Janis stupste ihn an der Schulter an.

»Um das mal richtig zu stellen: Genau genommen ist *jetzt* noch niemand von uns überhaupt geboren und trotzdem befinden wir uns in diesem sehr realistischen Dilemma.«

Ecki wollte gerade lauthals protestieren, doch ein wütendes »Argh« unterbrach seine Empörung.

Nero hatte das wirre Gezwitscher der drei komischen Vögel offensichtlich satt. Er hatte die ungebetenen Gäste während ihres Gesprächs angeglotzt, als wären sie fliegende Einhörner.

Allmählich gewann er wohl die Fassung zurück.

»Argh«, sagte er erneut und die Männer brachten die Lanzen wieder dicht vor die Nasen von Joni, Ecki und Janis. Auch er selbst hob nun die Keule, die er die ganze Zeit in der Hand gehalten hatte, und legte den oberen Teil in die andere Hand.

»Echt, Nero, es tut mir leid«, sagte Joni. »Wenn ich gewusst hätte, dass wir uns wiedersehen, hätte ich mir was Hübscheres angezogen und einen Kuchen mitgebracht ...«

»Argh!«, schrie Nero.

»Argh!«, schrien die Lanzenträger.

»Scheiße«, jammerte Joni.

Mona war schmollend ins Schlafzimmer gegangen und hatte sich mit angezogenen Beinen aufs Bett gelegt. Gefangen in einem Albtraum, in dem die Akteure stets das Gegenteil von *richtig* machten, war sie tief in Selbstmitleid versunken.

David starrte derweil auf den Monitor und klopfte ungeduldig auf der Tastatur herum. Auf dem Bildschirm erschien ein dickes, rotes Feld, in dem eine Zahl blinkte.

»Zum Geier ...«, flüsterte er. »Mona hat recht, die Zeit reicht nicht.« Hastig fuhr er sich durch die Haare.

Mit zusammengepressten Lippen und Augen stand er auf und humpelte durch den schmalen Flur. An der Schlafzimmertür blieb er stehen, klopfte an und öffnete sie beinahe im selben Augenblick.

»Verdammt, David, du kannst doch hier nicht einfach ...«

»Drei Stunden!«

»Hey, ich rede und ich habe gesagt ...«

»Drei Stunden!!«

»Gibt es hier nicht mal fünf Minuten, die ich alleine sein darf, oder was?!«

»Drei Stunden!!!«

David hatte immer lauter gesprochen.

Mona erwiderte nichts mehr. In den letzten Tagen hatte sie ihn ein wenig kennengelernt.

Wurde David laut, war es ernst.

Wurde er lauter, war *sehr* ernst.

Schrie er, war die Scheiße richtig am Dampfen.

Sie schluckte, weil er auf einmal gar nichts mehr sagte. Seine Information hatte sie wahrgenommen. Deren Bedeutung allerdings ruhte verborgen unter einem grässlichen Schweigen. Na toll, erst Hektik verbreiten und dann keinen Mucks mehr von sich geben.

»Was heißt das: *Drei Stunden*?«, fragte sie leise.

David hatte die kurze Zeit der Stille genutzt, um den Nebel

in seinen Gedanken zu lichten. Sein Herz pochte heftig, aber er versuchte, ganz cool einen Plan zu schmieden. War er darin nicht ein Meister? Nicht in der Coolness, versteht sich, aber in der Sache mit dem Pläneschmieden konnte ihm keiner so schnell das Wasser reichen. Das Einzige, was er dafür brauchte, war ein klarer Kopf.

»Unser Akku verliert Energie«, sagte er angespannt, aber ruhig. »Wenn es so weitergeht, ist in drei Stunden und fünf, nein zwei Minuten der Punkt erreicht, an dem die Leistung nicht mehr ausreicht, um uns nach Hause zu bringen. Uns rennen grade die Möglichkeiten davon.«

Am liebsten hätte Mona die Beherrschung verloren. Das hatte sie in den letzten Tagen gut geübt und hätte es auch diesmal vorzüglich hinbekommen. Aber zum einen hatte sie dafür im Moment weder Kraft noch Lust und zum anderen brauchte sie die ihr verbliebene Energie womöglich für die nächsten drei Stunden und eine Minute.

»Was machen wir jetzt?«, fragte sie stattdessen und atmete tief durch. Sie machte sich auf alles gefasst. Auf alles. Wirklich alles. Nur nicht darauf, was David gleich vorschlagen würde.

»Ich habe hin- und hergedacht«, sagte er und visierte stoisch einen Punkt auf dem Boden an, als würde er parallel zu seinem Gerede krampfhaft nach einem anderen Ausweg suchen. Vielleicht hatte er aber auch nur nicht den nötigen Mut, Mona bei der Verkündigung seines Plans in die Augen zu schauen.

»Es bleibt uns keine andere Wahl, als zu Janis' Haus zu gehen. Mit Glück steht es noch an Ort und Stelle und wir könnten im Notfall damit nach Hause reisen. Oder wir treffen Ecki und Joni, um sie über unsere Situation zu informieren, und bringen sie so schnell wie möglich hierher zurück. Ich schließe nicht aus, dass sie alle drei fröhlich Kaffee trinken, Kuchen essen und nicht mal im Ansatz etwas von unserem Unglück ahnen.«

»Ich habe es schon einmal gesagt«, erwiderte Mona mit messerscharfer Stimme. »Keine zehn Pferde kriegen mich noch einmal in diesen Wald.«

»Uns bleibt keine andere Wahl ...«

»Ich gehe nicht in diesen Wald.«

»Mona, ich ...«

»Höhlenbären!«

»... habe keine ...«

»Säbelzahntiger!«

»bessere ...«

»Wütende Höhlenmenschen!«

»Idee!«

Atemlos starrte Mona David an, der seinen Blick vom Boden gelöst hatte und sie halb ängstlich, halb entschlossen anschaute.

Die nächsten Minuten galten vollends der Möglichkeit, David zu überzeugen, dass er allein gehen sollte. Sie wollte im sicheren Haus bleiben. Zur Not konnten sie doch bei ihrer Rückreise mit Janis' Haus einen Umweg machen und sie einsammeln.

Doch David machte unmissverständlich klar, dass er auf Unterstützung beim Laufen angewiesen war. Zudem wollte er ein paar Dinge mitnehmen und brauchte dafür Hilfe beim Tragen. Es gab einen ganzen Sack voller Gründe, die ihr Mitkommen rechtfertigten.

»Mona«, sagte er, »du kennst den Weg zu Janis` Haus, ich nicht.«

»Einfach in den Wald rein und dem schmalen Pfad folgen. Du kannst es gar nicht verfehlen.« Was konnte sie denn noch sagen, um ihre Haut zu retten?

»Ich sagte doch bereits, dass ich das allein nicht schaffe«, sagte David ruhig, obwohl er innerlich einem brodelnden Vulkan glich. »Außerdem weiß ich nicht, ob Janis´ Haus es schafft, einen

Umweg zu machen. Am Ende sind wir alle wieder zu Hause, nur du nicht.«

Uh, das Argument saß.

Mona sah die Chancen, dieser absolut schwachsinnigen und vollkommen lebensmüden Episode zu entkommen, schwinden. So wie alter Putz von Wänden fiel, so bröckelte ihre Argumentation.

»Du bist langsamer als eine hinkende Ameise«, bemerkte Mona resigniert. »Wenn uns irgendwer Unfreundliches im Wald begegnet, können wir nicht mal weglaufen. Oder willst du die Bären und Urmenschen um einen Vorsprung bitten?«

Ohne die letzte Frage zu beantworten, humpelte David zurück zur Konsole.

»Nur noch zwei Stunden und fünfzig Minuten«, murmelte er. Aus einer Schublade holte er eine digitale Uhr mit Timerfunktion heraus. Er stellte den Countdown synchron zu der Anzeige auf dem Monitor ein und startete ihn.

»Wir müssen los«, rief er über den Rücken in Richtung Schlafzimmer.

Er stand auf, und sofort fuhr der bekannte Schmerz ausgehend von seinem Fuß sein Bein hoch. Doch für Stöhnen, Jammern oder gar Leidklagen gab es vorerst keinen Platz im Terminkalender. Also biss er die Zähne zusammen und humpelte zur Höhle.

Dort suchte er nach den Streichhölzern, nach einem Stock und einigen Stofffetzen. Die Uhr hatte er an einer Schnur befestigt und sie sich um den Hals gehängt, wo sie fröhlich und nichtsahnend von ihrer immensen Bedeutung weiterlief.

Widerwillig verließ Mona das Haus. Sie hatte in einem der Schränke im Schlafzimmer zwei Dosen Pfefferspray gefunden. Sie waren zwar seit kurzem abgelaufen, aber was sollte daran schon schlecht werden?

Wie eine Spezialagentin um sich schauend und in jeder Hand

ein Spray mit den Zeigefingern auf den Auslösern kam sie David entgegen.

»So kannst du nicht die ganze Zeit rumlaufen«, sagte David und schaute skeptisch auf die Öffnungen der Sprays. »Du musst mir beim Laufen helfen und ein bisschen was tragen.«

»Ob du es willst oder nicht, aber *eins* behalte ich definitiv in der Hand«, fragte Mona. »Entweder so oder gar nicht!«

David seufzte. »Ich denke, das sollte passen. Du musst nur darauf achten, dass du nicht aus Versehen draufdrückst und wir selbst in einer Pfefferwolke stehen.«

»Und noch was.« Mona sah entschlossener aus als je zuvor in diesem Abenteuer.

»Ja?!« David hob erwartungsvoll die Augenbrauen.

»Wenn wir auf ein gefährliches Tier treffen oder nur aus der Ferne einen Urmenschen sehen, renne ich weg. Ich bin nicht für Mut, Kampf und Blut geboren. Mein Herz hängt einzig und allein an der Schauspielerei. Nur dort bin ich zu allem bereit, weil ich weiß, dass mir nichts passiert. Du willst unbedingt, dass ich mitkomme? Gut, dann begleite ich dich. Aber glaube ja nicht, dass ich kämpfen werde.«

»Noch zwei Stunden und etwas über vierzig Minuten. Wir sollten die Zeit nicht mit inhaltslosem Geplänkel füllen, sondern uns umgehend auf den Weg machen. In der Küche müsste noch ein Beutel liegen. Schnell, hol ihn! Du wirst ihn brauchen.«

David hielt Mona die Sachen entgegen, die sie offenbar in besagtem Beutel transportieren sollte. Unsanft riss sie alles an sich, ohne sich Mühe zu machen, ihren Ärger zu verbergen. Laut schnaufend und mit schmalen, zusammengepressten Lippen stapfte sie zum Haus.

»Komm her. Geh weg. Bleib bei mir. Nimm dies, nimm das«, fluchte sie. »Nie wieder kriegt mich einer in so eine dämliche Zeitmaschine rein.«

»Noch zwei Stunden und …«, rief David und wartete, bis die nächste volle Minute erschien, »neununddreißig Minuten.«

Wollte er etwa eine minütliche Ansage machen? Damit würde er die Nervosität nur steigern. Wie sollte sie sich dabei konzentrieren? Mona presste ihre Lippen noch fester zusammen.

Sie fand den Beutel nach einer kleinen Suche in einem Schränkchen in der Küche. Wütend stopfte sie Streichhölzer und Stofffetzen rein. Moment! Stofffetzen? Was sollte das schon wieder?

Eines der Pfeffersprays landet auch darin, das andere wollte sie in der Hand behalten.

David hatte derweil um die Spitze eines Stocks etwas Stoff gewickelt und festgezogen. Er prüfte gerade dessen Haltbarkeit, als Mona zurückkam.

Er sparte sich, den aktuellen Stand des Countdowns anzusagen. Ihr strammer Gesichtsausdruck zeigte ihm, dass er ihr heute schon zu viel abverlangt hatte. Sie war halt nicht Joni.

Joni. Ach, Joni.

Wo sie nur steckte? Ob es ihr gut ging? Sie war leider eine Meisterin darin, sich in Schwierigkeiten zu bringen.

Mit einem Seufzer wischte er die Gedanken beiseite und hoffte immer noch, sie, Ecki und Janis in eine fröhliche Plauderei vertieft anzutreffen.

Mona legte seinen Arm um ihre Schultern und wollte gerade losgehen, da stockte David.

»Wir brauchen noch den Rum«, sagte er aufgeregt, als hätte er das wichtigste Utensil des Universums vergessen.

»Auf welchen Erfolg willst du denn unterwegs anstoßen?«, fragte Mona und rührte sich nicht von der Stelle.

»Mach schon«, drängelte David. »Vielleicht rettet es dir noch das Leben.«

Kopfschüttelnd beugte sich Mona unter dem Arm hindurch

und schaute sich nach einer Flasche um. Sie fand noch eine mit einem kümmerlichen Rest.

»Ist nicht mehr viel da«, sagte sie und hielt die Flasche prüfend gegen das Licht.

»Macht nichts. Komm her und tränke den Stoff damit.«

Jetzt verstand Mona, welche ungeheure Bedeutung dem Rum gerade verliehen wurde. David drehte den Stock vorsichtig, während sie den Stoff tröpfchenweise benetzte.

»Nicht zu viel«, sagte David.

»Keine Sorge«, meinte Mona, »für *zu viel* ist sowieso nicht mehr genug in der Flasche. Daraus habt ihr in der Vergangenheit eindeutig ein bisschen zu oft getrunken.«

Ein paar Tropfen verblieben in der Flasche, die sorgfältig verschlossen wurde und in dem Beutel landete. Mona hängte sich diesen über die Schulter und schnappte sich wieder Davids Arm.

»Ich habe 'ne verfluchte Angst«, sagte Mona, bevor sie auch nur den ersten Schritt wagte.

David nickte verständnisvoll. »Du bist Schauspielerin, Mona, stell dir einfach vor, du bist in einer sicheren Filmkulisse unterwegs und spielst eine Rolle.« Seine Stimme klang weich und beruhigend.

Mona gelang ein schiefes Grinsen und kurz darauf der erste Schritt.

David trug in einer Hand den Stock mit dem rumgetränkten Stofffetzen und in der anderen Hand eine Streichholzschachtel, die ab sofort Monas Sichtfeld einschränkte.

Ständig musste sie seinen Unterarm nach unten drücken, um mittelmäßig sehen zu können. Sie war so in ihren Gedanken und ihrer Angst versunken, dass sie nicht merkte, wie dabei jedes Mal ein unangenehmer Schmerz durch die Muskeln und Sehnen von Davids Arm schoss. Er ertrug dies stillschweigend, nur sein Gesicht zeigte jedes Mal verkniffen seine Marter.

Langsamer als gedacht kamen sie voran. Mona tippelte langsam ein paar Zentimeter vorwärts und David hüpfte dann mit dem gesunden Fuß hinterher. Für den Hauch einer Sekunde lag dabei sein ganzes Gewicht auf ihrer Schulter. Wenn sein Fuß den Boden wieder erreichte, zerrte er Mona immer etwas herunter.

Sie ächzte und stöhnte und war bereits, als sie gerade den Waldrand erreichten, erschöpft. Der Weg zu Janis' Haus war mit gesunden Füßen und ohne Eile in knapp einer Viertelstunde zu erreichen. Keiner vermochte zu sagen, wie lange sie mit einem verstauchten Knöchel brauchen würden.

»Pause«, japste Mona und lehnte erst David und dann sich selbst an einen Baum.

»Wie viel haben wir wohl schon geschafft?«, fragte David, der ebenfalls nach Atem rang und zurück zur Höhle schaute.

Mona ließ ihren Blick ebenfalls schweifen.

»Oje«, jammerte sie und gierte nach Luft. »Das sind keine vierzig Meter.« Sie stützte ihre Hände auf die Knie.

David schaute auf die Uhr.

»Verdammt, für das kleine Stück haben wir fast vier Minuten gebraucht.«

»Also eine Minute für zehn Meter. Grandios«, sagte Mona ernüchtert.

Nach einem kurzen Moment der Erholung ging die Reise weiter.

»Noch zwei Stunden und zwanzig Minuten«, murmelte David, als sie zwischen den Bäumen verschwanden.

Nero hielt eine wütende Rede. Was er sagte, verstand vermutlich nur er selbst. Die meisten Wörter fielen aus seinem Mund und landeten direkt in seinem grauen Bart. So gut es ging stapfte er herum und benahm sich, als wäre er ein baumartiger Kerl von zwei Metern.

Die Lanzen, die vor den Nasen von Joni, Ecki und Janis schwebten, waren so dicht dran, dass sie kaum Platz ließen. Würde einer von ihnen niesen, müssten sie mindestens mit einer tiefen Kratzspur im Gesicht rechnen.

»Alter, was für ein Gesülze«, sagte Ecki, ohne seine Entrüstung mit einer körperlichen Geste zu untermalen. »Ist der jetzt unter die Politiker gegangen?«

»Na, meine Stimme kriegt der nicht«, meinte Joni und schaffte es immerhin, ihre Augen zu rollen.

»Überlegt lieber, wie wir hier wegkommen«, sagte Janis ärgerlich. »Auch wenn Nero kein aktiver Jäger mehr ist, scheint er immer noch ein hohes Ansehen in seiner Sippe zu haben. Die Jungs mit den Lanzen vor uns parieren jedenfalls einwandfrei.«

»Stimmt«, sagte Ecki. »Aber mir fällt spontan keine Idee für eine Flucht ein.«

»Wie habt ihr es denn das letzte Mal gemacht?«, fragte Janis.

»Da haben wir ihn einfach in das Zeitreisehaus gelockt und ihn in die Zukunft geschickt«, erklärte Joni und konnte sich bei der Erinnerung daran ein Grinsen kaum verkneifen.

Naja, *gelockt* und *geschickt* war vielleicht etwas übertrieben. Aber das spielte hier ohnehin keine Rolle, denn eine Zeitmaschine hatten sie gerade nicht zur Hand.

Die Lanze vor ihrer Nase kam dichter und stupste sie an. Der finstere Blick des Mannes dazu sollte wohl heißen *Reden und Lachen sind strengstens untersagt*. Joni schluckte.

Auf einmal begannen die Kinder fröhlich zu kreischen. Die Frauen und Männer erhoben sich. Eine allgemeine Unruhe breitete sich aus. Sogar die Lanzenträger wirkten leicht abgelenkt und drehten ihre Köpfe herum.

Nero blieb wie angeklebt stehen und stierte mit offenem Mund den Kindern nach, die als schreiender Pulk in den Wald hetzten. War er wütend, dass seine Rede unterbrochen worden war? Hatte er den Faden seiner Schimpftirade verloren? Versuchte er, den Grund des Trubels zu finden? Seinem verblüfft-stutzigen Gesichtsausdruck war nichts Verwertbares zu entlocken.

Zwischen den Bäumen erschien eine Gruppe von Jägern. Sie trugen ihre Beute über den Schultern oder in den Händen. Angeführt wurden sie von einem stämmigen Mann, der ...

Was?

»Scheiße!«, fluchte Joni.

»Alter!«, stöhnte Ecki.

»Das ist ... das ist ...«, stammelte Janis.

»WOODY«, riefen alle drei gleichzeitig.

Der Mann, der an der Spitze der Gruppe lief, hielt eine Leine in der Hand, die um den Hals eines quietschvergnügt grunzenden Sauriers lag.

»Wisst ihr was?«, sagte Ecki mehr, als dass er fragte. »Als ich klein war, habe ich immer gegen die Macher von *Fred Feuerstein* gewettert. Urmenschen und Saurier in *einem* Bild zu zeigen, ergab keinen Sinn. Trickfilm hin oder her. Aber jetzt muss ich alles zurücknehmen. Es ist wahr! Es ist alles wahr! Urmenschen und Saurier sind sich doch begegnet.«

Sie schauten auf das skurrile Bild und bemerkten nicht, dass ihre Bewacher sie ebenfalls verblüfft aus dem Sinn verloren. Entweder war ihre Aufmerksamkeitsspanne nicht sonderlich hoch oder sie hatten noch nie einen lebenden Saurier gesehen.

Janis erfasste als Erste die günstige Situation und stupste Joni und Ecki an.

»He«, flüsterte sie. »Geht langsam rückwärts, und wenn wir außer Sichtweite sind, rennen wir los.«

Sie nickten sich stumm zu und setzten vorsichtig einen Schritt nach dem anderen nach hinten.

Joni blieb mit ihrem Deckenkleid an einem Ast, der außerhalb ihrer Sichtweite auf dem Boden lag, hängen, stolperte und landete unsanft auf ihrem Po.

»Ah!«, schrie sie auf. Ecki und Janis zogen reflexartig an ihren Armen, um sie wieder in den Stand zu bekommen, was nicht einfach war, weil sie sich eigentlich lieber mit ihrem schmerzenden Hintern beschäftigen wollte.

Damit endete umgehend ihre mickrige Chance zur Flucht.

Ihre Bewacher drehten sich herum, verstanden die Situation und umzingelten die drei sofort wieder. Als wäre das noch nicht genug, stellte sich Nero vor sie und brabbelte wütend wieder irgendein Zeug in seinen Bart.

»Na, wunderbar, der schon wieder«, sagte Ecki. »Sagt mal, hättet ihr nicht ein Mini-Deckenkleid nähen können? Niemand wäre euch deswegen böse gewesen.«

»Klar«, erwiderte Janis, »das hättest du wohl gern.« Sie rollte wie ihre Mutter mit den Augen.

»Zumindest wäre uns dann jetzt diese Peinlichkeit erspart geblieben«, konterte Ecki.

Nero plapperte lauter und wütender.

Diese kleine Unruhe schürte sogleich die Aufmerksamkeit des Mannes mit dem Saurier. Er wandte sich von den kreischenden Kindern und den tuschelnden Frauen ab und kam schnurstracks auf die Gruppe zu. Woody lief Dank der Leine artig an dessen Seite, als hätte er nie etwas anderes gemacht.

»Na wunderbar, noch so ein Gernegroß«, murmelte Janis.

Der Mann gab den Bewachern einen Wink, woraufhin sie ihre Speere zurückzogen und auf den Boden stellten.

Sie traten gehorsam zur Seite und gaben die Sicht auf Joni, Janis und Ecki frei. Selbst Nero hörte auf zu brabbeln und schlurfte mit griesgrämigem Blick fort.

Joni stellte sich hin und rieb sich endlich ihren Hintern. Das würde einen schönen blauen Fleck geben. Passend zu den anderen blauen Flecken, die sie sich in diesem Abenteuer eingehandelt hatte.

Der Mann blieb dicht vor ihnen stehen und begutachtete den Besuch ebenso gründlich wie es Nero getan hatte.

»Wir schmecken nicht mal mit viel Suppengemüse«, sagte Janis und erntete einen überraschten Blick des Mannes. Es schien, als wollte er fragen, was sie damit meinte.

Er stellte sich dicht vor Joni und grinste.

»Bo«, sagte er.

»Ja, genau«, erwiderte Joni. »Bo ist super, alles ist super. Bo!«

»Bo«, wiederholte er und zeigte auf sich.

Woody schnüffelte an einem Grashalm.

Joni nickte.

»Na«, sagte der Mann und zeigte nach unten.

»Toller Saurier, ich weiß, ich kenne ihn«, sagte Joni und versuchte ein Lächeln.

Anders als Joni folgte Ecki unwillkürlich der Richtung des Zeigefingers des Mannes.

»Ich werd verrückt«, entfuhr es ihm. »Joni schau!«

»Hä?«

»Nach unten, verdammt«, sagte er. »Schau nach unten!«

Joni senkte atemberaubend langsam den Blick und blieb schließlich an einer großen, aber alten Narbe am Bein des Mannes hängen.

»Bo«, sagte der Mann und klopfte Joni grinsend auf die Schulter.

»Ecki«, flüsterte sie, und eine lebhafte Gänsehaut zog sich über ihren Körper.

»Du bist Ecki, *mein* kleiner Ecki!« Auf einmal standen Tränen der Rührung in ihren Augen und sie fiel ihrem einstigen Schützling um den Hals. Alle Dämme brachen. Sie schniefte und schluchzte wie im schnulzigsten Film aller Zeiten.

Urzeit-Ecki legte zögerlich seinen Arm um Joni. Derlei Gefühlsausbrüche kannte er offenbar nicht.

Woody fraß den Grashalm, den er lange angehimmelt hatte, und schnüffelte dann an Janis' Schuhen.

»Na? Erkennst du mich wieder?« fragte sie und lächelte das Tier an.

»Klein-Ecki ist zu einem Mann geworden«, sagte Joni, als sie endlich ihre Sprache wiedergefunden hatte. In ihrer Stimme lag eine große Portion Stolz. Sie wischte sich die Tränen aus den Augen.

Die Liebe zu der Sippe, die sich seit ihrer ersten Zeitreise wie ein Band durch ihre Gedanken gezogen hatte, war neu aufgeflammt. Sie wollte nichts lieber, als sich mit den Menschen ans Feuer setzen, ihrem unverständlichen Geplapper zuhören, den Kindern Geschichten aus der Zukunft erzählen und ihnen Tricks mit Streichhölzern beibringen. Wie sehr sie das vermisst hatte.

Auch wenn sich die Gruppe um Nero und Ecki verändert hatte und sie nur mit Mühe jemanden wiedererkannt hätte, fühlte sie auch dieses Mal die rohe Herzlichkeit der Urmenschen. Sie mochten sich gegenseitig anschreien oder auch schlagen, aber wenn es um Leben oder Tod ging, hielten sie zusammen. Zwischen ihnen hing der unsichtbare Klebstoff namens Familie.

Joni seufzte friedlich, schaute in die Runde und fühlte, wie sich ihr Herz mit Wärme und Zuneigung füllte. Als Urzeit-Ecki umherschaute und brabbelnd mit den Fingern in verschiedene Richtungen zeigte, war sie sich sicher, dass er ihr alles erklären wollte. Der Stolz, der seine Brust förmlich anschwellen ließ, war unübersehbar.

»Wow, du bist jetzt das Sippenoberhaupt?«, fragte Joni.

»Bo«, antwortete Urzeit-Ecki und grinste.

»Du bist so groß geworden«, sagte sie zu ihm, dessen Kopf kaum bis zu ihrem Scheitel heranreichte.

»Das liegt bestimmt an der Schokolade, die er immer gefuttert hat.« Ecki lachte.

Urzeit-Ecki stimmte in das Gelächter ein.

»Okay, Leute, ich will ja nicht drängeln«, sagte Janis auf einmal und unterbrach den heimeligen Moment. »Aber wir sollten uns langsam auf den Rückweg begeben. Macht das eurem Freund mal schnell klar.«

»Ach komm schon«, meinte Ecki, »gönn uns doch ein paar Momente mit unserem alten Kumpel hier.«

Urzeit-Ecki schickte ihr einen Blick, der diesen Wunsch zu unterstreichen schien.

»David, ... äh, Papa hat mir immer gesagt, ich solle mich nie unnötig lange in einer Zeit aufhalten. Ich habe nie verstanden, warum er mir das so oft sagte, denn ich bin vorher noch nie allein ...«

Sie stockte mitten im Satz, als hätte sie schon zu viel verraten. Joni schaute sie interessiert an.

Es war wirklich ungünstig, wenn bei der Beichte über künftige Vergehen die eigene Mutter dabei war. Janis schluckte.

»Er hat das vor allem in den letzten ein, zwei Jahren so oft gesagt, dass ich auf einmal das Gefühl habe, es könnte mit unserem Aufenthalt *hier* zu tun haben. Vielleicht lag in seinen Warnungen mehr Gewicht, als ich bislang wahrhaben wollte.«

Sie biss sich auf die Lippen.

»Das fällt dir aber früh ein«, murrte Ecki.

»Ach kommt schon«, sagte Janis, »ihr wisst doch selbst, wie das mit den Warnungen von Eltern ist. Welches Kind hört schon drauf?«

»Ich merke mir das auf jeden Fall, und wenn sich herausstellen sollte, dass es wirklich wichtig ist, werde ich David bei seinen Belehrungen unterstützen.« Ecki ließ keinen Zweifel aufkommen, dass er es ernst meinte.

»Läuft schon«, murmelte Janis kleinlaut, womit unmissverständlich klar wurde, dass die Warnungen nicht ohne Grund ausgesprochen worden waren und David Unterstützung haben würde.

»Warum hast du denn nicht schon eher davon erzählt?«, fragte Joni. Auf ihrer sonst jugendlich glatten Stirn zeigten sich zwei kleine Fältchen, die ersten Sorgenfalten einer Mutter.

Janis zuckte mit den Schultern.

»Ehrlich gesagt, hätte es doch nichts verändert«, antwortete sie. »Wir hatten fette Lanzen vor den Nasen hängen. Glaubt ihr, unsere Bewacher hätten Verständnis dafür gehabt, wenn ich ihnen das erzählt hätte?«

»Das hätte dir auch schon einfallen können, *bevor* du einem Saurier hinterherläufst«, meinte Joni, während sich die Fältchen tiefer in ihre Haut gruben.

»Hat David vielleicht noch mehr gesagt?«, fragte Ecki.

Janis verzog den Mund und senkte den Blick.

»Janis!«, sagte Joni streng.

»Es ist eh schon zu spät«, erklärte Janis und hoffte, die beiden würden endlich Ruhe geben. Aber so leicht kam sie aus der Angelegenheit nicht raus.

»Janis!« Die mütterliche Strenge erreichte ein neues Level.

»Scheiße, mann, Papa hat auch gesagt, ich solle niemals einem Saurier hinterherrennen.«

Ecki und Joni entgleisten alle Gesichtszüge. Sie sahen aus, als hätten sie alle Muskeln verloren, die den Kiefer an Ort und Stelle hielten. Die Warnung hatte also wie ein unübersehbares, leuchtend schrilles Werbeschild existiert und Janis war trotzdem in die entgegengesetzte Richtung gelaufen.

»Seid ihr jetzt zufrieden?« Janis verschränkte wie ein bockendes Kind die Arme und verzog den Mund. »Ich wusste doch nicht, wozu das alles gut sein würde. Papa hat nie mehr preisgeben wollen. Blöde Gesetze der Zeit und so. Aber als ich dachte, Woody gesehen zu haben, konnte ich eben nicht widerstehen. Ich *musste* ihm folgen. Versteht ihr das?«

»Nein«, antworte Ecki.

»Ja«, antworte Joni.

»Und außerdem«, plapperte Janis weiter, »war ich bereits auf dem Rückweg. Wäre ich nicht zufällig an euch vorbeigekommen, als ihr da oben im Gras gelegen habt, wäre ich schon längst wieder zu Hause.«

»Das Thema überspringen wir erst mal«, sagte Ecki und kratzte sich am Kopf. Es brachte nichts, sich gegenseitig die Schuld in die Schuhe zu schieben. Darüber hinaus kostete es wertvolle Zeit.

»Wie können wir Ecki jetzt überzeugen, uns den Saurier auszuhändigen?«, fragte er stattdessen.

Sie schauten Urzeit-Ecki an, der während ihres Gesprächs ihre außergewöhnliche Kleidung, ihre Sprache und ihre Mimik begutachtet hatte. Er gab das Bild eines wissbegierigen Museumsbesuchers ab, nur dass sein Studium nicht der Vergangenheit galt, sondern der Zukunft. Aber das wusste er natürlich nicht.

Er spürte nun instinktiv ihre Blicke auf sich ruhen und schaute auf.

Als hätte er sie verstanden, deutete er auf Woody und sagte »Bo!« Wieder zog er seinen Mund in ein breites Grinsen.

»Ich bringe es nicht übers Herz, ihm Woody wegzunehmen«, sagte Joni und legte ihre Hände auf die Mitte ihrer Brust. »David hatte doch sowieso vorgeschlagen, dass die Archäologen was zum Grübeln brauchen.«

Sie tippte Urzeit-Ecki an und zeigte dann mit der Hand in den Wald hinein.

»Wir müssen los. Bo«, sagte sie und setzte ein trauriges

Gesicht auf, damit er wusste, dass es abermals hieß, Abschied voneinander nehmen zu müssen.

Urzeit-Ecki schüttelte energisch den Kopf. Er tippte mit einer Hand auf seine Brust und zeigte dann ebenfalls in den Wald. »Na.«

»Alles klar, er will uns begleiten«, sagte Joni lächelnd.

»Und du hast ernsthaft gefragt, warum ich wollte, dass du mit den Urmenschen sprichst?!« Ecki atmete übertrieben aus.

»Können wir dann endlich los?« Janis wurde von Augenblick zu Augenblick nervöser. Je mehr sie an die mahnenden Worte ihres Vaters dachte, umso intensiver und greifbarer erschien ihr die Warnung. Seit sie diese laut ausgesprochen hatte, hatten diese ihre volle Wirkung entfaltet. Sie knabberte an ihrer Lippe herum.

»Na dann«, sagte Joni unglücklich. Sie griff Urzeit-Eckis Hand und stampfte los. Über die Schulter rief sie Nero zum Abschied zu: »Mach's gut, alter Junge. War schön, dich noch mal gesehen zu haben. Cheerio!«

»Schi«, ahmte Urzeit-Ecki nach und zeigte seine Zähne. Joni lachte und lobte ihn für seine hohe Auffassungsgabe. Fröhlich und gackernd liefen sie in den Wald hinein.

Ecki schaute den beiden amüsiert hinterher.

»Die sind ein echt süßes Pärchen«, feixte er.

Janis haute ihm daraufhin recht kräftig auf den Oberarm.

»Hey, sag das nicht noch einmal.« Ihre Augen funkelten und ihr Zeigefinger wischte drohend vor seinem Gesicht hin und her. »Sie würde Papa sowas nie antun.«

»Ist ja gut«, sagte Ecki und rieb sich den Arm. »Alter, wo hast du die Kraft her?«

Janis griente. »Papa hat mich seit meiner frühesten Kindheit zum Judo geschickt. Ich trage den braunen Gurt und bereite mich gerade auf den schwarzen vor. Er wollte immer, dass ich mich selbst verteidigen kann.«

»Du steckst voller Überraschungen«, sagte Ecki anerkennend.

Sie drehten sich noch einmal zur Sippe um, winkten und liefen Joni und Urzeit-Ecki hinterher.

»David, ich kann nicht mehr«, sagte Mona und lehnte ihr menschliches Bündel zum x-ten Mal an einen Baum. »Zu Janis' Haus ist es noch ein ganzes Stück weit hin. Du wirst immer schwerer und wir immer langsamer, sofern das überhaupt geht. Ich warte eigentlich nur auf den Augenblick, in dem wir von einer Schnecke überholt werden.«

David sah besorgt auf die Uhr.

»Wir erreichen demnächst den Point of no Return«, murmelte er mit einem Sieben-Tage-Regenwetter-Gesicht.

»Den was?«

»Es ist der Punkt, an dem es kein Zurück mehr gibt. Oder genauer gesagt, bald sind wir so weit gelaufen, dass eine Rückkehr zu unserem Haus aus Zeitgründen nicht mehr möglich ist«, erklärte David. »Dann können wir nur hoffen, dass Janis' Haus noch da ist. Wenn nicht, sitzen wir hier fest.«

»Das verstehe ich nicht.« Mona gab sich echt Mühe, aber ihr resignierter Gesichtsausdruck zeigte keine Hoffnung.

»Ist doch ganz einfach.« David schob sich die Brille hoch. »Ich überschlage in etwa die Strecke, die wir schon geschafft haben, und setze es zu der Zeit ins Verhältnis, die wir dafür gebraucht haben. Das wäre die Zeit, die wir auch zurück zu unserem Haus brauchen. An einem Punkt, nämlich dem Point of no Return, sind wir so weit von unserem Haus weg, dass wir es nicht mehr schaffen würden, vor dem endgültigen Ende des Akkus zurück zu sein.«

Mona starrte ihn entsetzt an. Die Wörter brauchten einen Augenblick, bis sie ihr Ziel, den Winkel im Gehirn, an dem es *Aha!* macht erreichten.

196

»Oje«, jammerte sie. »Warum passiert ausgerechnet mir sowas?«

»Frag doch bei Gelegenheit mal Ecki«, antwortete David und erntete einen gereizten Blick.

Sie lehnten an Bäumen und schauten sich zu allen Seiten um. Die Höhle war schon lange nicht mehr zu sehen, doch auch ihr Ziel wollte sich noch nicht zwischen den Stämmen hindurch zeigen.

»Wann ist es soweit?«, fragte Mona. »Dieses No-Return-Ding, meine ich.«

»In ein paar Minuten.«

»Echt, ich glaube, wir haben kaum mehr als die Hälfte des Wegs hinter uns. Ich kann nicht mehr, ich kann einfach nicht mehr. In den letzten Tagen habe ich kaum geschlafen und zu wenig gegessen. Den Rückweg würden wir nie in der gleichen Geschwindigkeit schaffen. Ich bin nicht sicher, aber haben wir den Point of no Return nicht schon längst überschritten?«

Den Kräfteverlust hatte David bei seinen Berechnungen in der Tat nicht einfließen lassen. Sein Timer zeigte gerade noch die Restzeit von einer Stunde und dreizehn Minuten an. Mona hatte recht. Selbst wenn sie *sofort* umdrehen würden, würden sie den Rückweg nicht in der gleichen Zeit schaffen. Während sie zu Beginn ihres Wegs noch alle dreißig bis vierzig Meter eine kurze Pause einlegen mussten, schafften sie nunmehr kaum noch zehn Meter.

Der Punkt, an dem es kein Zurück gab, lag weit hinter ihnen.

»Schnell, lass uns weitergehen«, sagte er, ohne auf ihre Frage zu antworten.

Woody zerrte kräftig an der Leine, wenn er eine wohlriechende Blume sah. *Love and Peace* schlummerten als wahre Seele in seinem Reptilienkörper. Erreichte er jedoch eine hübsche Pflanze, blieb von ihr nichts übrig und von Love and Peace ebenfalls nicht.

Die kleine Gruppe kam nur langsam voran. Urzeit-Ecki plauderte die ganze Zeit. Anscheinend erklärte er Joni stolz seine Welt, denn seine Hände breiteten sich immer wieder zu den Seiten aus.

Ecki und Janis trotteten hinter den beiden her. Das Geplapper vor ihnen rann unaufhörlich wie ein Wasserfall. Die beiden hatten aufgehört, verstehen zu wollen, was dort erzählt wurde. Hin und wieder drang ein *Bo* oder ein *Na* zu ihnen durch. Das reichte jedoch bedauerlicherweise nicht, um der Geschichte vollends folgen zu können.

Einzig Joni strahlte und hing förmlich an Urzeit-Eckis Lippen.

»Können wir nicht ein bisschen schneller gehen?«, fragte Janis gerade zum dritten Mal.

»Ach komm schon, Janis«, sagte Joni, »wer weiß, ob ich meinen Ecki hier noch mal wiedersehe. Ich will einfach jeden Augenblick mit ihm genießen.«

»Wie kann man nur so entspannt sein?«, nörgelte Janis. »Hatte ich nicht mehr als deutlich gemacht, dass die Zeit drängt?«

»Erstens«, erwiderte Ecki, »finde ich es unheimlich witzig, wenn sich diejenige darüber beschwert, wie entspannt es hier zugeht, der wir diese ganze Situation überhaupt zu verdanken haben. Zweitens warst *du* offenbar entspannt, um nicht zu sagen naiv, unterwegs, als du Woody gefolgt bist. Allein. In einen Wald. In der Steinzeit. Und drittens, solange ich dich an meiner Seite sehe, bin ich überzeugt, dass wir rechtzeitig zurückkommen, und somit sehr entspannt.«

Er zwinkerte Janis zu.

»Ecki, wenn ich mich gleich in Luft auflöse und du dich nicht mal mehr an mich erinnern kannst, weil ich einfach aus der Geschichte des Lebens geschrieben wurde, dann ist es mit Sicherheit zu spät.«

»Hm.«

»Wer weiß, wer sich hier schon alles in Luft aufgelöst hat, ohne dass wir es noch wissen.« Jetzt kniff Janis übertrieben ein Auge zu und zeigte ein gruseliges Bösewicht-Grinsen, bei dem sogar Superman zusammengezuckt wäre.

O ja. Das war eine interessante These. Ecki grübelte, ob es möglich sein könnte, dass sich die Vergangenheit umschrieb, ohne dass er es merken würde. In seinem Kopf wirbelten Fragen umher, Fragen, auf die er keine Antwort kannte.

»Glaub mir, wenn du dich in Luft auflöst, jage ich Joni und ihren Urmenschen samt Saurier persönlich durch den Wald«, sagte Ecki betont gleichmütig, »wenn es sein muss, mit Gewalt.« Er wollte locker wirken, aber tief in ihm gärten die ungelösten Fragen.

»Ihr wart echt mal begriffsstutzig.« Janis schnaufte. Darin hatte sie mittlerweile Übung. »Ihr habt mir ganz andere Dinge beigebracht.«

»Ihr?«, fragte Ecki.

»Ja, du und Papa natürlich.«

»Na dann mal raus mit der Sprache. Was haben David und ich dir beigebracht?«

»Zum Beispiel diese nette kleine Erkenntnis: Wenn ich mich in Luft auflöse, lösen sich auch eure Erinnerungen an mich auf. Was denkst du, was dann noch übrigbleibt? Erst verschwinde ich, dann mein Haus und vielleicht sogar unsere gemeinsamen Erlebnisse der letzten Tage. Die Geschichte wird verändert und ihr habt nicht mal einen blassen Schimmer davon.«

Mist.

Ecki schluckte. Das war genau das, was er befürchtet hatte. Diese Hypothesen hatte er mit David in der Vergangenheit tatsächlich bereits mehrfach diskutiert.

»Joni, der Sonntags-Spaziergang ist vorbei«, sagte er hastig.

»Mach deinem Kumpel klar, dass die Uhr immer lauter tickt und er - verdammt noch eins - seine Füße in die Hände nehmen soll.«

»Ja, ja, schon gut.« Joni seufzte, aber die Gesundheit, oder besser gesagt das Vorhandensein ihrer Tochter, stand eindeutig an erster Stelle.

Sie zog Urzeit-Ecki am Arm und sagte: »Bo.«

Sofort erhöhte der die Geschwindigkeit. Beeindruckend. Wie machte sie das nur?

Schnurstracks und ohne die kleinste Verzögerung liefen sie nun Janis' Haus entgegen.

Der arme Woody kam nicht mehr dazu, an Blumen zu schnüffeln. Er folgte brav seinem neuen Herrchen, als sei es das Normalste der Welt, dass ein Saurier einem Urmenschen folgte. Dank der Hundeleine, die Janis beigesteuert hatte, hatten sich damit Elemente aus drei verschiedenen Epochen der Erdgeschichte gefunden.

»Der Saurier – Der beste Freund des Menschen«, sagte Ecki. »Was für ein Werbespruch! Hat irgendwer in der Zukunft noch einen Hund? Vielleicht schaffen die es mit diesem Irrtum nie an die Seite des Menschen. Ich wette, wir kommen zurück und überall laufen Saurier rum. Die Archäologen buddeln bestimmt versteinerte Hundeknochen aus und stellen die statt Saurierknochen in Museen aus.«

»Da vergisst du aber etwas Entscheidendes«, meinte Janis.

»So?«

»Na klar! Er ist allein hier gelandet. Allein! Verstehst du? Mit wem sollte er sich paaren?«

»Keine Ahnung, dem traue ich alles zu. Und außerdem, wenn Joni sich mit Urmenschen unterhalten kann, dann besteht auch die Möglichkeit, dass meine Hypothese zutrifft.«

»Da ist es!«, rief Joni auf einmal. »Janis, da ist dein Haus!«

Dieser schrille Schrei mobilisierte ihre Kräfte und sie ließen

Woodys Paarungsmöglichkeiten ungeklärt. Sie rannten die letzten zig Meter, bis sie direkt vor der Tür zum Stehen kamen.

Janis preschte vor und fiel an ihr Haus, als wollte sie es umarmen. Erleichtert strich sie mit den Fingerkuppen über die Tür und die Wände.

»Alles noch da«, murmelte sie mit leuchtenden Augen. »Alles unversehrt.«

Urzeit-Ecki stand die Verblüffung ins Gesicht geschrieben. Joni überlegte, ob er ihr Haus bei ihrem ersten Besuch überhaupt gesehen hatte, und war sich schnell sicher, dass nur Nero seinerzeit Zeuge dessen gewesen war.

»Darf ich euch beide mal kurz stören?«, fragte Ecki grienend und tippte Janis auf die Schulter. Die drehte sich herum.

»Du kannst nachher bestimmt noch in Ruhe mit deinem Haus kuscheln. Jetzt würde ich gern erst mal den Code eingeben, und dann solltest du abrauschen.«

»Du hast es gesichert?« Janis verschränkte die Arme. »Hätte ich ja wissen müssen.«

»Keine Zeit für Vorwürfe«, sagte Ecki. »Los, rein mit dir. Wir haben auch noch ein kleines Stück Weg vor uns.«

Janis nickte. Gemeinsam verschwand sie mit Ecki im Haus, wo er die Konsole freischaltete.

Joni wartete mit Urzeit-Ecki vor der Tür und lächelte ihn verstohlen an. Sie konnte einen prima Smalltalk mit ihm führen, aber wie hätte sie ihm eine Zeitreisemaschine erklären sollen?

Janis erschien in der Tür. Sie knetete nervös ihre Finger.

»Tja, ich fürchte, es ist an der Zeit, *Auf Wiedersehen* zu sagen«, flüsterte sie. Sie schluckte. Das Sprechen fiel ihr auf einmal sehr schwer. »Ich fand es superschön, euch hier zu treffen. Euch so jung zu sehen, ist wirklich ein Privileg. Wer kann schon von sich behaupten, seine Eltern als Gleichaltrige getroffen zu haben? Irgendwie surreal, aber auch sehr, sehr magisch.«

Sie lächelte zaghaft.

Ecki hatte das Haus verlassen und stand nun neben Joni.

»Ich hätte mich von Papa auch gern verabschiedet, aber ich denke, es ist das Beste, wenn ich mich gleich auf den Weg zurück mache. Bitte grüßt ihn von mir. Obwohl … eigentlich ist es auch Quatsch, denn ich sehe ihn ja gleich wieder.«

Joni, Ecki und Janis lachten. Urzeit-Ecki schaute die drei an, überlegte kurz und stimmte dann lauthals in das Gelächter ein. Sein lautes, dunkles »Hahaha« schallte durch den Wald und kam als mehrfaches Echo zurück.

»Komm her«, sagte Joni und umarmte Janis. »Mag sein, dass du David und mich gleich wieder triffst, umgekehrt sieht es etwas anders aus. Wir müssen noch ein paar Jahre auf dich warten.«

Kullerte da etwa eine klitzekleine Träne auf ihrer Wange herunter? Sie zog Janis noch dichter an sich heran.

»Und bis es soweit ist«, schluchzte sie herzerweichend, »werde ich dich verdammt noch mal vermissen.«

Nichts hielt nun noch die Tränen zurück. Heiß liefen sie über ihr Gesicht, und die Aufregung ließ ihren Körper erzittern. Sie legte ihren Kopf an Janis' Schulter und klammerte sich an ihre Tochter.

Urzeit-Ecki hatte den Stimmungswechsel sehr wohl mitbekommen. Er verstand immerhin so viel, dass sein Gelächter versiegt war und er mit verunsichertem Blick versuchte, die Situation zu begreifen.

»Nimm sie mal«, sagte Janis, die selbst mit ihren aufgewühlten Gefühlen kämpfte, zu Ecki und schob ihre Mutter sanft von sich weg. »Ich glaube, ich sollte jetzt wirklich abreisen. Und ihr seht zu, dass ihr auch wieder zurückkommt. Ach, und Mama …?«

Joni unterbrach ihr Geschnäuze, was ohne Taschentuch die reinste Folter war, und sah auf.

»Ja?«

»Hör mal, Papa ist echt okay. Glaube mir. Du kannst ruhig ... Ich meine ... Ihr seid die besten Eltern der Welt.« Damit war die Talsohle des tränenreichen Abschieds erreicht. Jetzt schniefte auch noch Janis, und selbst Urzeit-Ecki stand das Wasser in den Augen, obwohl er nicht wissen konnte, was hier gesprochen wurde.

»Jetzt reicht's aber«, sagte Ecki.

»Janis – ab nach Hause. Joni – ab zur Höhle. Ecki ...? Äh ja, keine Ahnung, was machen wir mit dir?«

Joni umarmte ihre Tochter noch einmal fest und entließ sie dann mit einem aufmunternden Nicken.

»Komm gut heim und pass auf dich auf«, sagte sie und winkte matt mit einer Hand.

Mit einem tiefen Seufzer schloss Janis die Tür.

»Was war das?«, fragte Ecki.

»Weiß nicht, was du meinst«, antwortete Joni, die nur Augen für die geschlossene Tür vor ihrer Nase hatte. Da drinnen startete Janis in diesem Augenblick die Maschine.

»Hat da nicht irgendwer gerufen?« Ecki schaute umher, konnte jedoch niemanden entdecken.

»Wer soll denn hier rufen?«, entgegnete Joni lethargisch. Ihre Schultern hingen herab.

Woody, der die ganze Zeit mürrisch bis gleichgültig auf dem Boden gelegen hatte, sprang ebenfalls auf, als hätte er etwas gewittert.

»Da, der Wachhund ist auch alarmiert«, meinte Ecki und zeigte auf den Saurier.

Das Haus vibrierte. Nur noch Sekunden trennten es von seinem Verschwinden.

»Jetzt hab ich es schon wieder gehört«, sagte Ecki. Er schirmte seine Augen gegen die Sonnenstrahlen ab, die tief und blendend durch das Blätterwerk des Waldes drangen. Die Sonne selbst musste bald untergehen. Die letzte Kraft, die sie an diesem Tag aussandte, war ein märchenhaft fallendes, aber im ungünstigen Winkel auch recht grelles Licht.

»Jooooniiii!«

Jetzt hörte auch Joni den Ruf. Von diesem erschreckt, schaute sie sich um und verpasste den Moment, als Janis' Haus endgültig verblasste.

»David«, sagte sie. »Da hinten ist doch David.«

Sie rannte los, blieb jedoch nach ein paar Metern stehen und drehte sich um.

»Komm, Ecki!«, rief sie. Da den beiden Eckis nicht klar war, wer von ihnen gemeint war, sahen sich die Männer zunächst verdutzt in die Augen.

»Los!«, schrie Joni in einer derart unangenehmen Tonlage, die beide Eckis aus ihrer Starre löste und sie ohne weitere Nachfragen lospreschen ließ.

David und Mona lehnten gerade mal wieder an Bäumen, um sich Luft zu verschaffen. Die Strapazen der letzten knapp zwei Stunden hatten sich tief in ihre Gesichter gegraben. Schweiß rann über ihre Stirnen.

»Was macht ihr denn hier?«, fragte Joni, als sie nah genug an die beiden herangekommen war.

»Sag nicht, Janis ist weg!«, schrie Mona mit hochrotem Kopf.

»Doch. Eben gerade. Wieso? Was ist los?« Joni war zum Stehen gekommen und hatte die Hände an die Hüfte gelegt. Ein leichtes Seitenstechen machte sich bemerkbar.

»Nein! Nein! Nein!«, schrie Mona und warf sich dem ebenfalls gerade eintreffenden Ecki an den Hals.

»Ja, ich freu mich auch, dich zu sehen«, sagte der grinsend, denn das, was sie und seinen besten Freund in den Wald getrieben hatte, verbarg sich noch vor seinem Verstand.

Urzeit-Ecki traf kurz danach ein und stellte sich einfach zu den Menschen aus der Zukunft.

Monas Augen weiteten sich beim Anblick des Urmenschen und sie klammerte sich fest an ihren Freund.

»Das ist unser Ecki«, sagte Joni zu dem ebenfalls skeptisch dreinblickenden David. »Du erinnerst dich doch an ihn, nicht wahr? Schau nur, wie groß er geworden ist. Er führt jetzt seine Sippe an. Und stell dir vor, er hat sogar Nero komplett im Griff.«

Joni hätte wohl noch eine ganze Weile weitererzählt, wenn Ecki sie nicht unterbrochen hätte.

»Ist ja gut«, sagte er und beendete unsanft ihren Redefluss. »Dafür haben wir später noch Zeit. Jetzt will ich erst mal wissen, was ihr zwei hier im Wald macht.« Er schaute Mona und David an.

Die plapperten gleichzeitig los.

»Wir haben nur noch zweiundzwanzig Minuten.«

»Wir müssen für immer hierbleiben.«

»Der Akku ist kaputt. Er kann zwar richtig laden, aber verliert Energie.«

»Janis war unsere einzige Hoffnung.«

»Ich habe die Maschine untersucht, die ist in Ordnung.«

»Ich kann nicht mehr.«

»STOPP!«, brüllte Ecki und machte mit den Händen ein verkrampft beruhigendes Zeichen.

»Kein Zwischengequatsche«, sagte er brummig. »Von niemandem! David, du sagst mir jetzt, was das Problem ist. So kurz und knapp wie möglich, denn wenn ich eins verstanden habe, dann, dass es irgendeinen zeitlichen Engpass gibt.«

David gelang es tatsächlich, ihre Schwierigkeiten sowohl präzise als auch vollständig zusammenzufassen. Als er mit der Erklärung des Point of no Return endete, legte sich eine unheimliche Stille über den Wald.

Vier Herzen pochten wild gegen Verzweiflung, Panik und Hilflosigkeit.

Ein Herz spürte zumindest diese Verzweiflung, Panik und Hilflosigkeit.

Ein Herzchen war ganz verzückt, denn das kleine, kräftig gelb leuchtende Blümchen roch so appetitlich süß.

»Wieviel Zeit haben wir noch?«, fragte Ecki.

»Siebzehn Minuten«, antwortete David matt, »keine Chance.«

»Von wegen keine Chance«, sagte Joni ärgerlich. »Wir müssen es wenigstens versuchen. Ecki, wir beide lösen Mona ab. Wir sind zwar auch nicht mehr taufrisch, aber haben sicher noch etwas mehr Kraft als sie. Oder wollt ihr aufgeben, bevor es zu spät ist?«

»Joni, es *ist* schon zu spät«, sagte David resigniert.

»Falsch«, erwiderte sie mit funkelnden Augen. »Du hast es doch selbst gesagt. Wir haben noch siebzehn Minuten Zeit.«

Sie nahm Davids Arm, legte ihn sich um die Schultern und deutete Ecki an, dasselbe zu tun.

Der wollte gerade dazukommen, als Urzeit-Ecki ihn und auch Joni zur Seite schob.

»Ecki, was soll das?«, fragte sie. »Scheiße. Bo. Ecki.«

Niemand konnte sagen, was Urzeit-Ecki in den Kopf gekommen war. Vermutlich wusste er es selbst nicht. Als Jäger und Oberhaupt einer Sippe verfügte er jedoch noch über Instinkte, die dem Menschen im Laufe seiner Evolution bedauerlicherweise verloren gehen würden. Er spürte die Gefahr. Ohne bewusst darüber nachzudenken, stellte er sich vor David und ging etwas in die Hocke.

Während die anderen drei verwirrt schauten, entschlüsselte Joni die Position.

»Er will dich huckepack nehmen«, sagte sie zu David.

»Hä?«

»Huckepack. Auf den Rücken«, sagte Joni und fuchtelte mit den Armen, um zu zeigen, dass er in die Gänge kommen solle.

»Ich wette, Ecki kennt das Wort noch gar nicht«, erwiderte David unentschlossen.

»Mach schon, das ist unsere Chance.« Ecki und sie hoben und stemmten den Verletzten auf den Rücken des Urmenschen. Der griff derb die Waden von David, was diesen kurz aufheulen ließ.

»Halte dich fest«, sagte Joni noch, da trabte Urzeit-Ecki schon los.

»Falsche Richtung, Kumpel!«, rief Ecki, der schnell vor Urzeit-Ecki gesprungen war. Er drehte ihn einmal herum und zeigte auf Joni.

Die winkte ihn zu sich, und los ging es.

Urzeit-Ecki legte ein beachtliches Tempo vor. Trotz des zusätzlichen Gewichts fanden seine breiten Füße stets festen Grund. Geschickt sprang er über Stöcker, wich Steinen aus und bewegte sich flink wie ein Hase zwischen den Bäumen. Nebenbei und ganz selbstverständlich führte er auch Woody an der Leine, die er fest um sein Handgelenk gewickelt hatte. Der Saurier hatte offensichtlich keine Mühe, mit dem Tempo mitzuhalten.

»Unfassbar«, sagte Ecki atemlos, der auch ohne zusätzliches Gepäck am Limit seiner Kraft angekommen war. Allerdings hatte er die Aufgabe übernommen, die geschwächte und dauerjammernde Mona hinter sich herzuziehen.

Es war nicht ganz klar, welcher der beiden Eckis die schwierigere Aufgabe hatte.

Ich erinnere mich an Janis, ich erinnere mich an Janis, ich erinnere mich an Janis, pulsierte das Mantra in Jonis Kopf. Solange sie sich an ihre Tochter erinnern konnte, gab es Hoffnung.

David wurde auf dem Rücken von Urzeit-Ecki kräftig durchgeschüttelt.

Das Fell, das seinem Träger als Kleidung diente, roch mehr als streng. Kein Wunder, Seife und Parfum dürften in dieser Ecke der Geschichte noch Mangelware sein.

Jeder Schritt ließ seine Beine erzittern und jagte im schnellen Takt einen ziehenden Schmerz durch seinen Körper. Glücklicherweise hatte er sich selbst aus der Zukunft heraus mit Verbänden versorgt. So blieb der Knöchel trotz der fortwährenden Erschütterungen erstaunlich stabil. In Gedanken machte er eine Notiz an sich selbst.

Eine Notiz an mich selbst.

Dieser Gedanke hätte zum Lachen sein können, wenn nicht so viel Dramatik darin stecken würde. Zum ersten Mal seit Beginn dieses zweiten Zeitreise-Abenteuers wurde ihm bewusst, wie unbedarft und unvorbereitet er abgereist war. Vor einem Jahr wäre ihm im Traum nicht eingefallen, im Anzug und ohne jegliche Ausrüstung in die Kreidezeit aufzubrechen. Er hatte nicht mal ein klappriges Klemmbrett oder einen Fotoapparat dabei. Was war ihm da nur zu Kopf gestiegen?

Ach ja, richtig. Joni.

Hatte er ihr imponieren wollen? War seine Einladung ein Wink in Richtung *Schau mal, wie spontan und cool ich bin*?

Bei diesen Gedanken musste er grinsen und versuchte, einen Blick auf sie zu werfen. Aber sie rannte, als wäre sie in einem Tunnel. Scheinbar nahm sie um sich herum nicht viel wahr.

Selbst in diesem albernen Deckenkleid sah sie umwerfend aus. Die Zukunft lag vor ihnen und er freute sich darauf. Mehr noch, er konnte es kaum erwarten. Seufzend klammerte er sich an Urzeit-Ecki.

»David, sag mal, bist du taub oder eingepennt?« Eckis gereizte Stimme drang an sein Ohr.

»Wieso, was ist denn los?«, fragte er.

»Hab schon dreimal gefragt: Wieviel Zeit noch?«

David löste einen Arm von Urzeit-Eckis Schultern und versuchte, an die Uhr zu kommen. Die klemmte fest zwischen seinem Bauch und dem Rücken seines Retters. Er zog und zerrte an der Schnur.

Urzeit-Ecki sprang über einen Ast, und schon verlor David jeglichen Halt. Mit einem lauten Stöhnen prallte sein Körper auf dem Boden auf. Bloß nicht schreien. Nicht vor Joni.

Schluck die Qual einfach runter, sagte er sich.

Joni, Mona und die beiden Eckis schluckten gar nichts runter. Ihre Schreckenslaute breiteten sich im Wald aus. Sie stoppten ihre Laufbewegung, kehrten um und umringten David, der wie ein hilfloser Käfer auf dem Rücken lag.

»Noch sieben Minuten«, krächzte er und versuchte ein Lächeln.

»Scheiße, nicht mehr viel Zeit«, sagte Joni und japste nach Luft. »Aber es kann auch nicht mehr weit sein. Los! Schnell wieder rauf auf Eckis Rücken!«

Sie und Ecki fassten Davids Hände und zogen ihn zum Stehen hoch. Urzeit-Ecki ging gerade wieder in die Hocke, als Monas Kreischen die Hörnerven aller zerschnitt.

Erschrocken drehte sich die Gruppe herum.

Da stand er, keine dreißig Meter von ihnen entfernt: Der prächtigste Säbelzahntiger aller Zeiten. Es war ein großes, starkes Tier mit beeindruckenden Zähnen, die es stolz präsentierte, als gäbe es einen Preis zu gewinnen. Sein helles Fell leuchtete im Schein der Sonnenstrahlen, die durch die Blätter drangen.

»Säbelzahntiger? Wieso Säbelzahntiger?«, schrie Ecki. »Sind die nicht schon längst ausgestorben?«

»Ja klar«, sagte Joni augenrollend, »die sind ausgestorben. Das da hinten ist nur eine Fata Morgana. Es besteht keine Gefahr. *Bitte gehen Sie weiter.*«

»Feuer!«, schrie David.

»Sorry, aber wer hat hier eine Schusswaffe?«, brüllte Ecki zurück.

»Zum Geier, die Fackel«, stieß David atemlos hervor. »Nehmt die Fackel und zündet den Lappen an. Macht schon! Schnell!«

Joni und Ecki suchten die Streichhölzer, um die Idee in die Tat umzusetzen. Mona goss mit zitternden Händen die letzten Tropfen Rum auf den Lappen.

»Scheiße, scheiße, scheiße«, jammerte sie. In diesem Augenblick klang die Schauspielerin der Joni wirklich wie Joni.

Wo sind die verdammten Streichhölzer?

Urzeit-Ecki hatte den Tiger im Visier. Normalerweise stellte dieser keine Bedrohung für ihn dar. Normalerweise hatte er einen Speer dabei. Normalerweise traute sich ein derartiges Tier nicht in die Nähe von mehreren Menschen.

Wo sind die verdammten Streichhölzer?

Woody war ebenfalls in Lauerstellung gegangen. Blümchen hin oder her, jetzt ging es um Leben oder Tod. Aufgeregt zerrte er an der Leine und bleckte die Zähne, die im Vergleich zu den Zähnen des Tigers echt niedlich anmuteten.

Wo sind die verdammten Streichhölzer?

David ballte wütend seine Fäuste und zerquetschte fast die Streichholzschachtel, die er fest in seinen Händen hielt.

Ach ja, die Streichholzschachtel! *Da* war sie.

»HIER!«, brüllte er und hielt sie in die Höhe.

Ecki schnappte sich die Packung. Er hatte ordentlich Mühe, der Packung ein Holzstäbchen zu entnehmen. Sein ganzer Leib bebte wie beim besten Schüttelfrost.

Der Tiger kam langsam näher. Er knurrte. Der Anblick des Sauriers irritierte ihn zwar, denn er beäugte ihn immer wieder, doch Angst schien er nicht zu haben.

Ecki schaffte es endlich, ein Streichholz anzuzünden. Eine Stichflamme fauchte groß und hell leuchtend auf. Gut, dass er seinen Kopf nicht zu nah an die Fackel gehalten hatte, sonst wären seine Haare jetzt nur noch ein knisternder Ascherest.

Der Tiger jaulte auf und blieb stehen.

»Booo!«, entfuhr es Urzeit-Ecki beim Anblick des Feuers, und seine schwarzen Augen zeigten kurz einen Hauch von Panik.

»Alles gut«, sagte Joni und legte ihre Hand auf dessen Oberarm.

»Und jetzt?«, schrie Ecki. Er hielt zwar die lodernde Fackel in der Hand, aber der Tiger machte keinerlei Anstalten, den Platz zu räumen.

»Du musst auf das Vieh zugehen!«, schrie David. »Vertreib ihn!«

»Hä? Nein! Das steht echt nicht ganz oben auf meiner Liste!«, brüllte Ecki zurück.

»Was denn sonst? Sterben mit Stil? Oder was?!« Davids Halsschlagader drohte zu platzen. »Geh jetzt! Sofort!«

»Im Leben nicht«, antwortete Ecki und schüttelte wild den Kopf.

Als würde der Tiger die Angst der Menschen wittern, wagte er sich erneut einen Schritt vorwärts. Vorsichtig setzte er eine seiner riesigen Tatzen auf dem Boden auf. Die nächste holte er sofort langsam nach. Trockenes Laub knisterte bei jedem seiner Schritte. Speichel troff aus seinem Maul.

»Noch fünfeinhalb Minuten«, sagte David. »Ecki, du musst ihn vertreiben, sonst gehen hier gleich alle Lichter aus!«

Ecki sagte gar nichts mehr. Stumm hielt er die Fackel und schüttelte den Kopf. Mona hatte sich hinter seinen Rücken verkrochen und betete zu mehreren Göttern gleichzeitig. An keinen einzigen hatte sie bisher geglaubt, aber irgendeiner würde sich schon ihrer armen, gepeinigten Seele erbarmen.

Urzeit-Ecki wollte Ecki das Feuer aus der Hand reißen, vermutlich, um selbst auf den Tiger loszugehen. Aber da kam ihm Joni zuvor.

»Ich mach das«, sagte sie zu ihrem urzeitlichen Freund und drückte ihn mit ihrer Hüfte zur Seite. »Du musst David wieder auf den Rücken nehmen. Bo.«

»Was zum Geier ... Joni, lass das!«, brüllte David. Am liebsten hätte er diesen unseligen Part übernommen. Wenn er doch nur nicht verletzt wäre. Verdammt!

»Solange ich mich an Janis erinnern kann, habe ich keine Angst, sondern Hoffnung«, erwiderte Joni mit bebendem Herzen.

Sie riss die Fackel aus Eckis Hand und ging damit auf den Tiger zu. Ihr Puls raste. Der Atem lief flach und stoßweise. Schweißperlen rannen über ihre Stirn. Ihre Hände zitterten. Doch in ihren Augen lag reine Entschlossenheit.

Sie umklammerte den Holzstock, der ihr Leben zu retten versprach, und ging immer schneller.

»Für Janis! Aaaah!«, rief Joni und rannte los.

»Die ist verrückt«, sagte Ecki.

»Die ist verrückt«, sagte David.

»Die ist vollkommen verrückt«, sagte Mona.

»Bo«, sagte selbst Urzeit-Ecki anerkennend.

David konnte sich trotz der misslichsten aller Situationen ein winziges Grinsen nicht verkneifen. Das war genau die Joni, die sein Herz erobert hatte.

Der Tiger hatte sich geduckt. Er fauchte, was das Zeug hielt, machte jedoch keinerlei Anstalten, den Rückzug anzutreten.

Joni kam ihm immer näher und sie fragte sich, was sie tun sollte, wenn das Tier sich nicht verscheuchen ließ.

Erst als sie kaum noch fünf Schritte von dessen Schnauze entfernt war, jaulte der Tiger auf und setzte zurück. Flugs drehte er sich herum und lief nun vor Joni in Richtung Haus davon.

»Schnell!«, rief sie, ohne sich umzudrehen. Schon waren sie und der Tiger zwischen den Bäumen verschwunden.

Mit seinen letzten Kraftreserven, die sich Dank des Anblicks der tapferen Joni mobilisierten, hatte es David derweil erneut geschafft, auf den Rücken von Urzeit-Ecki zu gelangen. Der beobachtete geradezu fasziniert das Geschehen und folgte nun eilig Jonis Spuren.

Mit eigenartiger Beharrlichkeit wich der Tiger nicht vom Weg ab. Schnurstracks lief er in die Richtung, die auch die vier Zeitreisenden einschlagen mussten.

Janis, Janis, Janis, hämmerte es unablässig in Jonis Kopf.

Endlich tauchte die Lichtung auf. Die Höhle und das Haus rückten in Sichtweite.

Urzeit-Ecki schleppte David tapfer und ohne mit der Wimper zu zucken hinterher. Mona war sicherheitshalber hinter den beiden geblieben. Sie fand es besser, wenn zwischen ihr und einem Säbelzahntiger andere Menschen waren. Ecki blieb dicht in ihrer Nähe und bildete zusammen mit seiner Freundin das Ende der Gruppe.

Der Tiger hatte sich zur Tür des Hauses begeben und stellte sich fauchend davor.

In diesem Moment erlosch die Fackel.

»Scheiße!«, rief Joni und starrte auf die verkohlten Reste des Tuchs. Der Rum war damit verbrannte Geschichte.

Neben ihr rutschte ein durchgeschüttelter David vom Rücken seines Retters.

»Noch knapp zwei Minuten«, brachte er mühsam hervor und rang nach Atem, als hätte er die Last getragen.

Urzeit-Ecki schnappte sich die Reste der Fackel und ging brüllend auf den Tiger los.

Der starrte auf die schwarze Spitze, als ob er fürchtete, dass die sich selbst wieder entzünden könnte.

»Argh!«, schrie Urzeit-Ecki, und Woody zerrte ungestüm an der Leine. Er hinterließ den Eindruck, als wolle er sich am liebsten auf den Tiger stürzen, um sein Herrchen zu beschützen.

»Ich sag es ja«, meinte Ecki atemlos, »der Saurier ist der beste Freund des Menschen.«

Joni sprang zu Urzeit-Ecki und gab ihm ein Zeichen. Der duckte sich herunter, sodass sie auf seine Schultern klettern konnte. Sie saß nun in seinem Genick, schlang die Füße um seinen Oberkörper und breitete die Arme aus. Dieses Bild gab in Gänze betrachtet eine furchterregende Vogelscheuche ab.

Nun war der Tiger zwar kein Vogel, aber mit der Angst bekam er es doch zu tun. Ein wütender Urmensch mit einer Frau im Poncho auf den Schultern, ein bedrohlich wirkender, schwarzer Stock und ein wildes, bislang unbekanntes Tier waren mindestens zwei Dinge zu viel für ihn.

Er jaulte laut auf und hastete in den Wald.

Urzeit-Ecki grinste breit.

»Ab ins Haus!«, schrie David.

Erschöpft rutschte Joni von dem haarigen Rücken ihres Urzeitfreundes herunter und rang nach Atem. Ihre Knie und Hände zitterten. Der Tiger war weg, doch seine Präsenz hing noch in ihrem Kopf.

»Verdammt noch mal! Ins Haus! Jetzt!«, schrie David.

Joni besann sich. Sie und Ecki nahmen je einen Arm von ihrem Freund über die Schultern und schleppten ihn die letzten Meter.

Mona war vorausgesprungen und hatte die Tür geöffnet. Sie trampelte von einem Fuß auf den anderen, als sie sah, wie langsam die drei vorwärtskamen. Ihr Tempo stand im peinlichen Kontrast zu dem, was Urzeit-Ecki minutenlang geleistet hatte.

»Kommt schon«, jammerte sie und griff mit beiden Händen in ihre Haare. Es hätte nicht viel gefehlt und sie hätte sie ausgerissen.

Endlich erreichten sie den Eingang und hievten David auf den Stuhl vor der Konsole.

»Noch siebzehn Sekunden«, sagte der und gab mit zitternden Händen Daten in die Konsole.

»Wartet noch«, rief Joni.

»Hä?!« Der entsetzte Ausspruch kam zeitgleich aus drei Mündern.

Joni trat vor die Tür, wo Urzeit-Ecki mit Woody stand.

Sie stellte sich vor ihn und umfasste liebevoll sein Gesicht.

»Danke für alles«, sagte sie.

»Noch zehn Sekunden!«

»Ich werde dich niemals vergessen. Versprochen! Bo.« Eine Träne kullerte über ihre Wangen.

Schon wieder ein Abschied.

Schon wieder dieser unsägliche Schmerz.

»Verdammt, noch sechs Sekunden!«

Schnell beugte sich Joni herunter und gab ihrem Urzeit-Ecki einen Kuss auf die Stirn.

»Drei.«

Mit einem liebevollen Blick wandte sie sich ab, stieg ins Haus und schloss die Tür.

»Eins.«

Sie sah durch das Fenster hindurch nach draußen und nahm wahr, wie das lächelnde Gesicht des Urmenschen vor ihren Augen verschwamm. Er hatte die Hand gehoben, als wolle er winken. Kannte er schon das Winken?

Rumms. Mit einem ohrenbetäubenden Krachen fiel das Haus auf den Boden der Halle. *Pffff,* seufzte es, und die vertrauten Qualmwölkchen zogen als dünne Fäden um Wände und Dach.

Mona öffnete die Tür und trat in die Deko. Sie hätte sich gern übergeben, aber die Plastikpflanzen würden ihren spärlichen Mageninhalt sicher nicht so wohlwollend aufnehmen wie die Farne in der Kreide.

Ach was! Egal!

Sie beugte sich vornüber und hielt ihre wackeligen Knie.

Joni, David und Ecki waren an der Konsole geblieben. Sie schauten einander in die Augen und grinsten sich zu.

»War doch gar nicht so schlecht, oder?«, fragte Joni.

David lehnte sich auf dem Stuhl nach hinten.

»Ich finde, wir haben das sehr souverän hinbekommen«, sagte er.

»Ich frage mich nur, was Klein-Ecki zu unserer Abreise sagt.« Joni spitzte den Mund und kniff ein Auge zusammen.

»Gesagt *hat*«, korrigierte Ecki. »Der ist schon lange ...«

Ach nein, lieber nicht. Er stoppte seinen Satz, denn dieses Fass galt es zuzuhalten. Urzeit-Ecki stand in Jonis Welt *jetzt* auf der Wiese und grübelte vermutlich, wohin sie verschwunden waren.

»Ich schau mal nach Mona«, sagte er schnell und ging hinaus zu seiner Freundin.

Zwischen Joni und David herrschte für einen kurzen Moment Stille, die enormes Potential besaß, in einer eklatanten Verlegenheit zu enden.

David räusperte sich.

»Ist es für dich jetzt eigentlich auch irgendwie komisch?«, fragte er zögerlich. »Ich meine, mit uns beiden.«

»Jap.«

Schön. Das war wenigstens geklärt.

Dann war wohl ein Themawechsel angebracht.

»Und? Kriegen wir mich ins Hotel zurück?«, fragte er. »Auf den breiten Rücken unseres Lieblingsurmenschen muss ich hier ja leider verzichten.«

Joni lächelte.

»Ich suche in der Kulisse mal nach einer Gehhilfe«, sagte sie und verschwand ebenfalls nach draußen. Tatsächlich fand sie kurz darauf zwei Stöcker, die das Zeug zur Krücke hatten. Was für talentierte und weitsichtige Leute an diesem Projekt doch mitwirkten.

Die Stöcker waren oben so breit, dass David sie mit Jonis Hilfe bequem unter die Arme klemmen konnte. Die Dinger hätten bei ihrem Ausflug gute Dienste leisten können, wenn sie sie denn dabeigehabt hätten. Vielleicht sollte er Krücken zur Standardausrüstung hinzufügen.

Joni wollte gerade wieder zur Tür hinaus.

»Ach äh, Joni«, sagte er und stoppte erschrocken seinen Gedanken.

Was sollte er jetzt sagen?

Wie sollte es mit ihnen weitergehen?

Wer machte den ersten Schritt zum unvermeidlichen Ziel?

Unvermeidliches Ziel.

Wie das klang. Es hörte sich an, als müssten sie sich ihrer Vorherbestimmung beugen. Dabei war es kein Beugen, sondern eine Sehnsucht – zumindest was ihn betraf.

Erwartungsvoll schaute Joni ihn an.

»Äh«, stotterte er los, »sag mal, wie geht es denn jetzt mit uns weiter?«

»Oh«, sagte Joni. »Weißt du, vielleicht sollten wir es langsam angehen lassen. Ich glaube, ich muss mich erst daran gewöhnen, dass wir eine Tochter haben.«

»Wir haben noch keine Tochter«, widersprach David.

Joni grinste. »*Noch* nicht. Du sagst es.«

Gemeinsam verließen sie das Haus.

Mona und Ecki saßen in der Deko und realisierten allmählich, dass sie wieder gesund in ihrer Epoche gelandet waren.

»Wisst ihr, was ich mich die ganze Zeit frage?« Mona legte ihren Zeigefinger auf die Lippen. Sie wartete nicht ab, ob den anderen eine Antwort einfiel, sondern plapperte gleich weiter.

»Vielleicht gibt es ja eine Fortsetzung zu dem Film, ich meine,

Stoff haben wir genug mitgebracht ... Also, wenn es eine Fortsetzung zu dem Film geben sollte, wer übernimmt dann meinen Charakter? Ich meine, ich spiele Joni. Es wäre doch vollkommen irrsinnig, wenn jemand mich darstellt, während ich weiterhin Joni bin. Verrückt, oder?«

Ihr weit entfernter Blick ließ vermuten, dass sie sich ernsthaft Gedanken über diese Problematik machte. Willkommen in der Gegenwart.

»Das wird sich alles finden«, sagte Ecki und strich ihr liebevoll über den Rücken. Dann fiel sein Blick auf David.

»Sag mal, wie spät ist es eigentlich? Oder anders gefragt, wie lange waren wir weg?«

»Wir sind nur ein paar Minuten nach unserer Abreise wieder hier gelandet. Im Grunde waren wir nie weg«, sagte der.

Gemeinsam fuhren sie zurück ins Hotel.

Joni saß hinter dem Lenkrad, denn David konnte unmöglich selbst fahren. Er saß auf dem Beifahrersitz seines Autos und stabilisierte sein verletztes Bein mit den Händen. Ecki knutschte mit seiner Freundin auf dem Rücksitz.

»Wisst ihr, was mir gerade einfällt?«, fragte Joni nachdenklich.

»Was denn?« Zumindest David schien sich für ihre Frage zu interessieren.

»Wir haben alle Sachen zurückgelassen, wirklich *alle*«, sagte Joni. »Wir sind doch extra in die Steinzeit zurückgereist, um unsere Spuren zu verwischen. Nun sind nicht nur unsere alten Sachen zurückgeblieben, sondern auch noch neue. Die Taschen von Janis, die Töpfe, ein Saurier, die Rucksäcke ...«

»Welche Rucksäcke?«

»Als Ecki und ich aufgebrochen sind, um Janis zu suchen, hatten wir Rucksäcke dabei. Als wir Eckis Sippe gefunden hatten, haben wir sie abgenommen. Danach verliert sich ihre Spur.«

Joni dachte an die kleine Rutschpartie, infolge derer sie spontan Dinge loslassen mussten.

»Ich würde sagen, wir haben alles in unserer Macht stehende getan«, sagte David seufzend.

Joni parkte das Auto in der Tiefgarage des Hotels. Gemeinsam mit Ecki zog sie David aus dem Sitz. Sie schlurften zu einem Fahrstuhl, der sie direkt zum Eingang brachte.

Sie kamen nicht schnell voran. David hatte einige Schwierigkeiten, mit den provisorischen Krücken zurechtzukommen. Aber eilig hatte es ohnehin niemand von ihnen. Das Gehetze der letzten Stunden in der Steinzeit mussten ihre geplagten Körper erst einmal verarbeiten.

Die großen Glastüren öffneten sich automatisch. Joni trat als erste durch sie hindurch und stand in dem großen, noblen Foyer ihres Hotels. Sie blickte nicht zur pompös verzierten Decke hoch, die kilometerweit entfernt schien.

Das friedliche Gemurmel, das das penibel saubere Foyer gefüllt hatte, erstarb schlagartig, als die vier mit ihren Blätterschuhen über den weißen Marmorboden schlurften und kleine Spuren aus Matsch, Gras und klebrigen Blutresten hinterließen.

Alle Blicke richteten sich auf sie. Augen weiteten sich. Unterkiefer klappten herunter. Stifte fielen aus Händen.

Joni und David waren in ihre selbstgefertigten Deckenkleider gehüllt, während Ecki und Mona halb zerrissene Hemden trugen. Die Haare standen wild in alle Richtungen. Ihre Körpergerüche, ein Gemisch aus Angstschweiß und mangelnden Hygienemaßnahmen, lagen stechend in der Luft.

David und Joni sahen aus, als hätten sie mit bloßen Händen gegen Godzilla gekämpft. Skurrilerweise war dieser Gedanke gar nicht so abwegig, denn immerhin hatten sie es mit einem Saurier und einem Säbelzahntiger aufgenommen.

Ihre Gesichter, Arme und Beine waren überzogen mit feinen

Wunden, blauen Flecken und getrocknetem Blut. Nichts davon stellte eine ernsthafte Gefahr für die Gesundheit dar. Selbst Davids verstauchter Knöchel würde bald wieder einwandfrei funktionieren. Doch in Gänze hinterließen die Massen an Blessuren einen bemerkenswert dramatischen Eindruck.

Joni löste sich aus ihrer kleinen Gruppe und ging träge zur Rezeption.

»Den Schlüssel für Zimmer 713 bitte«, sagte sie, drehte sich herum und schaute David kurz an. Dann wandte sie sich wieder der Empfangsdame zu und ergänzte: »Und für Zimmer 714.«

Die Rezeptionistin nickte hastig, schluckte und nahm die beiden Schlüssel. Bemüht um ein kompetentes Lächeln gab sie sie über den Tresen.

»Danke«, sagte Joni und kehrte zu den anderen zurück.

Auch Ecki und Mona nannten ganz selbstverständlich ihre Zimmernummern und erhielten ebenfalls anstandslos ihre Schlüssel. Die Rezeptionistin war innerhalb von Sekunden zum Profi für extravagante Gäste geworden.

Da David die Treppe unmöglich bewältigen konnte, begaben sich die vier gemeinsam zum gläsernen Fahrstuhl. Tapfer lächelten sie in die erstarrten Gesichter, die sich partout nicht von ihnen lösen wollten.

Endlich schloss sich die Fahrstuhltür.

»So viel Aufmerksamkeit wünsche ich mir ja mal nach einer Aufführung«, sagte Mona.

Sie und Ecki stiegen bereits in der fünften Etage aus.

»Es war mir eine Ehre«, sagte Ecki und zwinkerte den beiden zu.

Die Tür schloss sich wieder.

David räusperte sich. Joni starrte auf die Anzeige und knabberte an ihrer Unterlippe.

Puh! Endlich. Die siebte Etage.

Beide verließen den Fahrstuhl und gingen in die Richtung ihrer Zimmer.

»Zu dir oder zu mir?«, fragte David und konnte sich ein Grinsen nicht verkneifen.

»Was?«, entfuhr es Joni. »Wollten wir es nicht langsam angehen lassen?«

»Haben wir es nicht schon lange genug langsam angehen lassen?«, fragte David.

Die Krücken polterten zu Boden. Seine Hände umschlossen ihr Gesicht. Ihre Blicke verfingen sich.

Keine Erwartungen, Vorhersagungen oder unvermeidlichen Ziele trennten sie. Das, was sie schon längst miteinander verband, lag unverkennbar vor ihren Nasenspitzen.

David fackelte nicht lange und gab seiner Joni einen Kuss.

Ein Kuss, der in ihr die Erinnerung an den älteren David wachrief.

Ein Kuss, der sämtliche Herdplatten dieser Welt glühen ließ.

Ein Kuss, der ihre Herzen zum Beben brachte.

Ein Kuss, der besiegelte, wonach sich ihrer beider Seelen schon lange sehnten.

Jonis Knie zitterten, als Davids Lippen sich von ihren lösten. Sie versank drei Atemzüge lang in seinen dunklen, liebvollen Augen.

»Gehen wir doch zu mir«, flüsterte sie und lächelte verschmitzt. »In meinem Zimmer steht eine Flasche Rum.«

BITTE

Dir hat das Buch gefallen?

Dann bitte ich Dich: Schreibe Rezensionen, vergebe Sterne auf den bekannten Plattformen (vom großen »A« bis zum kleinen »z«) und erzähle es weiter.

Wenn Dir etwas nicht gefallen hat, freue ich mich über respektvolle, konstruktive Kritik.

DANKE

Meine liebe Testleserin und Korrektorin **Anni Huth** und mein lieber Testleser **Jan van Koningsveld** haben mich erneut auf dem Weg zu einem Zeitreiseroman begleitet.

Eure Hinweise, Änderungsvorschläge und insbesondere Eure witzigen Kommentare haben meine Freude an dieser Geschichte mit hohen Faktoren multipliziert.

Immer wieder musste ich während der Überarbeitung wahlweise lachen, in die Tischplatte beißen oder mir an die Stirn schlagen. Es war mir ein Fest!

Ohne Euch würde mir das sprichwörtliche Salz in der Suppe fehlen. Ein riesiges mit Glitzerstaub verziertes Dankeschön an Euch!

DIE AUTORIN

Andrea Henning erblickte im Jahr 1977 das Licht der Welt und betrachtet es seither voller Staunen.

Schon als Kind kam sie an kaum einem Buch vorbei und verfasste bereits im Grundschulalter erste kurze Texte sowie Gedichte. Der moderne Klassiker »Die Zeitmaschine« von H.G. Wells weckte in ihrer frühen Jugend die Begeisterung für Zeitreisen, die sie nie wieder loslassen sollte.

Diese Leidenschaft spiegelt sich auch in ihren Geschichten wider. Bereits ihre erste Veröffentlichung, ein humorvoller Zeitreiseroman, widmet sich diesem Genre. In ihren bunten grauen Zellen warten noch unendlich viele Geschichten darauf, geschrieben zu werden.

Andrea Henning lebt mit ihrem Mann und den beiden Söhnen in der Nähe von Hamburg.

Instagram: *andrea.henning_autorin*

Bisherige Veröffentlichungen

2023   »Morgen wird Heute wie Gestern – Zeitreisen zum Abgewöhnen«

2024   »Der Mythos von Lumensphere«, Auftakt zur Lumensphere-Trilogie

»Der Sinn von allem«, Kurzgeschichte in der Anthologie »Von Whiskey, Werwölfen und Weichspüler«

»Morgen wird Heute wie Gestern – Dino auf Abwegen«